女性的智慧与精神

——勃朗特姐妹的女性书写

李 佳 著

吉林大学出版社

图书在版编目（CIP）数据

女性的智慧与精神：勃朗特姐妹的女性书写 / 李佳
著. -- 长春：吉林大学出版社，2017.5
ISBN 978-7-5692-0009-6

Ⅰ.①女… Ⅱ.①李… Ⅲ.①勃朗特(Bronte,
Anne 1820-1849)—文学欣赏②勃朗特(Bronte,
Charlotte 1816-1855)—文学欣赏③勃朗特(Bronte,
Emily 1818-1848)—文学欣赏 Ⅳ.①I561.064

中国版本图书馆CIP数据核字(2017)第153707号

书　　名：女性的智慧与精神——勃朗特姐妹的女性书写
　　　　　NÜXING DE ZHIHUI YU JINGSHEN——BOLANGTE JIEMEI DE NÜXING SHUXIE

作　　者：李　佳　著
策划编辑：朱　进
责任编辑：朱　进
责任校对：朱　进　郝　岩
装帧设计：美印图文
出版发行：吉林大学出版社
社　　址：长春市朝阳区明德路501号
邮政编码：130021
发行电话：0431-89580028/29/21
网　　址：http://www.jlup.com.cn
电子邮箱：jdcbs@jlu.edu.cn
印　　刷：北京市金星印务有限公司
开　　本：787×1092　　　1/16
印　　张：11.25
字　　数：200千字
版　　次：2017年6月第1版
印　　次：2017年6月第1次
书　　号：ISBN 978-7-5692-0009-6
定　　价：39.40元

目　　录

第一章　绪　论 ……………………………………………………… 1

　第一节　19世纪女作家群的兴起 …………………………… 1

　第二节　女性小说的辉煌 ……………………………………… 2

　第三节　女作家的艺术追求 …………………………………… 6

　第四节　意识的萌芽 …………………………………………… 7

第二章　勃朗特姐妹创作背景 …………………………………… 11

　第一节　政治背景 ……………………………………………… 11

　　一、君主制和道德 …………………………………………… 11

　　二、殖民地和传教士 ………………………………………… 13

　　三、从拿破仑到巴马斯顿 …………………………………… 15

　　四、路德分子与报纸 ………………………………………… 17

　第二节　教堂和神职人员 ……………………………………… 20

　　一、"赞助人的工作" ………………………………………… 20

　　二、非国教者和福音主义者 ………………………………… 21

　　三、牛津运动 ………………………………………………… 22

　第三节　教育、医药和公共卫生 ……………………………… 22

　　一、教育 ……………………………………………………… 22

　　二、医药和公共卫生 ………………………………………… 24

　第四节　工业、运输和旅行 …………………………………… 26

　　一、改革 ……………………………………………………… 27

　　二、欣欣向荣的工业 ………………………………………… 27

　　三、道路和运河 ……………………………………………… 28

　　四、铁路 ……………………………………………………… 29

　第五节　妇女地位和家庭生活 ………………………………… 30

一、妇女地位 ·············· 30

二、家庭生活 ·············· 31

第六节 勃朗特姐妹的经历 ·············· 33

一、夏洛蒂·勃朗特经历的"热"与"冷" 34

二、艾米莉·勃朗特经历的"冷"与"热" 40

三、安妮·勃朗特遭遇的"平淡"评价 45

第三章 勃朗特姐妹的女性叙事 ·············· 50

第一节 夏洛蒂·勃朗特：女性的话语权威 ·········· 50

第二节 艾米莉·勃朗特：女性叙事策略 ·········· 58

第三节 安妮·勃朗特：女性叙事分析 ·········· 64

一、安妮·勃朗特的女性写作立场 ·········· 64

二、安妮·勃朗特的现实主义女性视角 ·········· 68

第四章 对性别的崭新诠释——勃朗特姐妹小说中的女性形象 ·········· 70

第一节 《呼啸山庄》：自我追求的先驱者 ·········· 70

一、"最奇特的小说" ·········· 70

二、两代人的追求与女性意识的张扬 ·········· 72

第二节 《简·爱》：女性尊严的捍卫者 ·········· 76

一、自立自强、奋斗不息的人格 ·········· 76

二、"双性同体"的大胆构想 ·········· 77

三、"双性同体"形象的创新 ·········· 79

第三节 《怀尔德菲尔府的房客》：大自然的维护者 ·········· 83

一、向往自由 ·········· 84

二、拯救灵魂 ·········· 85

三、权利的捍卫 ·········· 85

四、女性意识的传播 ·········· 86

第五章 从女性主义宗教视角看勃朗特姐妹 ·········· 87

第一节 维多利亚时期女性宗教观 ·········· 87

一、维多利亚女性的宗教状况 ·········· 87

二、福音主义对维多利亚女性的影响 ·········· 90

第二节 安妮·勃朗特：福音主义启蒙下的觉醒者 ·········· 93

第三节 夏洛蒂·勃朗特：福音主义影响下的叛逆者 ·········· 95

第四节　艾米莉·勃朗特：神秘主义的泛神论 ……………………… 101

第六章　《简·爱》：女性成长宣言 ………………………………… 105

第一节　女性成长的引路人 ……………………………………… 105

第二节　女性成长的契机 ………………………………………… 109

第三节　情感成长 ………………………………………………… 112

第四节　信仰成长 ………………………………………………… 119

第五节　女性意识觉醒 …………………………………………… 121

第七章　《呼啸山庄》：人性思考 …………………………………… 126

第一节　主题思想与人物形象 …………………………………… 126

一、主题思想 ………………………………………………… 126

二、人物形象 ………………………………………………… 129

第二节　凯瑟琳自私本性 ………………………………………… 132

第三节　艾米莉的人性思考 ……………………………………… 134

第八章　《怀尔德菲尔府的房客》：女性灵魂的释放 ……………… 135

第一节　维护女性表达的自由权力 ……………………………… 135

第二节　海伦的救赎情结 ………………………………………… 137

第三节　双重的叙述视角 ………………………………………… 140

第九章　结　论 ……………………………………………………… 143

第一节　勃朗特姐妹的个性艺术魅力 …………………………… 143

一、夏洛蒂·勃朗特的激情世界 …………………………… 143

二、艾米莉·勃朗特的神秘而狂暴的世界 ………………… 148

三、安妮·勃朗特的温情世界 ……………………………… 151

第二节　勃朗特姐妹的女性书写艺术 …………………………… 158

第三节　勃朗特三姐妹作品中的女性独立意识 ………………… 161

一、勃朗特姐妹的女性独立意识产生的社会基础 ………… 161

二、勃朗特姐妹女性独立意识产生的自觉行动 …………… 162

第四节　勃朗特姐妹与中国才女张爱玲 ………………………… 165

一、夏洛蒂·勃朗特与张爱玲 ……………………………… 166

二、艾米莉·勃朗特与张爱玲 ……………………………… 168

参考文献 ……………………………………………………………… 173

第一章 绪 论

第一节 19世纪女作家群的兴起

英国文学中有一个独特的现象，那就是19世纪英国女作家创造了创作史上第一高峰，简·奥斯汀、勃朗特姐妹、盖斯凯尔夫人、乔治·艾略特等30多位女作家登上了文坛。她们的作品有很多个性鲜明、超越了那个时代的女性，形象更加生动，她们打破了男性在英国文学的领先地位。她们向往自由，抵制受压迫的父权社会，追求与男性平等的生活。这些女作家不断努力，不仅成为其他女作家创作的基础，也收获了男作家的肯定和赞美。至此，有关于女主角的书不仅是女作家的专利，男性作家的作品也在越来越多地让女性开始发挥重要作用，显示出男性作家对女性的尊重、关心、赞美和同情，这是从未有过的。

为什么女性作家群体的上升现象会出现在19世纪的英国文学当中？这有其历史必然性。17世纪，英国资产阶级革命结束，建立了君主立宪制。在这样的政治体制下，英国的文化受到非常多的影响。首先，王室得到了保留。在英国，皇室是尊严的象征，这使英国的每个人都尊重社会道德和传统文化，它已成为传统文化和英国文化中心的象征。第二点原因，英国的民主意识是因为英国的选举制度和两党制深深植根于人民心中。促进男女平等的英国文化是民主，19世纪的英国女性自信、独立、性格强硬。个体尊重是英国民主制度所强调的，人们可以为了自己的权利进行斗争。第三点原因，经济的持续发展促进了英国资本主义的发展。由于英国中产阶级的增长，特别是中产阶级妇女，她们的命运也发生了极大的变化。

劳动妇女她们外出工作是因为家中的生活窘迫，被迫成为社会的底端，中产阶级妇女在家完全像退休一样。19世纪中产阶级地位的象征是他的妻子不出外工作，妻子在家里是丈夫成功的象征，"资产阶级通过他们的妻女来炫耀其财富，她们的无所事事和奢华被用来表现她们的所有人——丈夫和父亲的勤劳和威望"[1]。当时的时代对中产阶级妇女的呼唤就是让她们做一位"家庭天使"。中产阶级妇女从繁重的体力劳动中解放出来，"妇女们可以有思想，可以博览群书……男人们开始赞同并帮助她们变得聪明、智慧，而不是嘲笑或阻止她们"。[2]在阅读大量的书籍当中，妇女不仅普及到教育还让她们摆脱了愚昧状态，顺着人的本性去品味现实和憧憬理想。特别是中产阶级女性，不必为了生活而努力，有很多空闲时间阅读写作，有一定的文化素质体验生活的味道。19世纪的英国，女作家在的民主文化氛围中快速地成长起来，女性文学随之蓬勃而起。

女性作家普遍创作人们认为不是很成熟的流派小说，这是男性作家鄙视的方式。他们认为，它的形式和信件是相似的，是随机的，文学的优雅不能得到更好的表现。但这样的文学体裁却天然地适应于女性。对于所有类型的文学，这种流派小说从自然或情境来看，是女性最适应的，最适合女性学习的形式。女性的家庭婚姻状态，作家的个人经历也是女作家的主要写作方向。正如夏洛蒂所说："我决不会用自己未曾体验的东西去影响读者的感情。"[3]在19世纪的英国女性文学中，几乎都是关于中产阶级年轻女性爱情婚姻的生活。他们拥有丰富的内心世界，有着原创的想法，追求基于爱情的婚姻，妇女有自己的尊严，几乎每个人都是明智的。最终，恋爱终于成为一种合适的婚姻，这大多是小说的结尾。

第二节　女性小说的辉煌

根据英国文学的发展，在19世纪以前的英国文学，女作家只是一件装饰品。虽然在17世纪英国女性开始写作，但直到18世纪末，一些女作家才有一定的影响，而当时很多女作家都是自我表达式的写作，或模仿男性的文学传统。到了19世纪，作家的人数多到史无前例，英国小说的种类也为之丰富。然而，在许多小说家中，为了提高女性写作的公众意识，优秀的作家中开始

---

[1]　[美]凡勃伦.有闲阶级论[M].中央编译出版社, 2012.
[2]　[英]盖斯凯尔夫人.夏洛蒂·勃朗特传[M].张淑荣等译.团结出版社, 2000.
[3]　夏洛蒂勃朗特书信[M].杨静远译.三联书店, 1984.

慢慢有女作家的身影。18世纪末19世纪初的作家简·奥斯汀、勃朗特姐妹、盖斯凯尔夫人、乔治·艾略特等一些杰出的女作家，再一次让英国文学世界充满激情，她们进入了一个"辉煌的一代"作家的时代，《英国文学的伟大传统》中，鲁本斯坦先生将乔治·艾略特与最优秀的维多利亚时代小说家狄更斯并列。在19世纪，英国小说是女作家共同创作的黄金时期，也使维多利亚时代的英国女性文学成为荣耀的顶峰。

19世纪，在深刻的社会和历史背景下，英国工业化、城市化发展和社会生活方式是英国女性文学蓬勃发展的原因以及结合在一起的客观成果，也是普及教育水平，改善全社会，英国中产阶级不可分割的一部分。

维多利亚时代最突出的特点是社会经济的快速发展。伴随着17世纪60年代初至19世纪中期的工业革命和基本社会生产的快速发展，并推动英国机械化和跨越式发展的工业化进程，世界工业和贸易垄断，英帝国成为世界上最富有的加工厂国家之一。英国作为世界领先的资本主义帝国，外部扩张，抢夺殖民地，抓着殖民者的命运。在《曼斯菲尔德庄园》当中的奢侈的生活便是以庄园主在西印度群岛的安提瓜岛上的产业为支柱的。简·爱后来在经济上是独立的，让她可以站稳脚尖的庄园，是因为简·爱的叔叔爱先生在马岛经营酒中发了财，为她留下了2万英镑的遗产。我们还可以在狄更斯的小说中看到落魄的匹普去埃及经营茶叶。维多利亚似乎是一个充满机会的时代，整个社会充满积极进取的乐观主义，似乎每个人都有一个美好的未来。

民主文化的普及促进了平等意识，英国选举制度和两党制使民主意识深深植根于世界领导人民的心中。进入工业革命，妇女在家庭中突破局限也开始走向社会。在与社会接触的过程中，她们的社会互动变化大，视野开阔。一个巨大的女权运动在19世纪上半叶爆发，在反对对妇女歧视的《传染病法》的英国国会，女权主义者发表了《告英格兰女性书》，并成立了"全国妇女协会"。她们强调，无论男女法律面前人人平等，保护一个国家的公民身份都保护女权，终于在1886年，英国议会废除了对妇女的歧视行为。又在之后四年通过了《已婚妇女财产法》，确保妇女独立的产权和权力。1875年《婚姻和离婚法》妇女不再是丈夫的配偶，她们有权主动提出离婚。这些法律规定，确保妇女的平等权利，保护妇女在家庭和社会中的地位。

1832年《改革法案》通过了扩大中产阶级的投票权，中产阶级在英国逐渐在政治、经济上建立起了思想文化领域的主导地位，为社会建立了基础生活的道德价值观。同时，英国政府保证了男女同样有权进行学校教育，并建立了各级学校。公民文化史无前例的繁荣，特别是女读者数量的膨胀，当英国城镇遍布"流动图书馆"和出租书店时，大批中产阶级女性在业余时间可以读读写写。"女性们可以有思想，可以博览群书……男人们开始赞同并帮助她们要变得聪明、智慧，而不是嘲笑或阻止她们"[1]。这个可以直接启发许多有才华的女小说家。

上述因素，为女性文学提供了文学创作的物质条件，也为其繁荣提供了适度肥沃的土壤和宽松的民主氛围。

19世纪英国女性文学的发展也不能脱离文化传统。传统文化作为民主文化的一部分，英国女性文学都具有良好的文化传统。19世纪英国是妇女在传统文学中写作文学的繁荣时刻。伍尔夫说："伟大的作品不可能单独地无缘无故地诞生，它是成年累月共同思考的结晶，大家都做过努力，单个声音的背后隐藏着大众的才智。"[2]埃伦·莫尔斯也说："对女作家来说，那种通过简单地从男性文学成就中吸取营养的做法已被阅读相互的作品所取代，已被一种交混回响所代替。"[3]在19世纪早期浪漫主义文学占主流地位的英国文坛，诗歌领域是男人们竞技的舞台，他们从小接受了高等教育，懂得拉丁文、希腊文，具有丰富的古典文化修养，诗人被认为钟万物之灵秀。诗人获奖者骚塞在给夏洛蒂·勃朗特的一封信中暗示她：文学不可能也不应该成为一个妇女一生的事业！从小说本身的地位来说，在维多利亚时代以前，小说一直被当作通俗的不登大雅之堂的文体而难以成为文学的主流，被排斥在经典文学殿堂之外。但是，小说作为新兴的文体，本身没有必要以深厚的古典文学修养为基础，这对当时受到浪漫主义文风影响而不具备古典文化修养的女性作家有很大的诱惑力。

但是不管怎样，19世纪的英国还是一个传统的男权至上的国家，女性的职业选择面有限，不是家庭教师、护士就是从事纺织业。在婚姻方面，维多利亚执政初期的几十年间，女性的地位和角色也是受到极大限制的，女性在家庭中以服从丈夫为天职。对于女性来说，她们的性别角色一直被规定于家庭中，女性接受教育也是为了以后找到一个理想的丈夫，当时流行的钢琴、

[1]　[英]盖斯凯尔夫人.夏洛蒂·勃朗特传[M].团结出版社,2000.
[2]　朱虹.奥斯丁研究[M].中国文联出版公司,1985.
[3]　玛丽·伊格尔顿.女权主义文学理论[M].湖南文艺出版社,1989.

刺绣以及语言技能，都是训练她们征服男人的魅力，也满足男人想拥有更高贵的"家庭天使"的虚荣心和欲望，其目的是实现男性在传统社会中对妇女的作用。所以，19世纪的女作家喜欢写作家的个人经历，把其婚姻写在书中，就像夏洛蒂曾经说过的那样："我绝不会用自己未曾体验的东西去影响读者的感情。"在整个19世纪的英国女性小说中，几乎都是关于中产阶级年轻女性婚姻关系中的生活，所以写家庭和婚姻成为女作家永恒的话题。

小说发展和繁荣为妇女作家提供了独立的经济收入与固定的读者。

维多利亚时代是个读小说的时代。特罗洛普曾在《自传》里写道："前后左右，楼上楼下，在城里的公寓和乡下牧师的庭院里，不论是年轻的伯爵夫人还是农家姑娘，也不论是老了世故的律师还是毛毛糙糙的大学生……人人都在读小说。"[1]狄更斯在报刊连载的小说每次出来便被抢购一空，人们还蜂拥而至听他朗读自己的小说选段。柯林斯的《白衣女人》一版再版。19世纪英国女性作家拥有基于家庭的女性读者。尽管女性的整体地位有所提高，但因为长期以来在男权文化中的从属地位，绝大多数女性很少有机会参与公共事务。当时中产阶级女性的活动范围就是从一个客厅到另一个客厅，从这个舞厅到那个舞厅，而小说文本正是她们茶余饭后的主要谈资和精神消遣。女性读者的趣味必然影响到作家的创作取向，而作家的作品又反过来左右读者的趣味。比如在19世纪的英国，"对于受过良好教育但却没有多少财产的青年女子来说，嫁人是唯一的一条体面出路；尽管出嫁不一定会叫人幸福，但总归是女人最适宜的保险箱，能确保她们不致挨冻受饥。"[2]所以，当时的女性唯一的目标就是要赢得一个理想的丈夫，这也是法律与社会所接受的。而女性作家因为生活接触面的狭窄，创作题材一般脱离不了爱情和婚姻，这类小说成为待字闺中的女性最佳的爱情教材，特别受到她们的欢迎。

17世纪第一位专业作家阿芙拉·贝恩的示范，鼓励妇女摆脱个人的枷锁，拿起手中的笔，以赢得更多的财务独立。由于社会上很多职业并没有对女性开放，女性的经济来源有限，而小说的创作拥有相对自由的时间，也能给女性带来不错的经济收入。对于妇女的不幸婚姻来说，写作也是寻求自我独立、摆脱经济困境的好办法。奥斯汀的《理智与情感》、夏洛蒂的

---

[1]　[英]特罗洛普. 特罗洛普自传[M]. 湖南人民出版社，1987.
[2]　[英]简·奥斯汀. 傲慢与偏见[M]. 中央编译出版社，2008.

《简·爱》出版后，作者都得到了差不多100英镑的稿费，尽管与当时著名男性作家有很大差距，但对于被很多行业拒之门外的女性来说，参照当时的生活水平，一部小说的报酬也足够至少两年的生活开销了。

在上述因素的影响下，19世纪英国女性小说家出现了前所未有的繁荣，她们从不同于男性的视角，描写女性的日常生活，遭遇的爱情婚姻经历以及细腻的情感体验，显示了独特的女性意识，打破了小说中男性作家领域的垄断地位。根据维多利亚女王六十年女王约翰·萨瑟兰，小说家约六千人，其中三分之一是女性，有超过30位女作家享有很高的知名度和受欢迎程度，当时英国女作家群体终于引起了世界的关注。

第三节　女作家的艺术追求

19世纪英国女作家的小说追求女性家庭的幸福与稳定，以及女性的独立个性。

任何年轻女子，都由于贫穷的家庭受到一定的教育，虽然婚姻并不一定能让人开心，也总是把婚姻作为唯一的体面的撤退，终于给自己安排一个不能被饥饿冻结，最可靠的未来。所以，当年轻的女士们生活中的目标想要达成只有理想的丈夫，也被法律和社会所接受的。但是，所有的女作家都认为，通过努力才能找到理想的婚姻，那就是寻找爱情，爱自己的男人。男人应该有风度、成就、财产，优于女性的各个方面，妇女则"对自己的丈夫必须怀着类乎崇拜的感情"，在女性意识中有崇拜的男性，是一种传统的习俗和意识。

女主角无论是否是美女，在19世纪英国女作家的作品中，最后都有了合适的婚姻。这在中产阶级妇女群众中非常受欢迎，女性文学成为母亲对女儿的婚姻教育教科书，所以有大量的读者。女读者阅读作品也肯定了自己的想法和经验，它使文学似乎更加平易近人，鼓励妇女进入文学创作领域。

19世纪，英国女作家群体具有深厚的文化底蕴。民主文化赋予妇女接受教育的机会，增强了妇女的信心，也提高了女性文学素养的水平；女性写作的成功与女性在传统文学领域的创作让妇女大显身手；女性读者的崛起，描绘了女性的日常生活和心理体验，让女作家更加亲近生活，表现出独立自主，尊重个人，维护社会秩序等独特的英国文化。

第四节 意识的萌芽

从17世纪的第一位女作家贝恩通过写作谋生到19世纪的女性写作生活，英国女作家通过了二百多年的艰苦创作过程，在一个男人统治的世界里，她们可操作的文学样式少得可怜，还面临着女人从事文学创作是"不务正业"的指责和敌意，但毕竟她们用小说这种"唯一的她们对其贡献可以与男人相匹敌的文学形式"[1]证明了自己不逊于男性的才华。那么，19世纪作家的创作是否存在着一种"女性意识"呢？

S.J.卡普兰曾这样界定"女性意识"：

当我用这个术语时，我希望读者知道我是以相当特殊和狭隘的方式运用它。它不是指妇女对自己女性气质的一般态度，也不是女作家群中的某种特有的情感。在我看来，它是一种文学方法，是小说写作中刻画妇女的一种方法……我用"女性意识"一词甚至不是泛指一部小说中某一妇女意识的整个涵盖面，而是指她的意识中把自己作为一种特殊的女性存在加以界定的那些方面。[2]

作为第二性的女人和"男人的肋骨"，在欧洲的传统中，已经具有美学固定和伦理的倾向：好女人应具备"悠悠的温柔，轻轻的畏怯……以区分另一种性别，带着某种归宿感，然而恰恰是这种归宿感使她更为可爱"[3]。英国男性作家如狄更斯、萨克雷等，他们都站在男性的角度来描写女性，传统的男权思想使他们笔下的女性或者是妖魔化的职业女性，或者是天使化的奴隶。《老古玩店》里律师小姐布拉斯喜欢欺负弱者，《小杜丽》中的杰里比夫人整天埋在自己的档案中，丝毫不关心子女的生活，而蓓基·夏泼以美色蛊惑男人来获得利益更是罪大恶极了。按男权社会对女性的审美标准和正统观点来看，她们不在家侍奉丈夫、孩子、兄弟，不安安分分待在家里，不履行"家庭天使"的职责，就是彻底违反了女人本性。伍尔夫尖锐地指出：

---

[1] Miles, R. The Female Form: Women Writers and the Conquest of t he Novel[M]. London and New York: Routledge&KeganPaul, 1987: 2.

[2] S. J. Kaplan. Feminine consciousness in the Modern British Novel[M]. Urbana and London, 1975.

[3] Addison, J. The Spectator[EB/OL]. (2004-04-14)[2008-06-04]http://www. gutenberg. org/files/12030/12030. txt.

"千百年来，女人一直被当作镜子，它具有令人喜悦的魔力，可以把男人的镜中映像，比他本身放大两倍。[1]"在描写"家庭天使"的文学中，已经成为普遍接受的理想女人的典范，形成了一种模式。像我们在狄更斯小说中所见的那样，阿格妮丝、小耐儿不都是这种专门侍候男人的天使型的美丽少女吗？而这种天使少女或妻子母亲在父权制社会中建成，妇女失去了真实的自我，扭曲了女性的主体意识，屈服于男士当花瓶。女作家们或以个人经历为基础，或直接取材于自己熟悉的人物和事件，以独特的视角表现女性自我意识的觉醒、她们的道德困惑以及对男权社会的反抗，表露出清醒的女性意识。从女作家的创作，我们可以看到女性意识的明确线索不断深化和发展。

埃伦·莫尔斯在《文学妇女：伟大的作家们》中写道："1813年，《傲慢与偏见》终于问世。它标志了妇女文学时期的到来。"[2]作为一个终身未婚，没有独立经济地位的女子，奥斯汀对于当时女性的附属地位有直接的深切的体验。关于她小说中的女性绝对是中央人物，几乎所有的奥斯汀小说都是围绕着农村中产阶级青年男女爱情和婚姻，通过女性"找丈夫"的曲折故事来观照女性命运。奥斯汀在她的作品中表现出女性的个性魅力，伊丽莎白、安妮、埃莉诺是理性、美德和智慧，甚至超过了敏锐的观察和判断力的男人。当然，奥斯汀的女性意识总是受到爱情婚姻的限制。

如果说，奥斯汀笔下的女性还有着美丽、善良、贤淑、温柔种种符合男性审美的传统特征，夏洛蒂·勃朗特的简·爱则是一个其貌不扬、性格叛逆的女子，她反抗男权社会给女性的定位："我不是天使，我就是我自己！"这推翻了新女性的"家庭天使"模式，明确表明，女性意识从强调女性向女性独立人格的发展开始。对于这本书中的男性人物，无论是简小姐表弟约翰·里德，罗彻斯特的桑菲尔德庄园的主人，低调的慈善学校校长布洛克尔赫斯特，还是传教士圣约翰，无不是男权的化身。简·爱先后拒绝了罗彻斯特和圣约翰的求婚，因为罗彻斯特试图说服简·爱安于情人地位，而这威胁到了简·爱的自尊和人格独立；圣约翰则试图说服简·爱随他去环境恶劣的印度传教，这种自私的宗教狂热可能毁灭简·爱作为一个女人的激情。简·爱的反抗真实而自然。因为她深深知道只有经济独立才是人格独立的保障，"无论多么艰难，我都要坚持养活自己"，这是简·爱的人生信条，她

---

[1] 弗吉尼亚·伍尔夫. 论小说与小说家 [M]. 瞿世镜译. 上海译文出版社, 2000.
[2] Ellen Moers. Literary Women [M]. 1977.

不会让狂热的爱情毁掉自己的自尊，而沦为男人的附属品。

如果说，奥斯汀、勃朗特由于"被强行剥夺了在中产阶级客厅内所能遇到的事情以外的一切经历"[1]，他们的小说太狭隘，作家盖斯凯尔夫人专注于更广泛的社会和历史遗迹，笔尖触到男性作家的主导政治主题。除了家庭生活之外，在男权社会当中，男性几乎垄断了全部的社会领域，女性与这个社会政治处于一种隔绝状态。盖斯凯尔夫人在《玛丽·巴顿》和《南方与北方》等小说中，把笔触探入了现实中的政治领域，使女性作家的创作摆脱了以往狭窄而琐细的情感体验，从而让女性意识融入了社会生活，实现了女性意识社会化的突破，为女性意识的深化开辟了更广阔的大道。

在《她们自己的文学》中，肖瓦尔特认为传统女性文学史有三个发展阶段，而"女性阶段可从1840年出现男性笔名开始，到1880年乔治·爱略特去世为止"[2]。乔治·艾略特笔下的女性大多以对抗男性社会性别角色开始，这些胸怀理想的优秀女性最终都为妻为母，以认同男性社会角色安排而告终。麦琪、多萝西娅都或多或少地带有乔治·艾略特的自传色彩，也是那个时代女性地位的真实写照。乔治·艾略特与当时尚未离婚的刘易斯公开同居，相濡以沫长达20多年，直到刘易斯去世。但是他们的爱情并不能被社会所容，艾略特因此而声名狼藉，众叛亲离，他们被维多利亚的上流社会放逐，长期受到伦敦社交界的排斥，种种强烈的敌意和诽谤直到多年后才逐渐平息。艾略特笔下那些智慧超群的女性，最终还是回归了传统的女性角色，这些优秀女性对主流意识的叛逆与妥协正是作者本人在现实生活中的切身体悟和挣扎。女性的价值的多元是艾略特所认为的，她在保持女性独立意识的基础上，改变了女性意识中的"爱情至上"。简·爱的出走并没有超越自我，而麦琪的牺牲则是出于道德自律。艾略特认为女人应该以理性的方式表现自己的价值，并以爱和温暖为基础。在艾略特的小说中，透过表面的故事，我们总能听到文本深处无声的呐喊、女性的抗争和最终的失败命运。

19世纪英国的女性作家，当她们开始创作的时候，18世纪大量的女作家为她们提供了可资借鉴的范本，她们汲取了前代女作家的创作特色，又为女性文学的成熟奠定了很好的基础，她们在作品中的苦闷和追求，也为开始发展的女性主义批评贡献了极好的研究文本。埃伦·莫尔斯认为："就以奥斯

---

[1]　弗吉尼亚·伍尔夫. 一间自己的屋子. 上海人民出版社, 2008.
[2]　伊莱恩·肖瓦尔特. 她们自己的文学. 伦敦, 1978.

汀为首的女作家而言，女性文学是她们的主要传统。"[1] 肖瓦尔特指出，"以女性作家模仿占主导地位的男性作家为特点，主要以显示女性自身特点为主题"。[2] 在这一点上，女性写作不仅在表达技巧和艺术特色上都有自己的优点，而且遵循传统的小说线性叙事模式。奥斯汀取材于现实生活，以幽默讽刺的对话见长；勃朗特姐妹则充满激情，带着哥特文学的浪漫色彩，对象征的手法情有独钟；而艾略特更注重描绘人物的心理转变轨迹。她们促进长期的边缘是妇女的地位，引人注目，塑造了男性"诱惑"或"天使"吉普赛女性形象的作品，从女权主义的传统约束下，从女性意识的角度看，女性同时突破自己对自己的价值观念的限制。值得注意的是，这些女性作家匿名或男性化名字出版作品，大多数女性写作了为了受到主流意识形态的接受，她们试图利用男性身份隐藏自己的性别特征，这体现出19世纪女性创作的性别困境以及当时文学界对女性创作的歧视和非难。这种矛盾体现在同一个角色，作者要创造一个理性、独立的女性形象，又受制于社会习俗规范和男性批评，她们尽可能使自己的女主角不触犯女德，言行遵循习俗规范。因为反之，她们很难挤入主流文学圈，也不会被当时的文学批评圈接受。

从客厅到社会，从狭隘的个人情感小天地到广阔的政治经济领域，经过奥斯汀、勃朗特姐妹、盖斯凯尔夫人等女作家的努力，可以说，自觉的女性意识已经涵盖了方方面面。弗吉尼亚·伍尔夫说："在生活和艺术中，女性的价值观念不同于男性的价值观念。当一位女性着手写一部小说之时，她就会发现，她始终希望去改变那已经确立的价值观念——赋予对于男人来说似乎不屑一顾的事物以严肃性，把他认为重要的东西看得微不足道。[3]"伍尔夫的这段文字抓到了"女性意识"内容的本质。从《傲慢与偏见》到《米德尔马契》，从伊丽莎白、简·爱到麦琪、多萝西娅等妇女生动的形象，我们可以看出，19世纪女性意识的轨迹和过程觉醒。19世纪女性作家的创作既延续了之前的英国女性文学传统，也使之后的女性写作有了可遵循的规范，构成了绵绵不断的女性文学"流"。正是简·奥斯汀、勃朗特姐妹、乔治·艾略特等妇女作家的演示，从女作家到未来，弘扬了英国女性文学的传统。

[1] 玛丽·伊格尔顿. 女权主义文学理论. 湖南文艺出版社, 1989.
[2] 伊莱恩·肖瓦尔特. 她们自己的文学. 伦敦, 1978.
[3] 弗吉尼亚·伍尔夫. 论小说与小说家 [M]. 瞿世镜译. 上海译文出版社, 2000.

第二章 勃朗特姐妹创作背景

第一节 政治背景

一、君主制和道德

雪莱在他的十四行诗《英国在1819年》中这样写道，并不是所有的与他同时代的人都同意他对乔治三世（1738—1820）及其家族的观点，但很少人，如果有的话，尊敬君主政体。

（一）争夺王位的战争

乔治三世定期发作的精神病（现在医学历史学家认为他的病情是叶啉症）长期以来使得他的儿子在1811年成为摄政亲王，不仅在社会而且在政治方面扮演领导者的角色。出于产生王位继承人的需要，王子娶了不伦瑞克-沃尔芬比特尔家族的卡罗琳公主。那个婚姻的唯一一个孩子夏洛蒂公主嫁给了萨克森-科堡家族的利奥波德王子。这对夫妻年轻、有魅力并很受欢迎，唤起了人们对一个稳定的王位继承者的希望，然而在一年后希望就破灭了——在1817年，母亲和孩子都死于难产。

在乔治三世的15个孩子中，有12个存活了下来，5个老朽的公主和7个王子，但没有一个能生下合法的或不被排除在继承法之外的子嗣。3位王子，克莱伦斯、堪布利治和肯特公爵，为求一个合法子嗣而赶着走上圣坛的奇观并没有起到什么教化作用。婚姻现在变得很有吸引力：它意味着他们将是未来国王或女王的父母，就能从议会得到更多的津贴，权力和影响力有可能得到加强。就这个国家而言，这些婚姻的唯一成果是肯特公爵和公爵夫人生下的维多利亚公主。

（二）皇室丑闻

摄政王，即后来的乔治四世，的婚姻生活一直是赠送给漫画家和讽刺作家的礼物。

1795年，在确保能得到继承权的急切渴望下，他娶了卡罗琳公主，尽管10年前他已经和费兹赫伯特夫人订立了"不合法的"婚约，因为她不是个罗马天主教徒。和卡罗琳的婚姻是个卑鄙和公开的失败，虽然他想离婚。特别是当他的父亲乔治三世在1820年死后，但他的政府反对他那样做，因为这将会使君主政体名誉扫地；国王只得接受他的婚姻状况，王后住在国外。

卡罗琳也得到了一些人的公开拥护，有段时间她成为激进不满的焦点：一名受到不公正对待的勇敢女子，和大部分民众一样在一个镇压他们自由的政府统治下承受着痛苦折磨。她最后一次让她丈夫难堪的尝试，是在她死前的一个月试图去参加他成为乔治四世的加冕典礼，但她被禁止踏入大修道院内。

（三）"水手国王"

威廉四世是乔治三世的第三个儿子，他在1830年继承了他哥哥乔治四世的王位。他有个外号叫"水手国王"，因为他年轻时曾在海军服役，后来在1827年提升到海军事务大臣一职。像他的兄长一样，他的私生活引致极大的丑闻：他与著名的女演员多萝西亚·乔丹在一起住了很多年，并生了10个孩子。然而他在1818年娶了萨克森、迈宁根的阿德莱德。这两对夫妇的女儿都不能活过幼儿期，结果是威廉的侄女维多利亚继承了王位。

（四）维多利亚

维多利亚（1819—1901）的父亲结婚后年内死于肺炎，于是她由住在肯星顿宫的母亲抚养大。她的同母异父姐妹菲多拉称她在那度过的时光为"监禁"，维多利亚自己后来也描述她的青年时代是"极其不快乐的"。自然她的生活是寂寞的，处处受到限制，部分是因为乔治四世——维多利亚的"国王叔叔"不喜欢她母亲，另一个可理解的原因是公爵夫人想让她女儿远离腐败和奢侈的宫廷生活。

在她叔叔威廉四世死后，维多利亚公主于1837年登上王位，起初这对宫廷的生活没有影响。为尊重她的年轻和性别，早年的奢华风气已经大大消退；但当然还是有大量的享乐和无聊活动。在一个社会和政治大变革的时代，年轻的女王要扮演的是会使人畏缩不前的角色，于是她把首相墨尔本勋爵当作良师和益友，她情感上对他的依赖使她很快就紧密地和辉格党联系在一起。

1839年，她开始公开与准备担任首相的罗伯特·皮尔就所有宫廷女侍的政治从属关系发生争执，她拒绝皮尔想用托利党人代替她们中的任何一个的建议。皮尔因得不到女王的信赖而拒绝上任，这场冲突导致了辉格党内阁在接下来的两年继续当政。其他的问题，如她个人对佛罗拉·黑斯廷斯夫人的敌意，也导致了她在登上王位一年后声望的下降。后来她与萨克森、科堡、哥达王室的阿尔伯特王子的婚姻才给维多利亚带来了情感上的满足，使她个人以及王权制度得到稳定。维多利亚和阿尔伯特于1840年结婚后，宫廷风气渐渐开始改变。到1842年，莉桃顿夫人注意到，晚餐时讨论的是严肃的海军和科学话题，而不是在散播流言蜚语。女王生下了9个孩子，这无可避免地使皇室，而不是维多利亚自己，成为公众注意的焦点。阿尔伯特亲王引进的德国传统如圣诞树等，得到人们广泛接受和采纳，女王为人们树立的经常去做礼拜的典范，她的仁爱和她面对无数次暗杀试图表现出的勇气，表达了一种远胜于她叔叔的道德准则。

君主制开始影响并激励了中产阶级价值，这使"维多利亚女王时代的人"一词成为受人敬仰、常去教堂做礼拜和看重家庭生活的人的同义词。继续享受在摄政时期的赌博和地下情消遣的贵族阶层，和经常忘记去登记"结婚"的劳动人民阶级，对改革一新的王室没有多大的同情心。然而在维多利亚女王大部分统治期内，把"王室"等同于"道德"不再是不合适的。

二、殖民地和传教士

18世纪末美洲殖民地起义的成功，标志着英国对联合王国的态度发生了重大转变。很多人承认殖民地变得更大、更能自给自足和更强大，他们将要求取得美洲人所执意追求并已赢得的独立。有一些人，像哲学家和社会改革家杰里米·边沁认为他们应当被鼓励向这个方向努力，特别是当他们在很大程度上是英国的经济负担而不是有用的资源的时候。

1815年后，这个经过长期战争的国家正调整自己，努力适应随和平而至的种种变化和困难。它要支付战争债务，要解决自由贸易的整个问题。工业家反对殖民地的优惠地位，并把他们看作是阻碍经济发展和英国繁荣兴旺的绊脚石。

与此同时，也有人，如年轻的皮特与他的同事和弟子力图抵抗不列颠帝国面临的灭亡的威胁；他们想在更坚固和自由的基础上重建王国。为了使之成为可能，必须要建立一个新的商业系统，而且英国要面对一个事实，那就是分布广泛的殖民地不再预备好直接受伦敦统治，也不会再向英国缴税。

（一）奴役贸易

除了和殖民地有关的紧迫经济危机之外，19世纪早年的英国还面临一个道德方面重大的问题：奴隶贸易和奴隶劳动力。到1820年，大部分西方的欧洲国家已经同意停止这类贸易，但在英国所属的西印度群岛上仍然有67万名奴隶。对改革家尤其是福音主义者来说，这是无法容忍的。遍及殖民地的传教士不仅在反抗最残酷的暴行、支持被压迫的受害者方面起到了重要的作用，而且在使他们家乡的团体和教会一直得知他们工作的情况方面也扮演了重要的角色。尽管他们整体上来说并不宽容，心胸并不宽阔，但他们中的大多数人赋予了他们传教工作精神和道德上的义务——那就是"当地人"的幸福安宁是至为重要的，这与一般殖民者和地主所持的态度相反，也受到了原住民的欢迎。

改革家越来越义愤填膺，结果反奴隶制协会在1823年成立，威廉·威尔伯福斯是副会长之一，并在1833年通过了一个法案，命令在一年内给予所有奴隶自由。夏洛蒂·勃朗特就在奴隶制是如此一个道德和政治方面问题的年头长大的，因此一点也不意外的是，她所有的小说都运用了相互对照的奴隶制和自由作为对象和主题。

在1830年，吉本·韦克菲尔德成立了殖民协会，试图使殖民地更系统化。他认为移居到殖民地的人应当是英国社会中的典型人物，而不是只吸收穷人、失业者或罪犯去殖民地。他还提出了土地应该如何分配给殖民者，才得以避免辽阔的大片田地被拨给没有足够劳动力的殖民者劳作的问题。他的解决方式是土地价格应当变得昂贵，并强制殖民者在被允许买他们自己的土地前要为另一个殖民者工作5年。出售土地所得的钱应当用来为恰当类型和阶级的人们的移居提供资金。苏格兰的长老教派和英国国教分别在1848年和1851年在新西兰建立的奥泰高和坎特伯雷殖民地，表明在韦克菲尔德的模式基础上，是有可能成功筹集到资金并组织殖民地的。

（二）独立

19世纪上半叶加拿大的问题相当严重，特别是上加拿大和下加拿大之间的冲突。那里绝大多数人是法裔。有段时期有人担忧加拿大会步美洲殖民地的后尘，踏上独立之路，但它在大英帝国中的地位在19世纪的下半叶得到了保证。英国答应建立一个对殖民地负责任的政府。美国内战后的防御问题和各种各样的妥协让步，已经足够使它安下心来不去争取独立。这个时候南非殖民地也正面临着很多与加拿大相同的问题。

运送罪犯到殖民地也如奴隶制那样困扰着英国公众，大部分犯人犯的只是些微不足道的罪。在19世纪上半叶，移居到澳大利亚的自由人数量急剧增长，到1855年已经禁止把犯人流放到除西澳大利亚之外的地方。羊群畜牧和发现黄金的诱惑激励了许多移民者，包括很多宪章派分子，他们呼吁从英国得到更多的独立自主权。在得知加拿大的胜利后，澳大利亚在18世纪50年代中期迫切要求建立一个负责任的政府并最终赢得了斗争。

印度，那个极其复杂的社会。当然，那名虚构的圣·约翰·里维斯准备去担任传教士的地方就是印度，简·爱谈及他时说："他提前得到了必定得到的酬报，那不朽的桂冠。"她无疑认为，他在传教工作方面的贡献将一定使他赢得那份奖赏，那个桂冠。然而就在圣·约翰去传福音的那个国家，很多印度人憎恨他的工作，这是可以理解的，因为这被认为是对他们自己的印度教信仰和习俗的侵犯。尽管在19世纪的上半叶许多大殖民地在实行民族自决方面取得了极大进展，但一般认为宗教真理仍然牢牢掌握在基督教传教士协会和基督教会手中。

三、从拿破仑到巴马斯顿

拿破仑战争标志着一个时代的结束和另一个时代的开始。年轻的华兹华斯曾写过一首关于法国革命的诗："幸福啊，活在那个黎明之中，年轻人更是如进天堂！"

然而当华兹华斯创作他的"一个热心者眼中的法国革命"一诗时，他的观点已经完全改变了。革命后期的暴行和导致英国和法国20多年交战的后果，使他对法国革命的理想遭到幻灭。很多上等和中等阶级的英国人开始怀疑人的权利和自由观念，因为革命者们曾那么坚定支持它们，他们也曾谴责法国的一切。激进分子们已经被镇压并投入监狱，他们的报纸也遭到封锁。1819年的6大法令，标志着遏制公众反抗的运动达到了最高潮。

（一）自由与和平

在战争结束后的一段时期里，政治对反抗的控制渐渐开始放松。1824年，臭名昭彰的联合法令被废除，工人可以自由地，但还是有些限制地，组织工会。这个运动规模渐渐地扩大，1834年罗伯特·欧文的全国大统一工会的成立标志着运动发展到了最高潮。然而"托尔普德尔蒙难者"事件导致了它的失败。公众的抗议和众多的请愿活动最终使6名多赛特的农业工人在

1836年得到赦免，他们因使工会分部的同事宣读非法誓言而被流放到澳大利亚。然而在1834年，胜利看来是站在政府和镇压这一边的。

另一个成功的运动是争取天主教徒解放的斗争。这对爱尔兰政治上的意义尤为重大，爱尔兰大多数选举人都是天主教徒。1829年，尽管托利党持不赞成态度，丹尼尔·奥康纳还是和平而且成功地组织了一场浩大的运动，为天主教徒赢得了投票和参加议会的权利。当时的首相威灵顿预见到压制改革将会引起内战，于是他劝说皮尔抛弃不同政见转而支持他。当时帕特里克·勃朗特在一封写给托利党的《利兹消息报》的信中公开支持解放天主教徒。当然，我们还知道，他反对在19世纪40年代撤销统一法令。他在两个事件中都是"得胜的"一方。

爱尔兰在反玉米联盟争取自由贸易的斗争的胜利中起到了重要的作用，英格兰的农夫在拿破仑战争时期收入颇丰，因为只有他们能供应国内所需的食物。另一方面，工业家想开放港口把他们的产品运到全世界去，比如说，德国只能买英国的纺织品和机械，以此作为交换，英国要进口他们的小麦和马铃薯。在19世纪20年代，托利党中的改革派开始简化和放开关税，皮尔在1842年到1846年的第二任期期间继续施行此项措施。然而，玉米法还是被党内的大多数看做是神圣不可侵犯的，直到1845年的爱尔兰饥荒才说服人们撤销了这项法律，给挨饿的爱尔兰人提供帮助，而不是出于激烈的经济斗争的需要，使得玉米法在1846年被废止。

（二）政治改革

1832年的改革法案，标志着议会结构和投票资格开始进行一系列的变革，20世纪的妇女被赋予投票权，使改革达到了高潮。这个法案废除了许多"腐朽"和"小型"的自治市镇，首次让一些工业的大城镇，如曼彻斯特和伯明翰，在议会中拥有更多的代表席位。它引进了一种新的、更理智的选举权，有效地给中等阶级户主们投票的权利；但它远未达到秘密的无记名投票和工人也可参加投票的地步。然而议会在新的体系下选举产生了、引进了一系列的重要措施，包括在不列颠王国内废除奴隶制，制定了纺织业的第一个有效的工厂法令和首次发放国家的教育津贴。在商业方面，便士邮资将证明是最有益的措施之一：在25年间，经手的邮寄物品从7600万个上升到6.42亿个。

最不受欢迎的"改革"是1834年穷人法的修正案，它废止了在拿破仑战争时期实行的一个津贴发放体制——当老人、病人和没工作的人不能养活自己时，他们就会被收容进贫民院。帕特里克也属于那些反对这个法令的众多人中的一员。

1854年克里米亚半岛战争的爆发，结束了欧洲几乎40年的和平。英国军队遭遇到的一系列羞辱的失败导致了首相阿伯丁伯爵的下台，代替他的是极受欢迎的帕尔姆斯顿子爵。在他监督下，克里米亚半岛的战争将会是成功的。

然而，半个世纪来这个国家享有的与其说是军事胜利还不如说是经济上的胜利。1851年的博览会为英国声称自己是"世界工厂"一词做了广告，这个博览会在国内和国外都深受欢迎。夏洛蒂在去伦敦时曾参观多次，她写信给她父亲说："其他的所有景象似乎都让给了博览会，每天上万的人持续涌入参观……我几乎好奇，伦敦人是否一点都不厌倦这个巨大的名利场。"

四、路德分子与报纸

随着工业革命速度的加快，纺织工场无可避免地引进了机械，这意味着工人们有丢掉工作的危险，就如我们今天电子产业的发展会导致失业一样。对19世纪初穷苦的工人阶级而言，失业意味着可怕的困难和可能的挨饿。就是在这种情况下，路德分子们联合起来一起反对工业化进程，因为这威胁到了他们的生计和他们的实际生活。内德·路德，第一个率领暴乱者砸坏机器的人，以自己的名字命名了这个运动。

政府20年前还在担心在法国革命中取得胜利的共和政体，此刻正从与法国长期的半岛之战后果里恢复经济，没有心情去同情这些工业反抗者。政府非但没从经济方面找出这场社会骚乱的原因，相反还采取暴力手段和镇压方式对付它。在没有一支警察部队去镇压路德分子并维持秩序的情况下：士兵被派去镇压他们，反对工场里改夺的抗争。

（一）1812年的骚乱

盖斯凯尔夫人生动地、即使有些不准确地描述了1812年路德分子的骚乱。骚乱发生在约克郡，靠近罗海德的一个地方，离帕特里克担任副牧师的哈兹海德教堂只有几英里远。这影响了夏洛蒂的生活，尽管她过了好几年才来到这里。据盖斯凯尔夫人所说，伍勒小姐讲述骚乱的故事给学生们听，把这当成娱乐节目，而且在那个时期，看宁人或唤醒人可在黑夜中听到远方传来的号令声，几千个悲伤绝望的人迈着整齐划一的步子接受秘密军事训练，为他们幻想中的某个伟大的日子准备着，到那时正义将反抗权力并会取得胜利，约克郡、兰开复和诺丁汉郡的工人将代表英格兰人民让所有人听到他们震撼庄严的口号。因为议会对他们真实的令人同情的遭遇充耳不闻。

勃朗特家的孩子们应该也听帕特里克说过所有关于路德分子暴乱的事情；发生在他家门前的暴力给他留下了极深刻的印象，因此他终其一生晚上都随身带着一把上膛的手枪。对帕特里克影响最大的、并被记述在《雪莉》中的一次事件，是1812年4月的袭击落福兹工厂事件。这个工厂属威廉·卡特莱特所有，他引进了最先进的机器来精梳羊毛衣料。据盖斯凯尔夫人所说，他在当地人中已经不受欢迎，并因他的"外国血统"而受到某些怀疑。他意识到引起了人们的敌意，于是他做好了抵抗路德分子攻击的准备。那天晚上，他在工厂里设置了临时的防御工事。盖斯凯尔夫人再一次生动地描绘了当时的情景："每一级楼梯上都放了一个卷轴，上面钉满了有倒钩的钉子，这是用来阻止动乱者上楼的。如果他们能成功地闯入门内的话。"

虽然暴乱者比困在工场里的人——威廉·卡特莱特自己、4个工人和5个士兵要多上好几百人，他们还是很快就被打败了。毋庸置疑，优良的武器，有利镇压攻击的位置和吃得更饱的肚子，都在工厂主和他的支持者的胜利中起了作用，无论如何他们都没受伤，而两个路德分子被杀死了。

（二）帕特里克的人道主义

帕特里克的立场是毫不含糊的，因为他痛恨动乱者使用的暴力。然而，难以想象一个公正的具有社会良知的牧师竟不为当时导致社会动乱的原因而苦恼。从我们对帕特里克·勃朗特的所知，他很可能对暴乱的人们（与暴力本身相对）的反应是仁慈的。他也许看到了引进新的工业生产方式给他的哈兹海德教区的居民带来了痛苦，并且他似乎和他的女儿一样同情"劳动人民"。夏洛蒂在《谢利》中谈到工场主罗伯特·穆尔时，描述了他们的命运：

他不是本地人，又不是在附近一带定居很久的住户，他就不能充分关心使用机器是否会使老工人失业的问题。他从不自问一下，那些他不再发周薪的人每天将到哪儿找饭吃。说到这种疏忽，他不过是跟其他数以千计的人相似而已。可是，约克那的饥寒交迫的穷人却似乎更有理由对他们这些人提出要求。

（三）报纸

一个非常重要的角色，而不是由工业发展本身促进了报刊的发展。报刊生产成本的降低，很大一部分归功于1814年引进的蒸汽印刷术。各种各样的印刷品：书籍、杂志和报纸能更快地出版，并（由于运输方式得到改进）很快地运送到整个国家的各个地方。

同时，在18世纪的最后几年和19世纪的上半叶，报刊被看做是潜在地散播极端言论的危险工具。任何传播媒介如果可能让人们更多地认识到他们的罪恶，改正的可能性，甚至散播他人反抗不公正和压迫的消息，对一个早就担忧社会动乱的政府来说是具有威胁性的。

另外，19世纪会读书写字的人渐渐增多，这意味着报刊能拥有范围更广的读者。

所有这些因素都使继任各个内阁实施更为严格法令控制所有出版物，这些法令自17世纪便开始制定了。每份被归入报纸一类的定期刊物都要盖上一个印花以示它已付过了许可证税。1789年当法国正在进行激烈革命时，报纸税升到了一张2便士，到1815年拿破仑战争结束后升到了4便士，罚款是很重的，那些被发现藏有一张没盖印花的报纸的人将被罚20英镑。1819年颁布的辱骂与妨碍治安法令规定，地方长官和警察可以没收任何违反此项法令的出版物，任何人如果被发现再次违反此令将被判流放。

所有这些压制新闻自由的结果意味着，大部分中等和劳动人民阶级根本看不到任何报纸。当然，也有激烈反对这项税收和那些把价格抬高，使除了有钱阶层买得起报纸，其他人都买不起的人。辉格党、极端分子和劳动阶层的知识分子都强烈反对这些税收，但直到1861年，夏洛蒂去世后的第6年，废除税收协会和它的支持者最终赢得了这场斗争，这些税收的最后一项——报纸税被撤销了。

（四）科贝特和卡莱尔

在那些19世纪早期争取新闻自由的斗士中，威廉·科贝特(1763—1835)和理查·卡莱尔的名字凸现了出来。1802年，科贝特首次出版了他的《政治记录》，公开地抨击政府、工业革命和丢脸的伦敦政府。它还呼吁议会改革。为了能让这周报得以出版科贝特为《政治纪录》支付了印花税，这使得其价格变得极其昂贵，大部人都不敢问津。科贝特接下来出版的刊物是《两便士的垃圾》，为了使其免交赋税，他把这份刊物设计为小杂志形式；刊物的销售量为一星期5万份，然而这个对政府的威胁已经太大，而不允许继续出版。1819年的出版法令增进了一些措施，这意味着它连同其他同类的刊物都要付税，然后报纸被停办了。

理查·卡莱尔在《共和党人》中宣告了他将献身于这一事业："我的全部和惟一的奋斗目标是新闻和言论自由。"为了这项事业，他不仅自己身陷囹圄，连他的妻子和妹妹都不能幸免。显然，很多普通人令人惊异的勇敢支持卡莱尔，因为他一家入狱后，尽管卖者将会被起诉，《共和党人》仍继续销售。

在19世纪上半叶的这种形势之下，地方报纸扮演了主要角色。各个省在当地报纸上发出了他们的声音：利兹和布拉德福德的制造商不仅阅读国家报纸，还读像《利兹信息报》那样的刊物，它的创办人强烈要求废除印花税和改革诽谤法。地方报纸协会在1837年的成立，反映了这些报纸的社会和政治重要性，它们的销售量在1846年上升到200份。

在约克郡，勃朗特一家可以读到许多报纸，其中有《利兹信使报》《利兹信息报》《哈利法克斯卫报》和《布莱德福德预言报》，布兰韦尔曾在后两张报纸上发表过诗歌。

在19世纪上半叶，除了当地报纸以外，许多国家报纸不仅开始创办，如《泰晤士报》《早间编年报》和《早间预言报》，而且很多专业报纸也纷纷创立，如《经济家报》《教育时报》《音乐时报》《基督教醒世报》和宪章派的《北极星》。到18世纪60年代早期废除报纸税收后，我们今天所知的报纸都已经出现了。

第二节　教堂和神职人员

我们往往认为19世纪在英国历史上是一个虔诚信教的时代，在这个时代我们创作了最多的赞美诗，建造了那些散布在英格兰各大工业城镇的哥特式大教堂，而且这个时代每个人都去教堂做礼拜。因此，我们有点奇怪，维多利亚时代的人也深感震惊，1851年一个宗教调查表明，在一个有着几乎1800万人口的国家里，只有700多万的人到教堂做礼拜。然而对那些在穷人中工作的神职人员来说，这并不是很令人惊讶的事情。

一、"赞助人的工作"

简·奥斯汀在《傲慢与偏见》中描绘了科林斯先生只知关心如何讨好他的赞助人凯瑟琳·德·巴赫夫人，她其实是在讽刺18世纪和19世纪上半叶一种非常普遍的神职人员。

安妮·勃朗特在《阿格尼斯·格雷》中比较了她的"好"韦斯顿先生和圆滑世故的教区长哈特菲尔德先生。阿格尼斯"确实喜欢他（韦斯顿先生）训诲中那真正合乎福音的真理，和他那朴素、真诚的态度，清晰有力的语调"。相反，当谈到哈特菲尔德先生时，她说他：

迫不及待地飞快从布道坛上下来，和乡绅握手，并搀扶太太小姐们上车，在一定程度上有损他的尊严。不仅如此，我对他还抱有敌意，因为他几乎把我关在外面。

34年的时光隔开了《傲慢与偏见》和《阿格尼斯·格雷》，实际上，它们之间的时间差距还要大得多，因为简·奥斯汀的小说原本是写于17世纪90年代的，但科林斯先生和哈特菲尔德先生显然是兄弟之亲。

她们突出表现了当时英国教会的一个真实问题。英国国教的神职人员通常是地主阶级或贵族阶级家中年龄较小的儿子，一般把他们的生活看做是"赞助人的工作"。他们与当地的贵族们来往，向他们布道，通常是以朗读的方式，而且在很多情况下，根本就不与他们教区中的那些贫穷困苦的人们往来。《阿格尼斯·格雷》中的南西概括了他们感受到的忽视：

（我）再次向教区长诉说我的心事……我本来不习惯做这样冒昧的事，但我一想，现在我的灵魂正处在危险关头，我就顾不得许多了。但是，他说他没有时间听我说话。

二、非国教者和福音主义者

在18世纪的下半叶和19世纪早期这样的背景下，卫斯理公会派和其他非国教教会开始盛行起来。非国教的新教强调努力工作和个人信仰，并没有只关注上层阶级的缺点，新教的神职人员比许多英国国教的神甫更能吸引他们的工人阶级教会人员。

于是，整个19世纪英国国教的神职人员开始进行真正的努力试图改革教会。国教中的福音主义派尤其如此，帕特里克就是其中的一员。就如教派中的其他成员一样，他充满激情地投入到这个改善众多穷人生活状况的社会事业中去。1837年，他震惊于1834年穷人法修正案对他附近地区的纺织工人的影响，于是，他在哈沃斯的一个公开集会上发表演讲，强烈要求政府废除这项法案。他还大力推动了改善当地教育状况的努力，并争取在镇里修建更卫生有效的供水系统。

如果把非国教教会和英国国教的福音教分支的扩展，与18世纪末和19世纪初的政治、社会和文化事件相比较，那将是很有趣的。就如整个浪漫主义运动的标志是对个人、个人自由和情感表达的强调那样，宗教崇拜也同样如此发展。那些热烈、通常是感伤的，在维多利亚赞美诗书籍中找到的圣歌取代了赞美诗的吟咏；很可能，神甫充满激情地以坚定的语气布道，并能引起听众的共鸣。个人救赎和谴责是非常吸引19世纪信仰者的话题，安妮·勃朗特尤其沉迷于这个问题，并担心自己不能得到救赎。

三、牛津运动

当然，可预见的是非国教的新教徒和福音主义者将遭到反抗势力的抵抗，这就是牛津运动。不同的信奉国教者，最著名的有纽曼、普赛和基布尔，试图重新解释英国国教的本质：在1841年纽曼出版了《XC手册》，他在书中寻求把国教祈祷书中的39篇文章和天主教神学协调融合起来，并解释了这种协调性。夏洛蒂·勃朗特当时25岁，出版于1849年的《谢利》开篇几段话表明，她非常了解英国天主教派教会运动。而今这些使徒的继承者，这些蒲塞博士的门徒和宣传工具，当时都还在摇篮的毯子下面孵化，或者还正在洗手盆里领受婴儿洗礼，经受出生呢。你光是看着他们齐齐戴着意大利熨法的双折边网状小帽，简直猜不出哪个是事先授了圣职的，是圣保罗、圣彼得还是圣约翰特予承认的继承者。这讽刺语调很清楚地表明，牛津运动在哈沃斯的牧师那里根本就不得不到共鸣！

第三节　教育、医药和公共卫生

一、教育

直到1870年，政府才开始确保有足够的学校让所有5到10岁的孩子得以上学。但在很久前，有两股力量已经开始着手解决工人阶级的文盲问题，那就是教会和激进分子们。

哈那·穆尔和罗伯特·雷克斯率先创办了星期日学校，帕特里克积极地支持这项活动。他们的主要目的是使孩子们能自己读懂《圣经》，并能在宗教上指导他们。这项工作只能在星期天做，因为只有在这一天孩子们才不受平日工作的束缚。因此毫不为奇的是，上学的人数并不是很多，而且很多孩子在成长过程中只花很少的时间在学校里。然而，即使出勤率不高，这也反映了当时许多工人阶级的人们渴望受到教育的心态。

激进运动与政治和教育的联系有着深厚的传统。哈姆普顿公会开设了阅读室，使不识字的人能听别人大声朗读激进报纸。那儿有一个大型的出版社：在鼎盛时期科贝特的《政治记录》能售出6万份，并且我们确信每一份刊物都在许多人的手中传阅过。妇女改革家的孩子们甚至还有一个字母表：B代表主教、圣经和固执；W代表辉格党、懦弱和邪恶。

如果父母愿意并有能力一个星期支付几便士，他们就有很多学校可供选择，至少在大城镇里是这样。他们可以选择一个"女教师"或一间"普通走读学校"，在那里一个女老师或者一个男老师为一小群学生上课，上课地点通常是在老师自己的家里，教什么全在于教师。有些教师也许开设阅读课、写作课"密码翻译课"和编织课；其他的也许会讲授薄记和其他商业课程。唯一不教的是宗教，这是留给各种教会学校的任务。

国家协会成立于1811年，它建立的学校讲授英国国教的教义；英国与国外学校协会在3年后成立，它所创办的学校承诺采用广泛的基督教教学大纲，受到所有不信国教的新教教会的欢迎。在这两种学校中，宗教相对于其他的学科是处于优先地位的，而且因为学校采取了"班长"制——大孩子教一小群年纪小的孩子的方式，学费一直都保持低廉。大部分孩子到10岁时已经被认为年龄大得足以工作了，以他们自己的收入（无论有多微薄）来补贴家用。1833年后，国家补贴能被用来建造新的学校，因此教会学校增加了；哈沃斯的国立学校在1844年正式开学，学费是一个星期两便士。

（一）语法学校和公立学校

中等阶级的男孩子可以到老的语法学校中的一间去上学，它们中的很多建立在多年前，可追溯到都铎时代。这种学校专注于教授古典文学，因此对未来从商的新兴工业阶级的儿子们没多大用处。随着要求教授科学和现代语言的压力不断增大，许多私立学校得以成立。切尔滕纳姆、马尔博罗、拉德利和莱斯学校都是大概在这个时候成立的，他们不受传统的约束，因此能积极回应家长们采用更现代方式教学的要求。

教育规模在鼎盛时期出现了9所著名的公立学校，包括伊顿、温彻斯特和拉格比。这个世纪开始时，这些学校在学术和道德上都正处于低潮期，维持秩序都成了一个主要问题。伍德瓦德记述了1818年在温彻斯特学生如何发起了一场"叛乱",最终被上好刺刀的士兵镇压了下去。《汤姆·布朗的学生时代》生动地描述了这种在公立学校司空见惯的欺凌弱小的行为;但它同时描绘了1828年到1842年担任拉格比学校校长的阿诺博士采取的一些改革措施。必修的运动课,成功完美的管理体系和具有核心重要性的在学校做礼拜都是在这时候由阿诺引进的;这些措施受到了广泛的称赞,并很快被其他的公立学校所采用。

引进现代课程遭到了更激烈的反对,最终导致了格洛斯特伯爵在1861年列举证据证明,就教育方面而言,上层阶级正"处于比中等和下层阶级更低下的状态中"。剑桥和牛津,这两所最古老学校的情况也一样。它们处于腐败、懈怠、特权和拒绝改革的控制下,情况甚至比公立学校更严重。这只能留给伦敦和其他各省建立的新大学,去回应建立一个更现代和相应的教育计划的呼吁了。

（二）女子教育

在19世纪上半叶,女孩们能受到什么教育呢?工人阶级的女孩子和她们的兄弟一起在"女教师"或"教会"学校上学,但更可能的是在国内危机爆发的时候待在家里帮忙。大多数中等阶级的女孩们在家里跟随母亲或家庭教师学习,虽然其中一些(如勃朗特姐妹)也去学校上学。根据1851年进行的调查,几乎有265万位"女士"登记为家庭教师;她们中的大部分在少女时代上过一年到两年的学,"镀金"或为婚姻做准备。

直到19世纪中叶才建立了第一批真正的女子中学——女王学院、北伦敦学院和切尔滕纳姆女子大学。但大学教育和向妇女开放多种职位只能有待将来实现了。

二、医药和公共卫生

19世纪早期,死亡率开始普遍下降。腹股沟淋巴结疫病已经绝迹,接种疫苗的成果也使天花在减少,但死亡率普遍下降掩饰了巨大的地区差异。在18世纪20年代,乡村地区死亡率估计是千分之18.2,相比之下城镇死亡率是千分之26.2。1843年发表的图表通过绘图的方式列举了三类社会群体的平均死亡年龄,表明与城镇较为富有的人相比,乡村生活即使对穷人也是有极大好处的:

	曼彻斯特	拉特兰郡
专业人员、商人	38	52
贸易商、农场主	20	41
机械工、工人	17	38

这一问题的起因是人口的急剧增长，主要是因为大量人迁移到大城市里去。在1801年和1831年间，曼彻斯特、格拉斯哥和利兹的人口都翻了一番，而住房面积却没有相应扩大，公共卫生也没有得到改善。额外修建的房子往往被塞到原本是庭院或通道的地方，于是空气的自由流通受到阻碍，液体和固体垃圾经常堆积起来。下水道本来是把雨水带走的，现在却和住宅排水管连在一起，使其负荷过重，已不能用作原来的用途。

（一）疾病和死亡

那个时候的三大杀手是霍乱、斑疹伤寒和肺结核。其中霍乱最为人所惧。这是一种新的疾病，第一次流行爆发时是在1831年，迅速使许多人丧生，且所有阶层的人都受到了侵袭。然而只要它的病因——被污染的水，为众人所知，它就能够避免，但这是一项长期的斗争。哈沃斯的居民付出了代价后，才去说服地方当局，让他们了解到干净的水从长远来看将会更廉价。盖斯凯尔夫人记述了"疲劳勤勉的家庭主妇不得不提着满满一桶水，从几百码外爬上陡峭的街道"，并描述了哈沃斯"建设时完全忽视了所有卫生必需条件；古老的教堂大墓地被污染是很恐怖的事情"。霍乱最后有几次全国大流行，其中的一次是在1853年，纽卡斯尔疫情最为严重，因为当地议会拒绝运用他们的权力进行卫生改革。

斑疹伤寒是贫民区的疾病。它有时被称做"监狱热病"，在船上、监狱里和任何被人塞得满满的不卫生的地方都容易发病。恶劣的食物和过量的工作使人们更容易受到感染，所以人们认为它没有霍乱那么紧急，富人和穷人都受到了侵袭。

19世纪和20世纪上半叶的第三大杀手是肺结核。因为肺结核经常被误诊，所以也许三分之一人的死因都是肺结核。人们认为它是生活不可避免的一部分，尽管这似乎也有遗传发病的因素在内，它同时反映了生存条件过于拥挤和食物的缺乏。英国在20世纪50年代已经事实上根除了这一疾病，但在20世纪90年代此病的发生率在无家可归者和社会中最贫困者身上却又上升起来。

在19世纪上半叶，改善公共卫生的重要障碍是费用，还有社会中较富有的人不愿意付出足够的金钱去改善多人居住的骇人听闻的生活条件。巴比治在他1850年提交给卫生总局关于哈沃斯的报告中提到了埃德文·查得维克。他孜孜不倦地设法使中等阶级的纳税人相信，如果不引进干净的水和建立适当的污水处理系统，那么他们要付出的钱财将比提供这些改善措施的支出多得多。他引述了穷人法中的条规，和由于监狱的负担以及住房过于拥挤而需付出的社会和道德代价。

医学人士阿诺特、凯和撒斯伍德·史密斯医生向查得维克提供了他所需的证明：不卫生的环境是和疾病联系在一起的。尽管查得维克遇到了许多反对意见，且由于他极其难以与人相处的性格，他没得到别人的帮助，但他最终掘出了事实真相，而他所得出的结论为现代公共卫生系统奠定了基础。

（二）医学进步

和卫生改革携手并进的是医学方面的进步。医生人数增加了，而且他们的技艺都日益纯熟，他们中很多人都意识到病人的健康和周围环境有着密切联系。热病病房是被隔离开的，这能减少传染病的传播。弃婴医院数量的增多有助于婴儿死亡率的下降。门诊部是提供免费建议和药物的地方，它的建立是促使健康得到改善的一个重要进展。

麻醉学、无菌手术与巴斯德在细菌方面的成果仍然要等到将来实现。到19世纪中叶大部分为改善公众健康的机器已经就位，现在需要的只是使用它们的决心。

第四节　工业、运输和旅行

布莱克的《耶路撒冷》中描述的"黑暗如魔鬼般的工场"，作为英国工业大发展的过去的纪念碑到今天依然耸立，兰开夏和西约克郡的工场最明显不过地表明了这一点，就算是哈沃斯也没有这两地那么明显。

工业作业和机器的发展，使18世纪末和19世纪初制造业发生翻天覆地的变化成为可能。这些变化首先由发明运用于棉纺开始，然后扩展到其他纺织品制造业。工业扩张导致了对新动力来源和通讯的需求，于是18世纪末瓦特的蒸汽机开始上市销售，许多纺织工厂也已经配备了蒸汽机。将机械化引入工场和工厂预示着纺织制造业即将进入一个全新的时代——一个威胁着早已在那儿工作的男人、女人和孩子生计的时代。

尽管工厂的条件糟糕得可怕，但职业意味着有地方过活，有食物填饱肚子，而不是无家可归，可能挨饿致死，两者天差地别。就是这赤裸裸的残酷现实，激起了像路德分子一样的那些人以暴力反抗将机器引入工场。那些还没被辞退的工人工作的最好的条件是在城镇里的专门建造的大工厂里；但就算在这些工厂中也没有强行规定工作条件该是如何。

一、改革

直到在整个19世纪颁布了一系列法令后，工人的生存状态才渐渐变得可以忍受。当勃朗特家的孩子们在牧师住宅长大，写他们的安格丽亚和冈德尔故事时，工厂里的孩子仍然为了那点可怜的工资从日出干到日落。这个世纪的上半叶，尽管已有一些零散的声音，如罗伯特·欧文，呼吁保护孩子们，但1819年的工厂法案仍然允许工厂雇佣任何9岁以上的童工，而且一天工作时间是12小时之久，还剔除了吃饭的时间。直到1832年通过了改革法案，工厂法案才得以有效实施。

除了在工厂工作的工人外，还有一些受雇于家庭纺织手工业。这些工人分成两部分，一部分为那些在市场销售自己商品的人工作，另一部分为雇主提供的原材料进行加工。勃朗特先生教区内的许多居民都属于这一类工人，在狭窄不通气的房子里工作。在一些大城镇如曼彻斯特和利物浦，很多人都从事这种家庭手工业，在地下室骇人听闻的环境中生活和工作。

二、欣欣向荣的工业

纺织工业在诺丁汉郡、兰开夏和约克郡地区是非常重要的，然而它当然不是19世纪早期惟一重要的产业。随着蒸汽机日益广泛的应用，煤矿业也发展起来了。这是钢铁生产发生巨大变化的时代；与法国的战争后，造船业显出了新的重要性，毁坏的船只需要更换，新的船只需要制造，以应付海外贸易扩张的需求。

工业革命使许多产业得以兴旺发展，其中之一便是建筑业。所有去勃朗特故乡的游客都会注意到那些巨大的工厂，他们耸立在每个城镇里，或直挺挺地矗立在山谷中，面目狰狞。但同样引人注目的是工厂工人所住的排屋，它们背对背挨着，几乎没有院子或花园；它们中大部分是黑乎乎的，都是千篇一律的劣质房子，通常很快就建好，以装下备受压迫毫无空闲时间的工人们。但一些雇主应该说的确是持有更仁慈人道的态度的，模范城镇——约克郡的圣安得鲁在这方面表现得很明显。

那儿堂皇壮观的城市建筑，也如其他许多北方的城镇的建筑物那样，表明伴随工业革命而来的财富的允裕。古典——和哥特式的图书馆、市政厅和教堂都是那个自信的、物质上大有成就的国家的见证人。富人和穷人之间的反差在19世纪的建筑风格上很清楚地反映出来。

为使工业能继续发展必须要改善信息传达的渠道。原材料和制成品必须要被运送到全国各地，而传统上这个国家的道路少得令人震惊，就算游客旅行也不够用。直到19世纪早期，道路修建才极大地得到改善；那时，运河已完全建好，并在运输工业商品方面起到了非常重要的作用。由于运河比公路运输更廉价更安全，于是北部的运河——默西斗寺伦特运河、利兹和利物浦运河兴旺发达起来，最终直到被铁路淘汰。它们曾和铁路进行过艰苦的竞争。

铁路，工业革命的产物，在许多方面象征着，19世纪人们的眼界令人惊异地得到极大拓宽。

在勃朗特姐妹的一生中，随着铁路的产生，运输和旅行得到彻底变革；但她们只是在生命中的最后几年里才享受到铁路运输带来的自由感和相关的舒适感，她们生命中的大部分时间都像其他人一样依赖公路。

三、道路和运河

直到18世纪的最后几年和19世纪的最初10年，公路旅行都还是一个危险的、极其无法预测的事情。直到修建了收费公路，出现了泰尔福特路面和碎石路后，整个国家才开始科学地修建公路。年轻的勃朗特经历过那些四轮大马车兴旺发达的年头，3万多辆马车奔走在英国的道路上。那些无钱拥有私人马车的人可以乘坐公共马车，由四匹马拉着，平均每小时行驶10英里。

除了公路外，当然还有运河，它们的修建是工业革命的直接结果。用公路运送煤炭到北方的大城市是一项非常费时和艰难的任务，特别是所负的重物会毁坏道路。后来有人出资修建了将煤炭和其他工业原料从一个商业中心运到另一个商业中心的新航道，他们就是布里奇华特公爵和他的工程师——詹姆斯·布莱德利。到1772年，曼彻斯特——利物浦运河也成了旅客在两个城市间旅行的主要通道，但这并没有持续很久。公路修建一旦得到改善，四轮马车的速度也一旦加快的话，运河对乘客而言就失去了吸引力。自然这两种旅游方式在18世纪30年代都受到了威胁，因为当时修建全国性的铁路网开始由可能转变为现实。

四、铁路

如果以事后看问题的便利，我们更容易能看得出来，铁路运输必然是经过了一段漫长的时期后才得到真正发展的。尽管早在1802年矿井已使用火车机车来运送煤炭，然而有一些人，如威灵顿公爵——认为客运车不会得到"广泛使用"。但在1829年，史蒂文森的"火箭号"得了最佳机车设计奖并获得500英镑奖金后，第二年曼彻斯特——利物浦铁路线就当着威灵顿的面开通了。但这其中发生了一起悲剧性的出人意料之事——前任首相哈斯克森的死亡，当他走到一辆火车前面时受伤了，伤口是致命的，这使这一幸事蒙上了阴影。但"火箭"机车却从此确立了它的旅行方式的舫主地位，它令人难以置信地达到了一小时36英里的程度。

于是，那些发展这种新的交通方式的新公司如雨后春笋般地在全国各地涌现出来，这当然遭到许多人的反对。这些人里有商业的既得利益者，如运河的业主和收费公路的理事们；那些依靠旅行马车过活的人，如公路边的客栈、乡村小店和马主等。他们都认为，他们的生计受到这个新式的蒸汽庞然大物的威胁，正如路德分子受到工厂机器的威胁那样。然后是拥有大量地产的贵族们不想让铁路闯进他们庄园的视野内，以免火车破坏了风景或吓跑了狩猎必需的狐狸。伊顿公学坚持要求在赞成通过发展大西部线路前，应该指派铁路职员阻止男学生在学期中途乘坐火车，牛津大学不同意让铁路通到离狄德各特更近的地方；当铁路线后来延伸牛津时，学校行政管理机构保留逮捕任何愚蠢到敢于进入火车站的学生的权利。

尽管多人反对，拖延修建消耗了不少费用，但私人资金仍继续投资到修建铁路上。到1848年，5000多英里的铁轨已建成使用。虽然铁路使一些地区的人失业，但它同时也为成千上万的人提供了工作：铺设铁轨、制造火车头以及乘客和货运车厢，修建桥梁、隧道、高架桥和火车站等。英国的"挖掘工人"，成为普遍受人尊重的人，并在欧洲大陆铁路建设中起了作用。到1843年，在不到40小时内经各铁路线和海路到达巴黎已成为可能，费用在三到四英镑之间。

随着铁路的扩展，很大一部分人出门旅行成为可能。特别是与法国战争过后，英国公众的眼界拓宽了，例如，滑铁卢战场就是个游览胜地。上层阶级到欧洲大陆观光旅行，这是其教育必不可少的一部分，浪漫主义诗人去意大利或更远的地方寻找灵感与某种程度上知识和个人的自由。铁路所做的是延长了社会中除了穷人外所有人的假期可能性，无论时间多短。在1845年，汤玛斯·库克组织了短途旅行，开拓了一种全新的旅游方式。一张从布兰德福特和利兹到伦敦博览会去的旅程票价是5先令。甚至还有从北方的大工业城市到斯卡布罗的"月光旅行"旅程。

勃朗特姐妹在遥远的荒野与世隔绝地生活，这一浪漫画面通常并不包括她们真实察觉到发生在身边的工业的发展。对勃朗特姐妹来说，铁路的出现意味着能更容易到约克、斯卡布罗和伦敦；当然，夏洛蒂在她生命中的最后几年走得更远。布兰韦尔有一段时间靠这个新产业谋生，布兰韦尔姨妈将她大部分钱投资到约克和中北部铁路公司的股票中去，它们在她去世后成为赠给三姐妹遗产的大部分。

第五节　妇女地位和家庭生活

一、妇女地位

对许多妇女来说，19世纪上半叶并不是个生活的好时代。在以前的世纪，所有阶层的妇女都享有活跃和多姿多彩的生活。上层阶级的女孩通常和她们的兄弟一样受过良好教育，直到她们结婚、成为母亲为止。文艺复兴时期英国有许多才华横溢的博学妇女可夸耀，如伊丽莎白女王和简·格雷夫人。在她们丈夫出战或去觐见君主时，这样的女性十分能干地管理着庞大的产业，甚至在内战中受到进攻时保卫她们的家园。中等阶级的妇女帮助丈夫照看生意，有的在她们丈夫死后继续管理留下的生意。在农民家庭中，所有家庭成员分担工作，男人和女人一视同仁。

随着工业革命的到来，这开始发生了改变。对上层阶级的妇女来说，情况并无很大不同，一个传统上女性要接受高等教育的家庭，会继续聘请家庭教师到家里教导他们的女儿，即使结婚后这些女儿们也依靠所带的嫁妆得到保护。

弗洛伦斯·南丁格尔在她的随笔《卡桑德拉》中痛苦地评论道："妇女从未被认为应当拥有一个足够重要、不受到干扰的职业，除了'吮着奶油水果羹'外；而女性自己已经接受了这个……"常见的原因是废弃认真的教育会将一生都浪费在照顾丈夫和家人上；然而，在这个时期，大概有50万"多余的"妇女未结婚。为一项她永远不会去从事的工作而做准备，无论多么不充分，是多么可笑的事情！

站在中产阶级妇女的角度上，只能从事女装剪裁和家庭教师的社会工作。由于他们没有受过良好的教育，所以他们通常可以教一点"才艺"——弹钢琴、礼仪、法语、唱歌和缝纫。为了解决这个问题，女王学院于1848年开学，从那时起，姑娘们有更多的机会全面接受扎实的教育。

然而这对勃朗特姐妹来说太迟了；但和当时大多数女孩子相比，她们三人都在罗海德接受了好得多的教育；她们在布鲁塞尔的时光把夏洛蒂和艾米莉引入了一个学术殿堂，她们由此获益匪浅，埃热先生可证明这一点。

对于那些大多数妇女，妇女找到丈夫，法律没有提供任何保护。一个女人，除非在礼物财产协议保护下的保障，结婚后成为丈夫的财产。她没有对孩子的所有权，甚至没有权利邀请客人来参观她的房子；如果她结婚后不能忍受婚姻，丈夫就可以把所有的收入都拿走，而且没有义务支付她的生活费。卡罗琳·诺顿为分居的妇女争取并赢得了部分权益，1838年的幼儿监护权法案允许分居的妻子去看望她的孩子，只要她品德无瑕。至于离婚，那么妇女就要等到1857年了，甚至那时候，也只有富人买得起的代价。

那么工人阶级的劳动妇女又是怎么样的呢？她们的生活总是艰难的，除了家务和照顾孩子外，他们还在农场或车间工作。然而，随着手工业的低下发展，在法治恶劣的威胁下，她们被迫进入工厂和矿场，被迫带孩子去那里。

1842年关于矿井状况的报告引起公众的反感，纷纷要求改革。这不仅仅因为它给出了苛求妇女的证据，还因为报告的插图显示了男人和女人在地下高温之下所穿衣物相当少。甚至在报告公开后通过矿井法案前，政府已经开始调整纺织工业，其中妇女员工占了大多数。

当中等阶级妇女因没有职业而遭受极大的痛苦时，工业地区的工人阶级妇女每天要辛苦工作12小时或更多，而且还有家庭责任的额外负担，反映了社会缺乏平衡的时期。

二、家庭生活

在19世纪上半叶，就如我们历史上其他大部分时间一样，家庭生活因各个家庭所属社会阶层的不同而大不相同。

乡村的大宅子可供一大家子和许多宾客居住，其中雇佣了各种各样的仆人，有马夫、园丁、小马倌、铁匠、挤奶女工、男仆、厨师、女仆、女帮厨，以及这个等级结构的顶点——管家。家庭的日常生活包括许多户外消遣活动，如骑马、射击和狩猎，小姐们乘着马车外出，也许去拜访朋友，或只是去欣赏景色，就如夏洛蒂在湖泊地区和凯·夏顿华兹一起时那样。在室内，音乐、画画和写信是小姐们普遍的消遣。在晚上男人和女人也许在一起听音乐、创作音乐或玩牌，直到绅士们去抽烟玩弹子戏。

对这个阶层的人来说，饮食是很重要的社交大事，这在那个时期的文学作品中都有所反映。早餐和午餐与主餐（晚餐）比起来算不上真正的一顿饭，晚餐大概在晚上七八点钟。直到19世纪40年代用餐较晚成为时尚后，下午茶才变得普遍起来。在这个世纪的上半叶，招待来访者的是蛋糕和酒；茶逐渐代替了这一习俗，虽然还遭到了一些反对意见！

（一）中产阶级生活

中产阶级的生活也有很大差异，这在于家庭主妇渴望时髦的念头是否强烈。在很多农场住房里，富有的农场主甚至还应该和他们的雇员一起用餐，如在哈代的《德伯家的苔丝》中，谦卑的克里克先生就和农场里的工人一起吃饭，农场里的佣人应当"在农场吃住"直到他们结婚为止，苔丝和安吉尔便是这样。在这种家庭里，家庭主妇和女仆并肩在牛奶场和蒸馏室工作，正如主人和他的工人在田地里一起工作那样。

如果家庭追求一种更有教养的上流社会的生活，那女主人和仆人间的距离会更清楚：用餐分开，他们之间会保持一种正式得多的关系。就算如此，长时间地在同一个家庭居住和为同一个家庭工作，会无可避免地使很多雇主和这一类仆人发展出亲密的关系，这种关系将勃朗特一家和他们忠诚的仆人——塔比瑟和玛莎，紧密联系在一起。

这些中产阶级家庭中的妇女过着和比她们境况较好的女性差不多的生活，除了素描、油画及偶尔创作一下乐曲外，只要她们年龄足够大，她们还花上很多时间缝纫。缝纫机直到19世纪60年代才开始普遍使用，女服裁缝会被雇佣来做更重要的服装，试穿这些衣服相当费时，于是妇女忙于制作内衣裤和其他的日常衣服。一个大衣柜是必需的，不仅因为出于社交生活的需求，人们要有各种各样的衣服以适合不同场合之用，而且还因为洗衣服的日子是很少的，少到经常一个月一次。

拥有足够维持一个马厩和供养马车和马的收入，使中产阶级的妇女更独立。我们还记得，《傲慢与偏见》中的班纳特姐妹不能随时骑她们父亲的马，因为农场需要她们。并不是所有的年轻小姐的意志都能坚强到像伊丽莎白那样，足以反抗她们母亲反对她们走进"整个垃圾堆"的意见，伊丽莎白那次坚持要求去曼斯菲尔德看简。随时准备着的马匹意味着妇女能自由去看望朋友、购物，或只是从她们单调乏味的日常生活中逃逸一段时间。

（二）劳动人民

处于社会等级下层的人们的生活，主要受到家庭所住的房屋类型影响。因此毫不为奇，等级结构最下层的人们通常从阴冷的、得不到安慰的家中逃出来，如果他们负担得起的话，来到当地令人愉快的、灯火明亮的酒馆消磨闲暇时光。劳动人民在一天中午的时候用主餐，但很多住在廉价宿舍的人根本就没有炊具，不得不从沿街叫卖的小贩、外面厨房或更高档的"小餐馆"那儿购买食物，人们通常只能买"肉和两样蔬菜"，就着黑啤酒吞下肚。

当这一部分极度穷困的人非常顽强地生活时，技术熟练的劳动者和他们的家庭却享受着一种更舒适的生活。孩子们完全可以去上学直到10岁或12岁为止，而且他们会吃得很好，尽管食物简单。然而，就算是在这个阶层里，大家庭的人口会多得可怕，女孩子通常仅有10岁就被送去当仆人，在雇主家吃住，以减轻她们家庭的负担。

（三）王室家族

到这个世纪的中叶，社会的顶点——伊丽莎白女王和阿尔伯特亲王，树立了喜爱家庭生活的典范，成为人们尤其是中产阶级的榜样。阿尔伯特亲王不仅设计和监督孩子教育的所有细节，而且和女王捉住每个机会享受轻松的家庭生活，特别是在奥斯本庄园和巴尔摩罗相对隐秘安静的环境中的时候。孩子们被鼓励去开垦他们自己的花园，去享受长时间的散步，和他们的父母去野餐，这样的家庭生活距以前流行的讲究礼节的王室生活已经很远了。

第六节　勃朗特姐妹的经历

1847年，勃朗特姐妹分别以"克勒·贝尔"，"埃利斯·贝尔"，"阿克顿·贝尔"为笔名，出版了小说《简·爱》，《呼啸山庄》，《阿格尼斯·格雷》。英国评论界对三部小说的作者一无所知，不知作者是男是女，不知道"贝尔"是三姐妹，以为他们是贝尔兄弟，甚至有人以为三部小说都出自同一位作者之手。从那时起，勃朗特姐妹的创作经过150多年时间的考验，终于作为英国文学史上的一道亮丽的风景"勃朗特峭壁"而矗立在世人面前。

一、夏洛蒂·勃朗特经历的"热"与"冷"

英国评论家对夏洛蒂·勃朗特评价，自19世纪70年代以前的肯定，到19世纪末20世纪初期开始逐渐走向平静，到20世纪中叶逐渐升温，经历了从"热"到"冷"的过程。夏洛蒂的作品经历了跨世纪、文艺审美的空间和时间，成为了经典之作。

（一）19世纪英国的评价和研究

夏洛蒂·勃朗特（1816—1855）的《简·爱》《谢利》（Shirley，1849）《维莱特》《教师》（Professor，1857）出版发行之后，在19世纪英国评论家混合评论中，评价呈现出分歧，有对夏洛蒂创作和艺术成就的高度赞赏，对其独创性和新奇性给予充分肯定；也有言辞激烈的批评和基于不理解的负面评价。

1. 对其创作的独创性、新颖性的肯定

夏洛蒂在1847年出版的第一部小说《简·爱》，英国人对这项工作的评价主要集中在真实、深刻和艺术上的创意和新奇技巧。据认为，作者有艺术才能和创造力。在评论家的早期，乔·亨·刘易斯首先肯定了小说是独特的作品（《〈简·爱〉和〈谢利〉》，1850）。指出："多年来，还没有出现过一本这么泼辣、这么新颖独创的书。"[1]

阿尔巴尼·威廉·冯布兰克（《评〈简·爱〉》，1847）的评价也更有远见。他对夏洛蒂创作的独特风格给予肯定，认为夏洛蒂是"一个富有独创性的作家，《简·爱》是一本非常聪明的书，它是一本断然有力量的书。它的思想真挚，扎实，独到；它的文笔果敢，率直，切中要旨"。

2. 对其艺术才能与艺术成就的肯定

维多利亚女王在《论〈简·爱〉》（1858）中曾指出《简·爱》"太有趣了"、令人"爱不释手"。当时的著名作家萨克雷（William Thackeray）也很欣赏夏洛蒂的《简·爱》，对她进行了鼓励。在1847年的信中向出版社称赞《简·爱》"是一本好书，我非常喜欢"。萨克雷在1860年写道，题为《最后一幅素描》的文章，哀悼夏洛蒂的死亡，指出夏洛蒂是"纯洁，高贵的人物"，"她的作品《简·爱》具有奇异的魅力"，称赞她是"伟大

---

[1] 杨静远.勃朗特姐妹研究[M].北京：中国社会科学出版社1983年版，第145页.

的天才"。著名的19世纪作家和文学评论家马修·阿诺德（Mathew Arnold，1822—1888）以诗歌《霍渥斯陵园》（1855）哀悼夏洛蒂的死亡。锡德尼·多贝尔赞美夏洛蒂是"最优秀"的作者，"说服力，她在当代独一无二"。[1]

1848年，《文学世界》载文《关于简·爱自传的评论》（A Review of "Jane Eyre；An Autobiography"），认为《简·爱》是"生动的、真实的、独特的，风格是非凡的但又是迷人的"。

夏洛蒂的第三部小说《维莱特》（1853），被评论家认为是最成熟的作家。《旁观者》杂志评论说：《维莱特》中"有趣味的场景，刻画得十分精彩的人物，比比皆是。作品的特色是明朗而有力"。乔·亨·刘易斯在《评〈维莱特〉》（1853）中认为："夏洛蒂在激情和力量（Passion and power）方面……在当今活着的人中是没有对手的，除了乔治·桑之外。"该文还认为，《维莱特》"是一本独创的书"，作者的真情和对生活的真实感受感动了读者。

19世纪70年代末之前，夏洛蒂的声誉一直高于艾米莉。她的作品比两个妹妹的小说得到的评价多，甚至一度成为人们关注的焦点。如著名的英国诗人、评论家史文朋（Algernon Charles Swinburne）在1877年的《简论夏洛蒂·勃朗特》一文中认为：夏洛蒂的天才高于那个时代的女作家乔治·艾略特等（George Eliot）。史文朋说：夏洛蒂"激情的纯度，情感热切的深度，精神力量和灵魂的热度"使"她能够当之无愧地并且自然而然地占有莎士比亚身侧的那个位置"。

3. 基于不理解的负面评价

在夏洛蒂以"克勒·贝尔"为笔名发表《简·爱》以后，评论界对小说也不是一片赞美之音，更有比较激烈的批评。有的评论认为夏洛蒂的《简·爱》是"粗野"的。伊丽莎白·里格比（Elizabeth Rigby）认为《简·爱》的风格是粗鲁和矛盾的，简·爱这一人物是不完整的，折射出作者自身的矛盾性。里格比认为，《简·爱》在通篇作品中表现的是一个灵魂不可超脱再生的、毫无修养的化身。里格比也攻击了宗教思想的作品，认为《简·爱》"是一部突出的反基督教作品"，说"只要我们认定这本书是一个妇女写的，我们就不能做别的解释，只有认定这位妇女由于某种充足的理

---

[1]　杨静远.勃朗特姐妹研究[M].北京：中国社会科学出版社1983年版，第190页.

由，久已丧失了与她的同性交往的资格"。里格比还对夏洛蒂的反基督教色彩进行了抨击，可以说，她代表了英国当时诋毁夏洛蒂的社会保守势力的一派。[1]

《基督教醒世报》（1848）批评《简·爱》的情节非常夸张、不自然，认为作品的"每一页都燃烧着道德上的雅各宾主义"。

英国女作家哈丽特·马丁诺虽然与夏洛蒂是朋友，但她在评论《维莱特》时却说，在作者"所写的三本书中，这一本也许是最奇特、最惊人的，虽然不是最好的"。哈丽特·马丁诺女士认为：作品中"充满了苦痛，几乎令人难以忍受"，作者描绘的女性的缠绵是令人厌烦的。哈里特·马丁认为除爱之外的女人，有很多重要、真诚的兴趣。她还指出，道德上的天主教"恶性攻击"工作是没有必要的。《基督教醒世报》也在《维莱特》发表后，再次从捍卫宗教信仰的角度对夏洛蒂在作品中表现出的宗教观念进行了谴责。[2]

英国评论界对夏洛蒂的这种负面评价，显示了当时英国文学批评界对夏洛蒂创作的新风格的不理解、不适应。当然，夏洛蒂的创作有其不足和稚嫩的方面，只是有些批评有夸大的成分。英国宗教界对夏洛蒂作品的反感，主要是因为她的作品对教会人士有丑化的描写。

19世纪英国评论界对夏洛蒂的评价，基本上是一个先热后冷的过程，从1847年《简·爱》发表，其中好评如潮的评论占主导地位，评论者们对夏洛蒂大加赞赏，特别是对其创作的新颖性和作品的激情澎湃给予了充分肯定。实际上这两种完全不同的评价，是对其创作的浪漫激情和充沛活力特点的不同解读，这说明了文学接受有着艺术品位和价值取向的差异。自1855年夏洛蒂逝世后，英国评论界的目光逐渐转向了艾米莉，夏洛蒂的声誉在19世纪70年代以后逐渐下降。总体来看，这一时期的评论，大都停留于一般性的褒贬，而较少有深入的文本分析。

（二）20世纪英国对夏洛蒂·勃朗特的评论

在20世纪，英国对夏洛蒂·勃朗特的研究仍然感兴趣。由于有了时间的距离，过激的评语消失了，评论显得比较平和客观。50年代以后，夏洛蒂的

---

[1]　Miriam Allot, Charlotte Bronte . Jane Eyre and Villette. Basingstoke Hampshire： The Macmilan Press Ltd, 1973, p. 71.

[2]　Miriam Allot, Charlotte Bronte Jane Eyre arid Villette. Basingstoke Hampshire; The Maemilan Press Ltd, 1973, p. 75

文学声誉又开始逐渐上升，人们的研究思路更加开阔、方法更加新颖了。人们似乎试图恢复英国文学史上夏洛蒂的地位。主要的评价集中在以下三个方面：

1. 文学史地位

在对夏洛蒂创作褒贬各异的评论声中，有的评论家和文学史著作力求客观、恰当地评价夏洛蒂的创作。评论家莱斯利·斯蒂芬（Leslie Stephen，1832—1904）认为，要把夏洛蒂的优点和缺点分开：她的错误反对传统观念，坚持传统习俗，不能客观地批评她，"我们不能把她当作一位伟大的导师……在苦难中，她始终怀抱着希望……成为指导一切有价值行动的灵光"[1]。帕特丽莎·汤姆森则评价说《简·爱》是"女家庭教师的大宪章"[2]。

英国著名评论家利维斯（F. R. Leavis）在1948年的专著《伟大的传统》（The Great Tradition）的第一章"伟大的传统"结尾的注释中，对勃朗特姐妹做了介绍，认为"夏洛蒂虽然在英国小说的主线脉络里无名无分，但却恒有一种小小的影响力。她才华出众，因而在表现个人经验，尤其是在《维莱特》里，写出了第一手新的东西"[3]。利维斯的注释说明20世纪中期以前人们对她们姐妹重视不够，在文学史的发展脉络中没有给予应有的地位。

20世纪后半期，英国一些较为权威的文学史著作和研究专著，对夏洛蒂的评价是比较客观和公允的。夏洛蒂及其两个姐妹可以正式进入可圈可点的文学史了，她们在文学史上的独特地位和作用也得到了充分肯定。如《简明剑桥英国文学史》（1987）认为：

从某种意义上说，《简·爱》是第一部现代小说，是第一次描述一般普通女性的爱情故事。发自内心的大胆无拘无虑的感觉也敢于倾吐自由的反叛女性的声音，这首先是当代文学中明确的。[4]

这清楚地强调了夏洛特的现代性，并在当代文学史上承认了她。2000版的《牛津简明英国文学史》认为：

---

[1]　杨静远. 勃朗特姐妹研究［M］. 北京：中国社会科学出版社1983年版，第1259页.

[2]　帕特丽莎·汤姆森. 维多利亚小说中的女主人公［M］. 转引自《勃朗特姐妹研究》，北京：中国社会科学出版社1983年版，第543页

[3]　利维斯. 伟大的传统［M］. 袁海译，北京：三联书店2002年版，第45页.

[4]　乔治·桑普森. 简明剑桥英国文学史［M］. 刘玉麟译，上海外语教育出版社1987年版，第230页.

《简·爱》当时是一种不寻常的现象，至今还是一个完全自信、充满挑战性的现实小说。……无论《简·爱》是如何确定"经典"和流行的爱情故事，其本身就坚持自己的独立性，而且强烈地主张性别和婚姻的重要性是依赖于彼此。[1]

这种文学工作肯定了夏洛蒂的现实主义倾向，也充分认识到《简·爱》的经典地位和社会意义。同时，该书对夏洛蒂的其他三部小说也给予了客观评价。

艾弗·埃文斯（Ifor Evans）在《英国文学简史》中，肯定了夏洛蒂的创造力，认为在这方面没有谁能同夏洛蒂和艾米莉相比，夏洛蒂的才能更为"漫散"。他还认为："《简·爱》创造一种恐怖的气氛，而不脱离一个中产阶级的背景。"[2]

《不列颠百科全书》认为，《简·爱》的故事中虽然有不少感情夸张的天真话，有些段落的夸张修辞也不十分适合现代的口味，但是夏洛蒂还是抓住了读者的心，如灰姑娘的主题，它中肯地指出：

夏洛蒂的影响远远超过艾米莉的《呼啸山庄》的直接影响。她浪漫讽刺的现实主义风格，结合了一个世纪，几乎都是女小说家的写作模式。她通过一个敏感的儿童或年轻妇女的观察来讲述故事，她的抒情风格，她从一个女人的立场来描绘爱情，这些便是夏洛蒂在文学创作中成功的创新。[3]

显然，编者从作家的影响力和读者接受的角度，给予了夏洛蒂以较为科学、客观的评价。

1997年，英国的简·奥尼尔（Jane O'Neill）写的传记《勃朗特姐妹的世界——她们的生平、时代与作品》（The World of Brontes——The Lives and Work of Charlotte, Emily and Anne Bronte），展示了在19世纪英国社会大变革时期的勃朗特姐妹的生活和文学世界。传记作者认为，夏洛蒂的《简·爱》中拜伦式的男主人公在当时以至今天，迷住了很多读者。著者称赞这是"一部符合道德准则的小说"。这个评估反映了英国人从改变思想一百多年来，在19世纪40或50年代，《简·爱》被认为是淫秽小说，在20世纪已经得到充

---

[1]　德鲁·桑德斯. 牛津简明英国文学史［M］. 高万隆译, 北京: 人民文学出版社2000年版, 第618页.

[2]　艾弗·埃文斯. 英国文学简史［M］. 蔡文显译, 北京: 人民文学出版社1984年版, 第284页.

[3]　不列颠百科全书［M］.（第3卷）, 北京: 中国大百科全书出版社1999年版, 第170页.

分肯定，而且该传记作者认为女主人公简·爱是"一名内心安定的、正义的、有原则的、自律的、完美的女人"[1]。

通过诸多对夏洛蒂的评价，可以看出，夏洛蒂的文学声誉，经过了19世纪末20世纪前半期的沉寂后，20世纪后半期逐渐上升，人们开始正视夏洛蒂的创作和文学地位。1948年利维斯的专著《伟大的传统》，就没有把勃朗特姐妹列入英国文学史发展的主脉中，只是在著作第一章结尾处做了一个关于勃朗特姐妹的注释。时至20世纪后期，英国的一些文学史著作对夏洛蒂及其姐妹做了比较符合她们创作实际的评价，把她们正式载入文学史。

2. 创作倾向

在20世纪初，英国学者夏洛蒂的浪漫因素和现实因素在引起更多的关注。对夏洛蒂浪漫和现实的评价，显示了英国人的独特视角。英国有人把她的作品看成是浪漫主义的，也有人认为其创作是真实写实的，或者是两种创作倾向的结合。西塞·林德（Cynthia A Linder）在他的《夏洛蒂·勃朗特小说中的浪漫想象》（Romantic Imagery in the Novels of Charlotte Bronte）一书中，通过分析夏洛蒂的四部小说《教师》《简·爱》《谢利》《维莱特》的叙事模式后认为，作家的创作关注基本上是描绘人的主观体验，她拥有丰富的浪漫想象力。阿兰·霍斯曼（Alan Horsman）在专著《维多利亚时代的小说》（The Victorian Novel，1990）中指出，夏洛蒂的创作主要是"来源于浪漫主义的想象，如埃马纽埃尔的出海航行以及罗切斯特的麻烦都是浪漫主义的计谋"。

也有的评论者认为浪漫和现实的倾向在夏洛蒂的作品中是客观并存的，不应该把它们截然分开。吉·凯·切斯特顿（G. K. Chesterton）在《夏洛蒂·勃朗特作为一个浪漫主义者》（Charlotte Bronte As a Romantic，1917）一文中，批评夏洛蒂创造浪漫主义和现实主义的批评者倾向于与实践分离。切斯特顿认为："浪漫主义和现实主义是夏洛蒂创作的两个方面，是可以共存的。浪漫主义是精神上的，现实主义是遵循惯例。"他主张人们应该统一考虑二者的并存关系。

夏洛蒂创作的现实性，得到许多英国评论者的认同。朱蒂丝·威廉姆斯（Judith Williams）的《夏洛蒂·勃朗特小说中的感悟和表达》（Perception and Expression in the Novels of Charlotte Bronte，1988）提出，夏洛特的小说是

---

[1] 简·奥尼尔. 勃朗特姐妹的世界——她们的生平、时代与作品 [M]. 叶婉华译, 海口: 海南出版社、三环出版社2004年版, 第92页.

"生活叙事"（生活叙述），她的小说表现的是对外界的内心世界的追求，具有真实的特点。《维莱特》的编辑者赫克等认为《维莱特》是一部真实地反映"英格兰风俗的小说"（condition of England novel）。卡尔·波莱塞（Carl Plasa）的《夏洛蒂·勃朗特》（Charlotte Bronte）一书认为，夏洛蒂的小说反映了19世纪英国真实的现实社会，如殖民主义（colonialism）意识和性别意识在她的四部作品中得到了彰显，并指出《简·爱》是"奴隶制和政治隐喻的不和谐的结合体"。

英国著名文论家、西方马克思主义批评代表人物特雷·伊格尔顿（Terry Eagleton）的《权力神话——勃朗特的马克思主义研究》（Myths of Power: A Marxist Study of the Brontes，1975）认为，维多利亚时代的英国阶级斗争是比较残酷的，夏洛蒂及其姐妹们在童年时看见了捣毁机器，一个十几岁的青少年经历了改革动荡和反对穷人的法律，罢工运动等等，因此，他们的作品有关于社会，体现了人与人之间复杂关系的力量。

伊格尔顿指出：在《简·爱》中，"简·爱与罗切斯特之间的关系具有模糊的平等，奴隶制和独立的标记。"简·爱和罗切斯特尽管社会地位不平等，但他们的财富来源是相同的——殖民地。"夏洛蒂的小说处理的是统治和服从的关系。小说展示的是社会中充满的人类权利斗争的关系"。《谢利》虽然反映了工人的罢工斗争，但"小说关注的主要不是工人的生活，而是全神关注统治阶级内部阶层的矛盾"。《维莱特》在某种程度上比《简·爱》更具有悲剧色彩，但它更加注重消解直接的阶级对抗。特雷·伊格尔顿还分析了夏洛蒂的主角。他认为，夏洛蒂的主人公希望独立，但他们另外也希望统治别人。她的人物关系是三位一体的，由"一位主人翁，一位'激进浪漫主义者'和一位专制的保守主义者之间一系列的复杂的权力关系所决定"。例如简·爱，她是小说中主要人物，但是在她身上既表现了激进浪漫主义的特征，也表现了保守主义的特征。

二、艾米莉·勃朗特经历的"冷"与"热"

艾米莉的小说《呼啸山庄》（1847）得到发展，在英国评论界经历了寒冷的时期，在这段时间之前和之后几十年来，绝不接受高度评价的过程。19世纪70年代以后，艾米莉的声名在英国逐渐高于夏洛蒂·勃朗特。然而，在《二十世纪西方文学理论》（1983）中英国西方马克思主义理论家、批评家特雷·伊格尔顿则表示说："英国文学还包括二个半女作家，因为艾米莉·勃朗特只能算是一个边缘情况。"在一些文学史著作中，人们往往只提及乔治·艾略特和简·奥斯汀，而忽略艾米莉及其姐妹。但20世纪的人们，已经开始关注勃朗特姐妹，艾米莉也有幸得到重视。[1]

（一）19世纪的英国评论

艾米莉的《呼啸山庄》出版，与夏洛蒂的《简·爱》的境遇形成鲜明对比。《呼啸山庄》遇到更多的是冷遇，有少数文章讽刺与贬低小说。人们对作品中桀骜不驯的人物性格、强烈的爱恨情仇的展示很不习惯，指责作品是阴森的、病态的、不道德的，带有"村理气味"，人物是粗野的。这对艾米莉是极大的打击。遗憾的是，直到1848年12月作者去世时，《呼啸山庄》也没有得到人们的认可。

1850年锡德尼·多贝尔的文章《柯勒·贝尔》发表。在这篇文章中，夏洛特被称为"迟来的正义"，它第一次肯定了《呼啸山庄》作者的艺术才华。锡德尼·多贝尔认为："这本小说中的次要地点或人物，没有一个不是多少带有很高的天才的印记……这本《呼啸山庄》里有一些段落，古往今来的任何一位小说家都会为之骄傲。"尽管作者艾米莉当时被错认为与《简·爱》的作者是同一个人，但是上述评论表明人们开始对作者的天才创造力和艺术天赋给予肯定。

在19世纪四五十年代，由于人们对夏洛蒂的小说比较热衷，对《呼啸山庄》缺乏认识，还是忽略了艾米莉。1855年夏洛蒂逝世后，人们逐渐把注意力转向了艾米莉和她的《呼啸山庄》，也开始关注文坛上的勃朗特家族。19世纪70年代以后，艾米莉的声誉明显高于夏洛蒂。研究评价艾米莉的文章日益增多，赞美之词不绝于耳。

玛丽·沃德在《〈谢利〉导言》（1899）中指出，两姐妹当中，艾米莉的天才更高；艾米莉的创作是采用了"强有力的、超然的、非个人的方法——莎士比亚的方式"，她"对男人从不抱幻想，而夏洛蒂对男人有许多幻想……夏洛蒂在想象男人和他们同女人的关系时，常是眼界狭隘、女人气十足、病态的"。

著名的是曾在1877年写给夏洛蒂以好评的英国著名诗人、评论家史文朋（Algernon Charles Swinburne），在1883年他又写了《艾米莉·勃朗特》一

---

[1] 特雷·伊格尔顿. 二十世纪西方文学理论 [M]. 伍晓明译, 陕西师范大学出版社, 1987年版, 第37页.

文，充分肯定了艾米莉"那野性的、激愤的悲怆情绪"和"悲剧的激情"，称艾米莉"在本质上是悲剧天才"。史文朋认为《呼啸山庄》可与莎士比亚的《李尔王》相提并论。"它那独特而鲜明的性质，那吞噬生命本身的恋情，以扑不灭的烈火，蹂躏着现实，摧毁着未来，它的纯洁丝毫不亚于火焰和阳光。"史文朋的评价，揭示出艾米莉创作的美学价值和文学意义，对她的艺术天赋给予了充分的肯定。史文朋对其创作的肯定一直影响着20世纪的英国评论界，获得了某种经典性。

第一个为艾米莉作传的玛丽·罗宾森在《艾米莉·勃朗特》（1883）中指出：艾米莉与乔治·艾略特和简·奥斯汀不同，"她是一个不同类型的作家。她的想象空间更加狭小，但冲击力却更强烈（intense）一些；虽然她视野有限，但她眼中看到的是真实的存在，没有一个作者能够那样以强烈的热情去描写荒野、狂风和天空"。传记作家敏锐的触觉意识到艾米莉独特的个性，对她的评价更客观，并有一定的前瞻性。

（二）20世纪的多元与客观的评价

进入20世纪的英国评论界对勃朗特姐妹的研究，特别是对艾米莉和夏洛蒂的评价，进入了多元化的、丰富多彩的时期，显示出不同于19世纪的若干特点。

1. 肯定其艺术天才

进入20世纪以后，关于艾米莉和夏洛蒂艺术才华的高与低的衡量，英国评论界似乎还意犹未尽，继续讨论和评判着。30年代评论家戴维·塞西尔（David Cecil, 1902—1986）的评论影响最大。在《早期维多利亚小说家》（1934）中，他指出夏洛蒂她的激情弥补了小说中的缺陷，而艾米莉的天才素质比夏洛蒂高，艾米莉的想象力是英国小说中"最不寻常的"之一，她是英国当时的小说家中最富有诗意的一个作家。值得注意的是，戴维·塞西尔对艾米莉的评价用的都是词语的最高级，特别是对艾米莉想象力的评价，令人印象深刻。

20世纪英国著名女小说家弗吉尼亚·伍尔夫认为，艾米莉高于夏洛蒂："《呼啸山庄》是一部比《简·爱》更难理解的作品。因为艾米莉是一位比夏洛蒂更伟大的诗人。"伍尔夫指出：艾米莉的《呼啸山庄》"有爱，然而却不是男女之爱"，她的小说描写的不仅仅是夏洛蒂的"'我爱''我恨'，而是'我们，整个人类'和'你们，永恒的力量'。"伍尔夫还充分肯定了艾米莉《呼啸山庄》所体现的宇宙的永恒精神。[1]

无独有偶，《不列颠百科全书》也充分肯定了艾米莉的艺术才能，认为"艾米莉也许是勃朗特三姐妹中最伟大的一位"，之所以如此评价，是因为"该书不同于当时的其他小说之处，在于其戏剧化和诗体的运用……她并不使用自己生活中的事件作为写作素材……她以极度的和原始的爱与恨为基础，构成小说的情节……该书阴沉的力量和人物的野蛮的特色使19世纪的某些舆论感到难堪"。

《简明剑桥英国文学史》（1987）对艾米莉的评价是：

《呼啸山庄》长期以来是两派人争论不休的对象，一派认为它可以和《李尔王》媲美，另一派人认为这部小说充满荒唐可笑、毫无价值的内容。这部作品是独一无二的。在它以前没有过同样的作品，在它以后也没有出现过同样的作品，今后也不会再出现同样的作品。因为这种高度丰富的想象和纯洁无瑕的天真的结合，在以后各代的任何妇女身上也不会找到。[2]

这部文学史的编著者还对艾米莉小说的丰富想象力和独特性给予高度赞赏。

简·奥尼尔1997年发布的《勃朗特姐妹的世界——她们的生平、时代与作品》，显示了在英国社会大变革时期的文学世界和勃朗特姐妹的生活。该书认为艾米莉的"力量和激情"是感动读者的主要因素，它的感动"不是暴力、背叛和虐待狂般的报复，而是灵魂和生命的结合。……它的著名的结尾：高沼地坟墓平静的意象，适时地提醒我们这是一本复杂的小说"。[3]

英国知名学者、评论家利维斯在他的专著《伟大的传统》中称赞艾米莉是个天才，认为她打破了司各特的"浪漫手法"，同时也"发人深思地彻底打破了"18世纪以后的"真实"的传统。著者明确点明了艾米莉创作的不拘一格和惊世骇俗的特质。

艾弗·埃文斯的《英国文学简史》对艾米莉评价也较高，认为她在《呼啸山庄》创造出的"热情的世界"，"使人联想起《李尔王》中暴风雨的场面"。埃

---

[1] 弗吉尼亚·伍尔夫. 论小说与小说家[M]. 瞿世镜译，上海译文出版社2000年版，第33页.

[2] 乔治·桑普森. 简明剑桥英国文学史[M]. 刘玉麟译，上海外语教育出版社1987年版。第230页.

[3] 简·奥尼尔. 勃朗特姐妹的世界——她们的生平、时代与作品[M]. 叶婉华译，海口：海南出版社、三环出版社2004年版，第101页.

文斯还断言：这部小说的新颖独到之处超出这个世纪的任何其他小说。

2. 创作倾向

英国的评论者或文学史著作对艾米莉作品的浪漫主义倾向给予了充分的肯定。作家毛姆（William Sommerset Maugham）的论文《艾米莉和〈呼啸山庄〉》（1951）对当时社会上存在的质疑作者艾米莉的著作权问题给予了澄清。他认为：《呼啸山庄》是"很奇特的书，它是一本很糟的书，它是一本很好的书。它是丑恶的，它又有美的感受。它是一本可怕的、使人痛苦的、充满激情的书"。毛姆还指出，艾米莉具有强烈的浪漫主义情绪，"她自己就是希刺克厉夫"。这也表明，20世纪的研究者被艾米莉作品中的激情折服、为她的气势磅礴的力量所惊骇。

在20世纪的英国评论中，也有研究者认为艾米莉的《呼啸山庄》又具理性的色彩和现实性因素。如格瑞姆·泰勒的《〈呼啸山庄〉理性的参数》（The Parameters of Reason in Wuthering Heights）认为，《呼啸山庄》中对事物的理性感悟，是通过耐莉和洛克乌德的叙述展示出来的；通过作者对凯瑟琳和希刺克厉夫的描述，可以看出，作者的目的是提醒人们：理性是人性的中心地位。

德华·切萨姆（Edward Chitham）的《呼啸山庄的诞生：艾米莉的创作》（The Birth of Wuthering –Height： Emily Bronte at Work，2001）认为，勃朗特姐妹的想象的基础来自于她们周围的世界，艾米莉也不例外。虽然她的作品具有浪漫的想象，但她也有着敏锐的观察力和差不多令人难以置信的记忆力。切萨姆试图说明生活的积累是艾米莉创作的源泉。

当代英国西方马克思主义者对勃朗特姐妹的评论，以特雷·伊格尔顿的《权力神话——勃朗特的马克思主义研究》为代表。伊格尔顿认为，《呼啸山庄》体现了各种冲突互不妥协，小说结尾尽管以哈里顿与小凯瑟琳的结合为结局，但是仍然拒绝削弱其冲突的力量。小说中冲突的核心是希刺克厉夫。在充满阶级关系的社会中，她与希刺克厉夫的关系就成了"一个逃避绝对价值的梦想"，没有了实现的可能，因此，凯瑟琳与希刺克厉夫之间的爱因为被社会边缘化而成为"神话"。"他的成功既象征着被压迫者对资本主义的胜利，也象征着资本主义对被压迫者的胜利"；他的"失败……既是对赤裸裸的权力的超越，也是他激烈反抗的失败，权力是希刺克厉夫残暴处世的心结所在"。

三、安妮·勃朗特遭遇的"平淡"评价

英国的勃朗特姐妹的研究主要集中在对夏洛蒂、艾米莉的评论上，对安妮·勃朗特的评价在英国一直是平缓的。如果用静静流淌的山涧小溪比喻安妮其人其作其境遇，是比较恰当的，她的作品确实没有夏洛蒂、艾米莉的作品给读者的冲击力那么强烈。她是"文雅的安妮"（the gentle Anne）。与此相适应，人们对安妮的评价也没有特别大的起伏变化。

（一）19世纪的英国评论

1847年，安妮·勃朗特与姐姐夏洛蒂·勃朗特及艾米莉·勃朗特分别以"阿克顿·贝尔"、"克勒·贝尔"、"埃利斯·贝尔"为笔名发表了小说《阿格尼斯·格雷》《简·爱》《呼啸山庄》。《阿格尼斯·格雷》出版后，只受到一般性的、礼貌的评价，其中没有特别大的褒贬。

安妮的第二部小说《怀尔德菲尔府的房客》（或《怀尔德菲尔府的房客》，The Tenant of Wildfell Hall，1848）出版后比较畅销。正如安妮曾自述的那样："本书获得的成功，超过了我的意料。"但小说中描写的酗酒与放荡的情节则受到了批评，比较有代表性的是《旁观者》杂志（1848）发表的《评〈怀尔德菲尔府的房客〉》一文。这篇文章认为，《怀尔德菲尔府的房客》"有气势，有效果"，但"作者似乎对粗野的（不说兽性的）东西抱着病态的爱好，主题……由于有粗野的、生理的或放荡的素质，而变得更不可喜或更令人厌恶"。这说明在当时的英国保守势力看来，描写酗酒以及妇女的离家出走是不应该的，是一种低级趣味，这样的描写不符合维多利亚时代的道德规范。

对此，安妮在《怀尔德菲尔府的房客》再版序中予以回击：

我写这本书的目的，不是单纯为取悦于读者；它既不是为满足我自己的趣味，也不是为迎合出版者和公众，我希望讲真话，因为真话对那些能够接受它的人总是传达它自己的道德。[1]

在19世纪的英国，安妮被认为在艺术天才方面比两个姐姐要平庸一些。研究界随后的评价，往往是在评论夏洛蒂、艾米莉的同时，顺便提及安妮。这种现象部分地是由安妮的天性以及创作个性所致，正如她姐姐夏洛蒂所感受和描述的：

安妮的性格却是温和而柔顺。她缺乏她姐姐的那种气魄、火气和独创性，

---

[1]　杨静远. 勃朗特姐妹研究［M］. 北京: 中国社会科学出版社1983年版, 第9页.

然而自有她那种文静的美德。她聪明，然而总是忍耐、克制、苦思冥想。气质上的含蓄内倾，沉默寡言，总是把她摆在一个不引人注意的地位。[1]

19世纪的英国女作家盖斯凯尔夫人在《夏洛蒂·勃朗特传》中也介绍说，安妮天生就很柔弱，而且特别温柔。但同时，盖斯凯尔夫人认为她的《怀尔德菲尔府的房客》中的"人物由于挥霍破产而堕落，于是他便沉溺于放纵自己，很是微不足道"。这里的这个人物是指作品中海伦的丈夫亨廷顿。安妮在小说中对酗酒行为的真实描写，触动了英国19世纪人们敏感的神经，在当时不被理解，被认为是有伤风化的。

19世纪英国评论界对安妮的评价是平淡的，在安妮的第一部小说《阿格尼斯·格雷》出版以后，对它只是一般性的评价，没有过多的赞美或批评。但是，在她的第二部小说《怀尔德菲尔府的房客》出版后，读者比较喜欢这本书，它在市场上比较畅销。与此同时，评论界也有比较严厉的批评，重点是批评小说所描写的酗酒、放纵等不良习气，被认为是不符合维多利亚时代的道德准则的。同时，英国评论界对安妮的评价一直是在夏洛蒂和艾米莉之后。

（二）20世纪的英国评论

进入20世纪，在英国，评论界对安妮的研究有所深入。对安妮的评价呈现出多种倾向，主要有以下三种情况：

1．文学地位

20世纪的评论界，开始反思以往对安妮的看法。有一种观点认为安妮没有得到应有的评价，她一直被湮没在两个姐姐的光环之下。《简明剑桥英国文学史》（1987）对安妮的评价比较中肯：

安妮的才能没有得到应有的评价，因为她没有两位姐姐那样情绪热烈；但是《阿格尼丝·格雷》是一个动人的故事，《怀尔德菲尔府的房客》明显地表示她的天才未能充分发挥出来，同时显示出她的观察力是敏锐的。[2]

《牛津简明英国文学史》也认为：安妮的"《阿格尼斯·格雷》一直深深笼罩在夏洛蒂和艾米莉的著作的阴影之中，得不到应有的好评"[3]。

安妮·勃朗特认为《阿格尼斯·格雷》的优点"不是一眼就能发现

---

[1] 杨静远.勃朗特姐妹研究[M].北京：中国社会科学出版社1983年版，第22页.

[2] 乔治·桑普森.简明剑桥英国文学史[M].刘玉麟译，上海外语教育出版社1987年版，第231页.

[3] 安德鲁·桑德斯.牛津简明英国文学史[M].高万隆译，北京：人民文学出版社2000年版，第620页.

的……这部小说无疑具有它独特的价值和吸引力，我们应该把它看成是勃朗特姐妹的生活和创作的伟大艺术宝库中的重要部分"。她还认为，夏洛蒂的《教师》和《谢利》不如《阿格尼斯·格雷》。[1]

20世纪后半期，英国评论界开始意识到安妮的创作实践有其自身的文学价值和文学地位，同时也意识到她创作的特点和不足。因此，一些文学史著作开始比较重视安妮，力图在文学史上给安妮一个合适、恰如其分的评价。

2．文学成就

进入20世纪，英国对安妮的评价有一个明显的变化，那就是有的评论对安妮采取充分肯定和高度赞美的态度。

盖伊·斯科菲尔德（Guy Schofield）认为《阿格尼斯·格雷》是一本很好的书，是作者关于自己的朴实的、直接的、美丽的述说。在他看来，安妮是文雅的、勇敢的，在前进的道路上，虽然有泪水，但从来没有呻吟和辛酸。安妮不断与疾病较量，具有非凡的英雄主义的忍耐力。因此他称安妮为"文雅的安妮"。

英国诗人、批评家乔治·莫尔（George Moore）对安妮的《阿格尼斯·格雷》的评价达到了最高级。他称赞它是"英国文学中最完美的散文体小说"，"朴素而又美丽，就像一件薄薄的轻纱礼服……故事的题材、人物和主题，是那样的完美和协调"。

普里西拉·H·科斯特洛（Priscilla H Costello）对《（阿格尼斯·格雷）的新解读》认为安妮的这部小说虽然情节简单，但作品不仅仅是现实主义和非情节剧地表现女家庭教师的生活，而且可以帮助人们研究维多利亚时代的价值道德观念；通过小说描绘的五个不同的家庭，安妮为我们描绘了微观的维多利亚社会，并批评了社会上的道德和伦理价值的堕落。

随着人们对安妮的研究的深入，也有的评论者对安妮作品的局限性进行了分析和评价。如艾伦·赫斯曼（Alan Horsman）的《维多利亚时代的小说》（The Victorian Novel）认为，安妮写作《阿格尼斯·格雷》的特点是把目光集中在故事本身，而不是在它的读者身上；她写作《怀尔德菲尔府的房客》受到两个姐姐的启发，一方面是受到《简·爱》中罗切斯特的形象启发，另一方面是受到《呼啸山庄》的影响，但这种写作并不成功[1]。

《不列颠百科全书》认为安妮的小说不如夏洛蒂和艾米莉的作品那样富

---

[1]　安妮·勃朗特. 阿格尼斯·格雷[M]. 裴因译, 上海译文出版社2000年版, 第164页.

有文采，主要是因为她常以"道德和宗教信条来省察自己的思想感情"。但她在第二部小说《怀尔德菲尔府的房客》中"不但尽了道义的责任，同时也获得了一个艺术上发展的机会"。

3. 安妮的道德主题

安妮小说中的道德感，是英国评论家尤为感兴趣的。西方马克思主义的理论家特雷·伊格尔顿的《权力神话——勃朗特的马克思主义研究》认为，安妮·勃朗特小说的道德语言胜于想象。她的小说既不关注隐藏的深度，也不重视远大的视野，而是重视男人和女人们行为上应该表现得如何好的标准。"安妮的作品，相对于夏洛蒂来说，没有如此多的灵与肉的内部冲突。"安妮的小说是把道德放在第一位、高于社会存在的，道德原则在严厉有效的社会方式中，往往最终获得自我确认和自我满足。但同时，特雷·伊格尔顿认为，安妮的小说有时表现出明显的使阶级和道德紧密结合在一起的倾向。在特雷·伊格尔顿看来，《怀尔德菲尔府的房客》的结尾有些虚假，如吉尔伯特·马克汉姆从一个富裕农夫成为一个地主阶级的情节就有些牵强。伊格尔顿的评价，强调了安妮小说所具有的道德意识。他认为，安妮的作品缺乏夏洛蒂作品的内心矛盾冲突，只重视外部世界的描绘。

1997年出版的简·奥尼尔的《勃朗特姐妹的世界——她们的生平、时代与作品》同样也认为《阿格尼斯·格雷》通过女主人公展示了"道德上的问题"，但人物缺乏"激情"。不过，该书对《怀尔德菲尔府的房客》评价较高，称它"是一部超前于它所处时代的作品"，包含着比《简·爱》《呼啸山庄》更多的幽默和讽刺。

19世纪以来英国对安妮的评论，可以说是礼节性的、冷淡的。进入20世纪以后，人们逐渐把关注的目光稍微从夏洛蒂和艾米莉的身上偏移了一点儿，开始研究安妮的两部小说《阿格尼斯·格雷》和《怀尔德菲尔府的房客》。评论者们力求对其客观、公允地进行评说。20世纪后半期，英国的一些研究者开始把安妮作为一个独立个体来深入解读、研究，发现安妮的作品还是具有一定的深度和艺术价值的。但是，大多数研究者认为，安妮的文学地位要超越两个姐姐是比较困难的。

勃朗特三姐妹的作品在英国经历了150多年时间的砥砺，其文学魅力犹存。人们对三姐妹的研究热情仍然不减，通过回顾、检视英国评论界对三姐妹的评价，可以看出，勃朗特三姐妹各有其人格魅力和艺术价值。

　　英国对夏洛蒂的评价，经过了由"热"到"冷"的过程。首先是19世纪中期的"热"。这一时期的英国批评界对夏洛蒂的评价好评如潮，如英国作家萨克雷的赞美以及维多利亚女王对《简·爱》的喜爱，还有马休·阿诺德的诗歌的吟咏等，也有英国诗人、评论家史文朋对夏洛蒂的充分肯定。当然对夏洛蒂的评价也有不同的"声音"，有人认为《简·爱》是粗野的、矛盾的，如伊丽莎白·里格比的评论等；还有的评论是对《简·爱》的反基督教色彩的批评。19世纪70年代以后，夏洛蒂在英国的文学声誉有所下降，英国批评界普遍认为艾米莉高于夏洛蒂。这反映了英国文学批评标准和审美观念的转变。英国20世纪的夏洛蒂研究和评价，主要倾向之一是关于夏洛蒂和艾米莉孰高孰低的争论，另外也有关于夏洛蒂创作倾向的讨论。更多的是人们对夏洛蒂进行的多元、多角度的批评和研究，诸如西方马克思主义的研究、后殖民批评的研究、历史实证的研究等。总之，人们在客观、科学地评价夏洛蒂其人其作，并力求在文学史上给予她应有的一席位置。

　　英国对安妮的评论用"平淡"来形容比较恰当，安妮的研究一直是波澜不惊、平缓地进行着。19世纪的英国批评界，在安妮的第一部小说《阿格尼斯·格雷》出版后，只对它进行了一般性的、礼貌的评价。安妮的第二部小说《怀尔德菲尔府的房客》出版后比较畅销，但也有批评意见。总的来说，19世纪的英国批评界认为安妮在艺术天才方面比不上两个姐姐。进入20世纪后，英国评论界对安妮的评价逐渐有所改变，人们普遍认为应该对安妮进行客观的评价，不应该让她湮没在两个姐姐的光环之下，认为作为一个作家，她的写作有其自身独特的艺术价值和魅力。批评家乔治·莫尔给予《阿格尼斯·格雷》极高的评价，说它"是英国文学中最完美的散文体小说"，它像朴素美丽的"轻纱礼服"，完美和谐。当然，安妮作品中的道德感也引起一些评论家的注意，如特雷·伊格尔顿认为安妮的小说把道德放在第一、高于一切的位置，这一观点代表了相当一部分研究者的看法。20世纪后期，英国评论界对安妮的评价比较中肯和科学，承认她创作的独特性和个体性。

第三章　勃朗特姐妹的女性叙事

第一节　夏洛蒂·勃朗特：女性的话语权威

　　《简·爱》是19世纪英国女作家夏洛蒂·勃朗特以第一人称视角写的小说，主要讲述了女主角简·爱从一个可怜的孤女成长为具有独立意识的女性的故事，是十九世纪女性成长小说中非常重要的一部小说，正如《〈简·爱〉解读》中总结的，"在它的时代《简·爱》是一部非同寻常的小说"[1]，"一个非常年轻、平凡、一贫如洗的女孩"与男性同等的权利，被宣布为维多利亚社会文化背景，公告式的"革命"。

　　《简·爱》里夏洛蒂·勃朗特揭示了女主角简·爱颠覆了父权制话语，反对父权制社会，寻求个人身份，追求幸福生活和道路，建设女性声音的权威，运用的是凭借描写女性情感体验以及生活的"女性声音"做到的。小说的叙述者是简·爱，作为文本的一个组成部分讲她的方式以第一人称，让情感体现了女性的气质，她发出了女性的声音，为女性说话。用她自己的话说，简·爱最终成立了主体性。话语代表了权利，所以作者深知话语的重要性。主体的存在不仅依靠声音建立，表明主体更有意义。《简·爱》中夏洛蒂·勃朗特构建公众叙事声音，简·爱的声音是一个新颖的中心角色。在整本小说中，上面的书写是一个普通的、弱小的家庭女教师，几乎小说的每一页都是她的身影，在书中的一切，每个人都来自这个刚刚从乡村走出来的女孩的尖锐的眼睛中。作者给出了中心人物足够的发言权。所以一本小说开始让父权制社会中的隐喻代表——简·爱的父亲，作为一名"缺席者"被提及，这为主人公提供了独立活动的可能性。对于这样一位女主人公来说，讲述即为生存。勃朗特让简·爱说不。她用一种崭新的说话方式诉说着自己的情感。依旧是孩子的简·爱绝对肯定表示其语言上对雷德太太的不敬"世界

---

[1]　周小娟.《简·爱》的女性话语空间解读.南京大学文学院.

上我最恨的就是你了。""我这一辈子绝不会再叫你舅母,我长大了也永远不会来看你。"[1]这一大胆的表达让简·爱获得"一种从来没有过的奇怪的自由感和胜利感"。[2]简·爱跟谭波尔小姐告知自己的情况,进而免遭在众目睽睽之下布勃洛克赫斯特先生的指控,也使得"加在她头上的全部罪名彻底得到洗刷"。这个孩子从此明白拒绝沉默亦即拒绝死亡,知道了开口说话的重要性:"我可不是海伦·彭斯"。"我一定要说。我受到别人残酷的践踏,就一定要反咬。"简·爱能够拒绝以往家庭女教师小说的各种价值凭借的是她的言说。她不需要依靠经济和精神上的男人,她的权力的声音为其提供这种可能性。面对傲慢富豪的罗切斯特先生,让她自己的声音力量一直保持下去。简·爱总是表现出一种怨恨的态度,罗切斯特总是试图控制或不允许她把声音告诉自己。她不会奉承他,也不会听命于他。当时,由于叛逆精神对维多利亚妇女的伦理道德,大胆的抵制和挑战的制约,她颠覆了父权制话语表达,而在19世纪,读者面前出现了"新的方式"。她的诉说终于将她定位为一个具有独立个性的人物。她保持了在婚姻问题上的主动话语。女主角的过渡当然不是她的婚姻,她仍然是她自己的。他反对父权社会,寻求自我认同,追求幸福生活的旅程,反映了建设过程的权威之声。

虽然由于阶级和时代的局限性,妇女解放的夏洛蒂·勃朗特的意识并不像今天的女权主义者那么激进和聪明,但她拒绝了在宏大叙事模式的男性,女性话语反叛性,在书的主体意识中,成功构建了妇女的话语权威。

关于19世纪中叶之前的英国,女权评论家科拉·卡普兰在论及白朗宁夫人的叙事诗《奥萝拉·莉》时曾提到,"反对妇女作为说话者或作家进入大众话语的禁忌比偏见更强烈"。[3]正好在这一时期,越来越多的妇女在工业经济的发展中,让自己从自给自足的经济所决定的五花八门的家务劳动中解放出来。她们有很多闲暇时间,但是没有参与男人的生产与控制管理、社会服务活动,所以成为高中阶层女性花时间阅读和讨论文学消遣的方式,更有一些智慧女性在客厅的角落里悄悄地写起小说来。但是,维多利亚早期的这些女性写作者必须小心翼翼地遵守着英格兰高雅文化的男性主宰者们界定的话语禁忌,否则就会被斥之为粗俗、堕落。正是在这样一种妇女开始

[1] [英]夏洛蒂·勃朗特. 简·爱[M].金新译,北京:新世纪出版社,2009.
[2] [英]夏洛蒂·勃朗特. 简·爱[M].金新译,北京:新世纪出版社,2009.
[3] [英]伊丽莎白·巴雷特·勃朗宁.《奥萝拉·莉》[M]. James Miller.

言说自己却又不得公开僭越男权话语藩篱的历史语境中，一批乔装打扮的女性小说出现在男人把持的英国文坛上。细究这些能够进入"大众话语"并被接纳的女性文本就会发现，女性写作者们大多采用了一种双重的叙事策略，表达他们的共同主题，即男性话语和他们内在欲望"独立的历史表面"这一事实的生存。夏洛蒂·勃朗特的《简·爱》是在历史的背景下产生的。谈论英国的女性小说，有必要提及理查逊。早在鲜有女性能舞文弄墨言说自己的18世纪，有一个叫理查逊的印刷商人经常替那些不能写字的女佣人拟订一些谈婚论嫁的信件。在此基础上，理查逊开始写书写体的小说，1740年首次发行的最大的成功的《帕美拉》。小说叙述美丽的女仆以谦卑自我控制的女士风格终于征服了她的业主——年轻的贵族B先生，让他明白，最终与她拥有了合法的婚姻。如果说在此之前只有少数女孩子在婚嫁问题上受惠于理查逊的笔，那么随着《帕美拉》的连连再版，以美丽与美德夺冠的幸福婚姻已经成为女性们都渴望学习模式的幸福。在女性独立解放已成为普遍事实的今天，再来看《帕美拉》的走俏，就实在是一件耐女人寻味的事。由一个社会身份是商人的男人来指教女人们如何做人以获得幸福，这表明帕美拉所代表的不过是资产阶级男性评价女人的标准。当然，也应该看到，与那些教女性一脸天真被动地等待英雄来救美的《睡美人》《白雪公主》之类的故事相比，理查逊先生教无依无恃的女性们奋起捍卫自己的人格尊严、争取自己的生存权利，其中也不乏历史的进步因素，但是，理查逊先生说教的中心意思却是要女人们学习帕美拉的女德。到了19世纪初，在理查逊的《帕美拉》之后，德国的格林兄弟又把流传在欧洲民间的《灰姑娘》的传说整理编入其著名的《儿童与家庭故事》中，使之传播更加广泛。所以，在童话灰姑娘与英国在现实社会中帕梅拉，都成为19世纪英国女性常见复杂心灵上的共同情节，便被当代美国心理学家写了一本书"灰姑娘情结"。表现在19世纪的女性写作中，有人甚至断言说，"所有英国小说的女主角全是帕美拉的后代"，女性小说当然不能例外。在此，无意于追究此论断绝对与否，而是要循着历史的运行轨迹去思考，缘何帕美拉和灰姑娘在女性写作中会大行其道？

进入到19世纪英国女性具体的社会历史生存空间中就会发现，正如理查逊所教导的，资产阶级给女性的角色定位就是要求她们成为"家里的天使"，如果超越这个角色定位，则被谴责为疯狂的女巫。也就是说，在男权主宰话语权利的历史空间中，女性唯一的合法性自我选择就是做一个"家里的天使"，否则，她们的去处就是精神病院或古堡里的阁楼和地下室。因此，"灰姑娘情结"作为19世纪女性共同集体的无意识，实际上具有复杂内涵的双重性质：一方面，妇女是按照父权制统治生活的历史结果，另一方面也包含了对女性自我生存权的渴望的灵魂。而正是这种双重性内涵，决定着19世纪女性写作的双重声音与双重叙事策略选择，既谨慎地承袭又在现有的文本叙事结构原型和文字内容中巧妙地重写了重男轻女文化的灰姑娘。而这一特征在夏洛蒂的《简·爱》中表现得尤其突出。

首先，对应于灰姑娘在社会主流权力话语中无名又无言的存在状态，19世纪的女性写作者在写作立场问题上，与后来的女权主义者截然不同，她们大都谨守着女性不得以作家身份侵入家庭以外的社会文化领域的话语禁忌。今天的女性写作者一再强调要以女性性别的或超性别的姿态进行写作，19世纪的女性写作者却不得不在公众面前隐去与自己的女性身份相连接的真实姓名。根据现有的文献资料，18世纪末和19世纪初，受英国文艺界的欢迎，奥斯汀已经出版了所有的作品都没有署名。奥斯汀去世后，亨利·奥斯汀在为妹妹的小说集写的前言中称，她的小说虽然受到广泛的称赞，"仍然非常害怕落下不好的名声，因此，假如她现在还活着的话，尽管她的声誉愈来愈高，她还是不会同意在自己的任何一部作品上公开署名的。[1]"奥斯汀之后，《简·爱》的作者夏洛蒂也隐藏了自己的女性身份，署名柯勒·贝尔。即使如此，当时的评论家和读者面对这个轰动一时的讲述女人故事的文本时，大都已经意识到了这是一部出自女人之笔的作品，而且是一个才华逼人的女性。已经享有盛名的萨克雷在写给出版公司编辑的信中说："《简·爱》使我非常感动，非常喜爱。请代我向作者致意和道谢，她的小说是我能花好多天来读的第一本英国小说"，"它是一个女人写的，但是她是谁呢？"《简·爱》的作者肯定是一个极具文学才华的女人，但这个女人在进入主流话语系统时却是无名的。这种隐去了女性性别的命名选择，既是对当时的父权文化话语禁忌的顺从，同时也构成了一种反讽。这种反讽指向父权社会的权力话语系统中女性的无名状态。唯其如此，才有人指斥在《简·爱》中存在着某种类似叛逆的宪章运动的思想情绪。

其次，在叙事模式的选择上，夏洛蒂策略极大地运用了在西方家喻户晓

---

[1]　［英］简·奥斯丁. 爱玛［M］. 上海译文出版社，2008.

的"灰姑娘"的故事原型。从故事情节表层来看，简就是那个生活在社会底层等待救赎的姑娘，罗切斯特则是来自社会权利阶层的救美英雄，故事的结局也是大团圆的婚姻这一符合社会俗见的老套路。但是，在小说的叙事展开过程中，夏洛蒂却对这一男性修辞写就的传统文本进行了大胆改写。

其一，在《简·爱》中父亲是缺席的，而恰好是父亲的缺席改写了灰姑娘的角色定位，把那个等待救赎的弱美人变成了不受制于任何形式的父亲权威的小叛逆简·爱。在里德太太家，简反抗来自约翰的暴虐控制。在雷沃德学校，简痛恨校长布洛克尔赫斯特对女孩子们所做的一切。作为简的仇恨对象，布洛克尔赫斯特不仅仅是残害儿童的福利机构的代表，更可恶的是他要把女孩子们身上潜在的女性自我意识通过强制、惩罚、教育等手段全部扼杀掉，带有强烈的男性施暴者色彩。比如，他剪掉女孩子们的长发，给他们穿难看的衣服，用饥饿和体罚来消灭她们的肉欲和自尊，目标是要把她们变成没有女性自我要求，逆来顺受的"好女孩"。从简对约翰和布洛克尔赫斯特的仇恨和反抗中我们可看出，传统文本中那个在父亲的家中逆来顺受、乖乖地等待王子前来救美的灰姑娘，已被改写成一个有明确的女性自我建构要求和独立人格尊严的女性。

其二，在灰姑娘式的叙事结构展开进程中，《简·爱》有意识地颠覆了拯救者与被拯救者的关系定位。在传统的灰姑娘文本中，总是由一个坚强有力的男英雄作为拯救者去拯救美丽的弱女，并赋予她一个幸福的婚姻结局。在这种关系模式中，男人是强有力的拯救者，一个女人能否获得幸福取决于她能否获得男人的肯定与拯救。从《简·爱》的整体叙事结构来看，简仍然是通过在社会地位和财富占有方面高出于她的罗切斯特而获得圆满的婚姻结局的，但是，在这个圆满故事的书写过程中，女性自我的智慧和力量却起了决定性的作用，而男主人公罗切斯特的英雄权威却在故事的展开进程中被不断地消解着。因此，简·爱和罗切斯特的关系既是英雄与弱女，同时又是不漂亮却意志坚强的弱女与精神、肉体不断受伤需要救助的弱男的关系。小说中简·爱和罗切斯特当他们第一次见面的时候，场面很有趣。在野外，罗切斯特从他的马上摔下扭伤了脚，不得不使用简·爱的肩膀。罗切斯特因为接受了一个弱女子的帮助十分懊恼，指责简·爱不该呆在野外，而应该呆在家里。与罗切斯特的懊恼相反的是，简·爱早已厌倦了"完全被动的生活"，不仅未在意罗切斯特并非友好的态度，反倒因为做了一件主动的事而感受到了快乐。在这次相遇事件中，如果说罗切斯特的懊恼与男人在女人面前的主体尊严的消解有关，那么，简·爱的快乐则来自自己作为一个独立女人的主体价值的确认。小说中叙述的第二次弱女救英雄的事件是在精神的层面上发生的。罗切斯特向简·爱倾诉自己被法国美女欺骗所造成的心灵创痛，以求得简·爱的同情和宽慰。与第一次的相遇事件不同的是，在这次精神交流事件中，罗切斯特首先向简·爱求助，因为他已经认同这个弱女子所拥有的精神力量。结果是，在简·爱的精神力量支撑下，罗切斯特从过去的心灵伤痛中走了出来。接下来，当罗切斯特遇到困难时，简总是扮演救星。疯女伯莎欲半夜放火烧了罗彻斯特，简·爱及时熄火，罗切斯特称她为"我珍爱的救命恩人"；梅森突然出现，危及罗切斯特的社会声誉，罗切斯特再次向简·爱求救："简，以前你曾经让我靠着你的肩膀，现在再让我靠着。"在小说的结尾处，简·爱如同童话里的救美王子般出现在荒凉的芬丁庄园，吻了已经是断臂失明的弱男罗切斯特，与他结了婚。从那时起，简·爱与罗切斯特相亲相爱，成为他的眼睛，做他的手，过幸福的生活。这一大团圆结局初看起来与灰姑娘童话中的结局是一致的，但是这一结局兑现的前提却不是女人对男性权威的依附，而是简·爱与罗切斯特在精神上的平等。为了保障这种精神平等关系在现实的空间兑付，夏洛蒂甚至不惜采用降财的叙事手段，从海外降财给简·爱。且不论海外降财这一细节设置的真实性如何，重要的是在夏洛蒂的婚姻观念中，正是因为拥有了属于自己的财产，获得了经济上的独立地位，简·爱才充满自信地站立在庄园主罗切斯特面前对他说："先生，我不但有钱，而且还是独立的；我自己可以做主了。"女性以独立的经济地位和精神人格进入婚姻关系中，这种女性主体意识和男女平等意识在维多利亚时期是超前的。

第三，在风格化的灰姑娘叙事结构中，添加了一个疯狂的伯莎。从表面上看，这一角色的设置似乎是出于与当时流行的哥特小说相一致的紧张、刺激情节设计的需要，甚至在伯莎形象中融入了英国人关于西印度人的纵欲、疯狂等不文明的他者形象想象，但是，从《简·爱》的再创造阅读接受史来看，正是疯女伯莎这一形象激发了后来的女性读者对女性自身被囚禁、被压迫的生存历史的反思和对男性权威的反叛颠覆激情。

夏洛蒂的小说叙述具有双重声音的存在，这种双重声音，一是借助个人型叙述声音表达边缘人的声音。[1] 夏洛蒂女主角常常基于叙事的边缘的身份，第一边缘的声音，声音叙事的形式，全面了解英雄的情况。当讲故事时，作者将女主角从边缘化到叙事焦点。在声音中，再次以另一种声音隐含着作者的声音。这是在表面的条件下似乎符合传统观念，作者自己又有一套话。因此，夏洛蒂的小说故事的序曲往往很长，主人公大都要经历一个由边缘到中心的过程。

夏洛蒂的《简·爱》中女主角的生活经历分为五个阶段：

1阶段是在里德舅妈家，2阶段是雷沃德寄宿学校，3阶段是桑菲尔德庄园，4阶段是圣约翰家，5阶段是重返桑菲尔德庄园。在看似流水的叙事过程列表中，第三阶段，简·爱在桑菲尔德庄园的生活占据了整个小说中40%以上的空间。这一阶段的情节给人的错觉感最强，冲击力也最强。简·爱由一个被歧视的孤儿到做家庭女教师，自卑、自负成为她的主要特点。作为家庭教师简·爱的罗切斯特，强壮，成熟，酷炫，幽默，优雅和高贵的气质。简·爱爱上了罗切斯特，但人们根本没把身为家庭教师的简·爱与罗切斯特联系在一起。在贵族狂欢节上，简佩雷和阿黛尔在沙发后面，在窗帘的阴影下，目睹了光芒四射的罗切斯和迷人的英格拉姆调情。简·爱的内心很焦虑和失落。情节的发展，似乎让读者越来越认为罗切斯和英格拉姆小姐的结合是不可避免的。简·爱处于边缘化人物的位置，她看着爱情游戏中的罗切斯与英格拉姆小姐，她说："看到她不断地失败，而她自己却全然不知，并且突然地幻想她每一支箭都射中了她爱人的心，就此自我陶醉地夸耀胜利，而她的骄傲和自负却把她一心想诱惑的对象推得越来越远—看到这些，使我马上置身在无休止的激动和令人痛苦的抑制之中。"[2] 虽然她是一个卑微的家庭教师，但是给英格拉姆的评价，反映了简爱·对自己骨头里的自豪感和自信心，还有一个声音告诉潜在的读者：我是最棒的。在这个双重声音的叙事中，罗切斯特向简·爱求婚这一举动已经不能成为一个惊喜。这也正是简·爱时刻期待的，这时的简·爱由边缘走向了中心。童年时期坐在窗台上的简·爱[3]，成年后躲在客厅阴影里的简·爱，此时成了小说的中心。读者也为她的幸福暗暗地高兴和祝福，尽管小说后面描写的简·爱的人生道路

[1] 苏珊·S.兰瑟：《虚构的权威—女性作家与叙事声音》，黄必康译，北京大学出版社2002年版，第20页。

[2] 夏洛蒂·勃朗特：《简·爱》，祝庆英译，上海译文出版社1980年版，第243页.

[3] 参见韩敏中《坐在窗台上的简·爱》，《外国文学评论》1991年第1期，第90页.

还很曲折。

　　小说中的女性反叛声音最强烈除简·爱外，另一个表达者是伯莎。根据吉尔伯特和古芭的解释，伯莎是简·爱的第二个延伸。从简·爱的童年对抵制关于男人暴力的歇斯底里，我们可以看到隐含的伯莎类型的疯狂。后来，简·爱拒绝了罗切斯特提出的要她做自己的道德侍奉者，救赎他的灵魂出苦海的要求，并连夜离开了桑菲尔德庄园。应该说，这也是一种对天使定位的决绝的反叛姿态。但是当小简·爱的歇斯底里和简·爱长大后拒绝反叛之后像伯莎这样的形象，夏洛特正在应用一个父权制的文化，就是伯莎是一个反叛的标签。所以，一方面，借助于伯莎的形象，夏洛蒂把自己的内心放在父权制的控制之下，因为一个不确定的未来命运和现实的女性生存困境和所有的忧虑；她跟随着这个疯狂的女人，另一方面，这个指称是在父权制话语的实际意义中提到的，使得伯莎在点燃叛军火焰中死亡。发人深思的是，正是在伯莎放火烧过的废墟上，简·爱找到了自己的爱情和幸福。而让她领悟到幸福和自身生命意义的，正是伯莎要杀死的那个男人罗切斯特。所不同的是，此时的罗切斯特已不再是高高在上的猛男，简·爱对男权的反叛怒火也已经伴随着伯莎的死去化为乌有，于是，简·爱与罗切斯特达成和谐的婚姻。应该说，这是一个浪漫的理想化色彩很浓的结尾。因为，在《简·爱》问世的1847年之前，英国有大量愤怒的女叛逆或被关在精神病院里洗脑，或被囚禁在富人家的阁楼里。在这样一种难以超越的历史困境中寻求幸福，夏洛蒂除了无奈地接受将伯莎式的反叛激情从大脑中清除出去，也只能最大限度地去追求现有历史空间所能够提供给女性的婚姻幸福。因此，简·爱所理解的女性价值和幸福是受制于当时的历史语境的，不能简单地将简·爱判定为天使或疯女。一方面简·爱努力追求人格的独立，不愿做温顺乖巧的天使，甚至在她爱上罗切斯特后仍然勇敢地对他发表了自己的男女平等宣言："我是个有独立意志的自由人"，"我现在跟你说话，并不是通过习俗、惯例，甚至不是通过凡人的肉体，而是我的精神在同你的精神说话；就像两个都经过了坟墓，我们站在上帝脚跟前，是平等的——因为我们是平等的！"[1]毫无疑问，上述话语透露出了强烈的女性主体意识；另一方面，从简最终作出的幸福生活选择来看，夏洛蒂终于未能完全摆脱男权话语的制囿，将那个要求独立的简·爱封闭在一个大团圆的婚姻中。在这个以男女平

[1]　　[英]夏洛蒂·勃朗特.简爱[M].人民文学出版社,1990.

等为前提缔结的幸福婚姻里，简·爱像一个纯洁善良的天使守护在罗切斯特的身边。她是他的眼睛、他的手、他的拐杖，他心灵的温慰。这样的身体和心灵进入简·爱，岂不是能成为一个优秀的家里的天使？《第二性——女人》的作者西蒙娜·波伏瓦一度指出，"父权文化降临在女人身上的咒言是她们没有在社会中从事任何事业，因而她们只有以虚无的自我陶醉去追求爱情或崇拜宗教的方法找到解脱"；"解放妇女，就是拒绝将妇女禁锢在她们与男子的关系中"[1]。简·爱拒绝以自己的自我价值去殉表兄约翰的上帝，也放弃了她孜孜以求的做一个好教师的社会职业角色，一听到来自罗切斯特的神秘呼唤，就立即义无反顾地选择了爱情婚姻来兑付她全部的生命价值和意义。根据小说里的描写，夜晚，在沼地小屋里，圣约翰正在以上帝的旨意为由，要求已经成为了一个成功的小学教师的简·爱嫁给他，随他去印度传播上帝的福音。简·爱不愿意为了圣约翰那神圣的上帝奉献自我，她祈祷上帝如果存在的话，就来指引她作出抉择。就在这时，奇迹出现了，简听见三声急切地呼叫："简！简！简！"声音不在房间里，不在花园里，不在空中，也不能从地面下来，而不是从头顶，而是从一个熟悉的亲爱的人的口中，深深的印象中，罗切斯的声音。简·爱立刻毫不犹豫地放弃了小学教师的职位，拒绝了圣约翰的上帝，奔赴了她虔心祈祷的爱情。小说中的这个细节十分耐人寻味。对于简·爱，召唤罗切斯的代表是上帝的福音，声音的力量是不可抗拒的。由此可见，对于简·爱那个时代的女性来说，灰姑娘情结还是一种不可规避的集体无意识召唤。悲伤，是女性长久以来的未知和沉默的历史，决定了女性作为演讲者的表达自己，不断面对强烈的父权制话语。但足以令妇女感到自豪的是，在过去的文学史甚至人类文明的历史上，已经有许多意识到妇女致力于解构和重建被监禁的妇女自己的父权制话语，简·爱的反叛与独立人格追求，正是这种努力的较早例证之一。当然，女性从无名到有名，从压抑中的沉默到自由的言说，仍然要经过一个艰难又漫长的历程。

第二节　艾米莉·勃朗特：女性叙事策略

艾米莉的《呼啸山庄》之所以惊世骇俗、令人目眩，这与其叙事模式、

---

[1]　[法]西蒙·波伏娃.第二性[M].西苑出版社，2009.

小说结构有很大关系。有人说："要理解艾米莉·勃朗特的书，我们必须具有充沛的精力和精确的记忆力。"[1] 艾米莉没有按照传统的叙事模式来写。在叙事方面，她采用多视角的第一人称叙事，使其小说具有迷宫般的套盒式结构和戏剧化的间离效果。她的叙述风格狂暴、冷酷而又富于理性色彩。

《呼啸山庄》虽然是小说，但由于其独特的冲突与结构获得了戏剧的特点。在《呼啸山庄》中，可以看到布莱希特所倡导的"间离效果"[2]的存在。关于间离效果或陌生化，布莱希特认为，是"对一个事件或一个人物进行陌生化，首先很简单，把事件或人物那些不言自明的，为人熟知的和一目了然的东西剥去，使人对之产生惊讶和好奇心"[3]。《呼啸山庄》中就存在着类似的效果。《呼啸山庄》中的女仆耐莉作为小说的第二叙述人，置身在小说的故事中间，但有时又游离在故事外。她边展示、边剖析，让读者细细品味希刺克厉夫和凯瑟琳的爱情悲剧，也使读者感受到希刺克厉夫的粗暴、复仇所带给人们的灾难性后果。她在小说中起到的作用就是制造一种间离效果，阻止读者产生共鸣。耐莉的在场叙述，使人们正视现实环境中的一切，证实了悲剧的残酷性。当人们迷失在希刺克厉夫和凯瑟琳魔幻化的爱情故事中将被感动时，又由于有了第一叙述人洛克乌德的存在，读者才不会忘记这是耐莉在讲故事给洛克乌德听。而洛克乌德作为一个置身故事外的房客，他从外部叙述了在呼啸山庄的所见所闻，对耐莉的讲述起了印证作用，也增强了悲剧性的效果。洛克出现在小说第1章的开头，耐莉告诉他呼啸山庄，以及希刺克厉夫和凯瑟琳童年的故事，第7章结尾处，房客洛克乌德还恳请管家耐莉继续讲下去，这时，耐莉说：

如果你希望我像闲聊一样，把整个来龙去脉都要细讲，那我就这样说下去吧。而且，时间不跳过三年，就从第二年夏天讲起也可以啦——一七七七的夏天，那就是，差不多二十三年前。[4]

这个对话是出于小说种的故事，作者告诉读者是在讲故事，也限制了

[1]　Edward Chitham, The Birth of Wuthering Heights： Emily Bronte of Work. Basing stoke Hampshire： Palgrave, 2001, p. 6.

[2]　间离效果（或陌生化）：即戏剧的间离效果，由德国的戏剧理论家贝托尔特·布莱希特（1898—1956）提出，也被称作戏剧的陌生化效果.

[3]　布莱希特：《论实验戏剧》，《布莱希特论戏剧》，丁扬忠、张黎等译，北京：中国戏剧出版社1990年版，第62页.

[4]　艾米莉·勃朗特：《呼啸山庄》，杨该译，南京：译林出版社2001年版，第56页.

20多年前故事发生的时间。在听了耐莉讲述过凯瑟琳和希刺克厉夫各自婚姻后，至第15章开头，洛克乌德对耐莉评价道：

我现在已经听完我的邻人的全部历史，因为这位管家可以从比较重要的工作中腾出空闲常来坐坐。我要用她自己的话继续讲下去，只是压缩一点。总的说，她是个说故事的能手，我可不认为我能把她的风格改得更好。[1]

这样，小说情节又继续发展下去。第15~34章继续由耐莉讲述呼啸山庄发生的一系列故事。这种叙述比较难操作，要求故事的层次感特别强，讲故事的人又不能迷失在情节中。阅读小说的读者，被这两个叙述人时而带进、时而带出，与作品中的悲剧主人公时刻保持着一定的距离。耐莉讲述的关于异化效应，导致读者对希刺克厉夫和凯瑟琳的爱情故事感到神秘，好奇，一个爱情故事，也"使它表现为新的、不寻常的形式，使我们在一段时间内不再觉得它是熟悉的，可理解的"[2]。而通过洛克乌德从外部对呼啸山庄所见所闻的描述，这种内外视角的交织，"通过'间离'的三棱镜后，它再度为我们所认识……所熟悉和理解"[3]。这个过程，便是在读希刺克厉夫和凯瑟琳爱情悲剧的历史过程。在耐莉、洛克乌德叙述故事的间隙，似乎小说又促使读者去思考希刺克厉夫和凯瑟琳二人的悲剧性，批判性地审视男女主人公的所作所为。可见，艾米莉在运用间离效果这方面是非常成功的。

艾米莉·勃朗特的《呼啸山庄》的叙事手段令人叹服，有的评论者认为作品运用了中国套盒式叙事等等[4]。确实，艾米莉的叙事策略较之夏洛蒂和安妮都更为复杂多样。她的叙述不是直接的讲故事。虽然三姐妹一般都是采用第一人称视角来讲故事，但夏洛蒂、安妮的叙事大都是一个人叙述到底，而艾米莉的第一人称叙事则更富于变化，难以掌握，但作者仍驾驭得游刃有余，颇为成功。也许，评论界对艾米莉总体评价越来越高的原因之一就在于此吧。

《呼啸山庄》的叙述是第一人称叙述，但第一人称叙述是从多重角色的转变角度来展示故事情节。小说分别有两个人物的第一人称叙述。房客

[1] 艾米莉·勃朗特：《呼啸山庄》，杨苡译，南京：译林出版社2001年版，第145页.
[2] 苏联科学院编：《德国近代文学史》（下卷），福建师范大学外语系编译室译，北京：人民文学出版社1984年版，第1047页.
[3] 苏联科学院编：《德国近代文学史》（下卷），福建师范大学外语系编译室译，北京：人民文学出版社1984年版，第1047页.
[4] Edward Chiiham, A Life of Emily Bronze. Oxford; –Basil Blackwell Ltd, 1987, p. 198.

洛克乌德先生是第一个叙述人，主要叙述是他对小说的叙述。小说通过描述洛克乌德在呼啸山庄的经历，引出希刺克厉夫作为作品的主人公以及在呼啸山庄里生活的人们，如小凯瑟琳、小哈里顿等，同时女仆耐莉的叙述也被引出。作为叙述人的洛克乌德和耐莉作用是不同的。洛克乌德处在小说情节的外围，作品通过他所看到呼啸山庄的人和事，来不断激发读者的阅读兴趣。

第二叙述者——女仆耐莉，她是希刺克厉夫人和凯瑟琳爱情的见证人，也是故事发展进程中的亲历者与推动者。耐莉第一人称叙述是小说的重点。作为故事发生的见证人，她在叙述中加入了个人的主观倾向。她的讲述是多层次、多维度的，有时对故事中的人物态度是矛盾的，但基本情节是客观的。耐莉的叙述中，有她自己的倾向和价值判断，如凯瑟琳病入膏肓的时候，她有意不告诉希刺克厉夫，造成凯瑟琳临死前两个相爱的人不能相会的遗憾。这是因为耐莉不喜欢希刺克厉夫的行为。耐莉的叙述也具有"隐含作者"的成分，"隐含作者"是通过她的叙述来表达喜欢和不喜欢的。在耐莉的叙述中，读者感到她始终力图使自己从故事的漩涡中跳出。其实，这是作者在调整叙事距离，有意不让耐莉过多地带有主观倾向。虽然耐莉的叙述不太可靠，但能够反映故事的基本架构和人类社会道德价值评判的基本准则。通过耐莉的叙述，可以看出希刺克厉夫复仇的"魔鬼化"的过程。

与此同时，作品还调动了主人公希刺克厉夫亲自出场，与第一叙述人洛克乌德相见。这样纪实性的描写，能达到使读者信服的效果。

艾米莉的《呼啸山庄》以狂暴的情绪使人震撼，作品中展示的冷酷的人际关系使读者心寒，但同时这种叙述似乎又是一种悖论的叙述。它通过对狂暴情绪下冷酷的展示，使读者感到隐含着作者所发散出的理性冷观与思索的光彩。打开《呼啸山庄》，读者感受到的是古野朴实的粗鲁与野蛮、环境、气候、景色是粗犷恶劣的，一股狂暴气息扑面而来。书中写道：

"呼啸"是一个意味深长的内地形容词，形容这地方在风暴的天气里所受的气压骚动。的确，他们这儿一定是随时都会流通着振奋精神的纯洁空气。从房屋那头有几棵矮小的枞树过度倾斜，还有那一排瘦削的荆棘都向着一个方向伸展枝条，仿佛在向阳光乞讨温暖，就可以猜想到北风吹过的威力了。[1]

植物倾斜，气候恶劣，刺苗细长的植物说明了环境恶劣的呼啸山庄。山

---

[1]　艾米莉·勃朗特：《呼啸山庄》，杨苡译，南京：译林出版社2001年版，第1页.

庄黑暗、粗陋，对人不礼貌，人与人之间没有仪式，充满了相互之间饿呵斥与号叫，让人不寒而栗。小说中还描写到狗的狂吠和攻击，更衬托出主人的狂暴冷酷。因为"狗的行为和癖性，与主人的平时驯养有关"[1]。

《呼啸山庄》中描写的情景往往是诡异怪诞、血淋淋的，是一种超自然的狂暴力量的体现，并且充满了宗教的神秘色彩。如在《呼啸山庄》中有一段关于凯瑟琳鬼魂出现的描写：

我模模糊糊看到一张小孩的脸向窗里望。恐怖使我狠了心，发现想甩掉那个人是没有用的，就把她的手腕拉到那个破了的玻璃面上，来回擦着，直到鲜血滴下来，沾湿了床单，可她还哀哭着，"让我进去！"而且还是紧紧抓住我，简直要把我吓疯了。[2]

伍尔夫曾说过："艾米莉似乎能够把我们赖以识别人们的一切外部标志都撕得粉碎，然后再把一股如此强烈的生命气息灌注到这些不可辨认的透明的幻影中去，使它们超越了现实。"[3]确实，艾米莉作品中的情节是超现实的、不可解释的，具有较强的冲击力。

小说通过环境气候的暴劣、粗鄙，情景的神秘怪诞，人物的狂暴、冷酷，透露出作品叙述风格的狂暴与冷酷。在作者的叙述中，读者感觉到作品中的人物关系矛盾重叠、纠缠不清。在呼啸山庄生活着的人们，他们之间涌动的是深至骨髓的仇视和刻薄的情绪。他们没有爱和宽容，甚至没有阳光的眷顾，只有相互的谩骂和仇恨。

艾米莉的冷酷的描写，与她的生活环境和氛围密切相连，她们居住的"破旧的牧师住宅坐落在坟墓附近，那里似乎是一个遥远的世界，被风吹雨打的房屋，周围是荒野和沼泽。在那个孤独的地方，有将死的秽树和矮小的荆棘"[4]。冷酷的世界造就了作家冷僻的性格和悲剧的精神气质。

艾米莉·勃朗特喜欢紧紧包裹自己，兄弟姐妹几个童年创造了安吉利亚和贡达尔的王国，夏洛蒂早日便在创造中脱颖而出，然而贡达尔王国则承担了对于安妮和艾米莉所有的心理世界，贯穿了两人的一生。正如贡达尔王国一样，艾米莉的诗歌和唯一的小说承担太多的渴望。至于为什么这样的隐

[1] Maureen B. Adams, Emily Bronte and Dogs; Transformation Within the Human-Dog Bond. Society &Animals, 8: 2, 2002, p. 2. Ebsco.

[2] 艾米莉·勃朗特：《呼啸山庄》，杨芭译，南京：译林出版社2001年版，第25页.

[3] 弗吉尼亚·伍尔夫：《论小说与小说家》，瞿世镜译，上海译文出版社2000年版，第35页.

[4] Mary A. Robinson, Emily Bronte London; Roudedge/Thoemmes Press, 1997, p. 154.

藏，我们只能从艾米莉寂寞和害羞的个性解释，寻求她生活中的答案。我们都知道，在这样一个薄弱的身体，我们仍然不能理解火焰，燃烧它来寻求一个突破将完全倾倒，只是艾米莉仍然使用顽强的意志来压制释放，把所有的诗歌和小说中的人物给别人，让那些虚构的人物及情节去承担她所有的内心世界。在文章中，凯瑟琳显然是艾米莉的另一个化身，但是希刺克厉夫、辛德雷、小凯蒂等人物也可以看到一些艾米莉的影子。

我们可以感觉到阅读的语言，特别是英语口语很难讲故事，这似乎是小说有些地方中的笨拙和虚假，特别是女仆耐莉很多地方的故事讲述不自然，另一个必须做到一点，让叙述者必须参与完成所有的故事情节。耐莉甚至在小说中扮演一个更重要的角色，引导情节的发展，如希刺克厉夫对凯瑟琳的致命访问，她将在其中发挥重要的作用，她引走了另一个仆人，给希刺克厉夫打开了门；而在这一代的故事中，她把小凯蒂带到了和平的高度，在妥协之下，让小凯蒂在父亲去世前同意了，嫁给了小林惇。当然，只有这样才能让叙述者在故事的所有情节中，在告诉过程中不会错过。除了女仆耐莉之外，叙述者中的三个也值得注意，这是在耐莉不能真正参与到最后的方式的情节。1.是林惇的妹妹伊莎贝拉，她一封长信告诉她结婚后与希刺克厉夫遭遇；2.是小林惇，他讲述了小凯蒂的故事，她在呼啸山庄的监护人被迫嫁人的一段情节；3.是齐拉，呼啸山庄的女仆，她告诉小凯蒂，在嫁给希刺克厉夫前丁耐莉回到呼啸山庄的一个片段。这三个人的方式是不一样的，伊莎贝拉是通过一封长信，这封信是一种自然的讲述故事的方式，因为这一情节耐莉真的无法亲自参与，然而这封信太长了，使得这封信充满了怀疑。小林淳讲述的这段却十分聪明，通过耐莉与小林惇的一段对话中间接地描写出了小凯蒂在呼啸山庄的遭遇，与此同时揭露了了小林惇的自私与软弱。最后是齐拉这段，这一段情节与耐莉无法参与的是一样的，所以艾米莉选择了齐拉，和一个与耐莉相同地位的人来实现完成情节完整性的目的。全文虽然在一些叙述性的链接上略显僵硬，但是叙述的客观性和情节的完整性完全可以被读者所接受。因为毕竟，读者的需要是一个完整的故事，而不是批判性的批评，不像一些评论者那样随意地把这部作品的结构称为"臃肿而笨拙"。

两个叙述者，看同一个故事，对生活有不同的认识。而隐含作者呢？小说中隐含的作者完全褪色，读者们听到的是来自两个不同方面的声音，但这并不意味着作者的认知和判断缺席。隐含作者通过耐莉的自我消化和讽刺"我",向他的读者(理想读者)传达他的判断与理解。他认为,不管是天堂还是人间,都没有类似像希刺克厉夫与凯瑟琳之间那种能够超越生死的爱,他认同希刺克厉夫只管自己的天堂不管别人的天堂,同样认同凯瑟琳宁可坠入自己快乐的地狱。在爱与仇恨的世界里,不是宗教和道德能够判断的!或者甚至可以这么认为,只有死亡才能达到永恒!

不同的读者,或不同的叙述者读者阅读同一个故事会有不同的理解,会有不同的感受,而隐含的作者完全隐藏,文本中引起多义词,小说几年后才出版的也不奇怪,《呼啸山庄》才被众所周知和喜爱,它的关注程度和影响力要高于她姐姐的《简·爱》。

第三节 安妮·勃朗特：女性叙事分析

一、安妮·勃朗特的女性写作立场

人们对维多利亚时代的女作家夏洛蒂·勃朗特、艾米莉·勃朗特到19世纪初,以其写作家庭婚姻主题的简·奥斯丁而闻名。事实上,奥斯汀的伟大在于她的努力,艾米莉特别的是她的思维冥想,夏洛特的惊人是她的女性主义。但是,安妮似乎是被三姐妹中的两个姐姐的光环所淹没了。在二十世纪初的时代人们对于艾米莉的价值和才华给出了与她相应的地位,同时也对安妮的才华不闻不问。安妮的大姐喜欢宣泄情感,二姐喜欢玄幻莫测的神秘主义,而安妮则过多描写生活本来的面目,所以有人不喜欢她、不赞同她,认为她的作品十分无聊、过于来源于生活,显得枯燥乏味。安妮,她是重要的成员之一应该是值得的,夏洛蒂成为英国女性文学在19世纪代表过度的强化是无可争议的。甚至有人断言,"在20世纪结束之前,我们的后辈将发现以往对安妮和《怀尔德菲尔山庄的房客》的评价一直有欠公正,他们将过晚地重新评价这部小说,确立其经典杰作的地位—超过《简·爱》,和《呼啸山庄》并驾齐驱。"我不是要在三姐妹中排名进行区分,根据安妮只有两本小说《阿格尼斯·格雷》《怀尔德菲尔府的房客》(以下简称《房客》),可以明晰的觉察,作者运用了与原来有差异的手法来刻画男性主人公,以男性为主要叙述者,讲述女性被压抑和扭曲的现实生活。这样的作品在某种意义上也可以使女性写作，是女性最基本的心态。[1]

　　"一般来说，女性写作更多地表现女性题材，描写女性的少儿时代、恋爱、婚姻、家庭、日常琐事、成年和晚年，抒写女性生命史，由此展开她们与男性、家庭、社会、世界的多重和微妙关系"。安妮的工作侧重于爱与婚姻。《阿格尼斯·格雷》表达了灰色的，成为一个痛苦的爱情体验和生活经验。安妮和姐姐，所有的家庭老师的生活经历的使用，都显示了作者的家庭老师的疲劳忙碌，羞辱的情况，也被上层社会人员扼杀，终止了虚伪的腐败。玛格丽特·莱恩认为维多利亚时代家庭教师"处在东家和仆役之间一个极不舒服的小真空地带，时常要受一些人任意摆布"，没有人会尊重她们。《阿格尼斯·格雷》是安妮的故事，为格雷小姐做家庭教师的两次经历。

　　安妮生性温柔、敏感，但她第一次遭解雇居然是因为她将顽皮的小孩绑在桌子脚上而自己去做自己的工作。夏洛蒂在给埃伦·纳西的信中谈到安妮所教的孩子"又蠢又笨"，"几乎连字母也认不了几个"，安妮则在书中直言家长"纵容溺爱"，孩子"为所欲为"。姐妹俩不约而同地写到了女家教的爱情生活，不同的是夏洛蒂以激情演绎了一出灰姑娘得到幸福的人间喜剧，安妮则平实又不失温婉地叙写了一段刻骨铭心的恋情最终修成正果。熟悉两人生平的人一定能从她们自身的情感纪事中发现一些端倪：夏洛蒂对布鲁塞尔的法语老师的暗恋，安妮与其父亲的副牧师威廉·韦特曼的微妙感情。

　　《房客》揭示了海伦与马卡姆先生通过了煎熬和痛苦的爱与婚姻。不像格雷，海伦作为一个已婚妇女，因为丈夫的不负责任，野蛮而离开家乡。一听说丈夫生病了，她毫不犹豫地回家照顾老公，尽责任和使命。在这里，安妮似乎传达出一个信息，即：妇女爱自己的孩子，家庭，但对她的灵魂更加真诚。为了证明自己也是有尊严和灵魂的而离开了自己的丈夫；为了肩负起家庭的重任而选择回归家庭。海伦精神远远超出她的男人的快乐，没有信仰丈夫。因为海伦离开了家庭，然后回到家里意识到她和丈夫之间的深刻的异化，其实已经变成了陌生人，他们的观念和态度已经有所不同了。背道而驰是不可避免的。安妮利用这个题材的小说来彰显女性面对家庭的不和谐而勇敢坚强的意志。表现出以海伦为代表的女性敢于与不幸福的家庭公开做斗争和海伦自力更生的坚定意识。可见，作者是站在女性的角度上去描写的小

---

[1]　安妮·史密斯. 阿格尼斯·格雷（序言）[M]. 上海：上海译文出版社，1991.

说，比如家庭女教师和海伦的爱情婚姻。[1]

米莱特在《性政治》中写到"性别支配是当今文化中无处不有的意识形态，它提供了最基本的权利概念。"男权制社会中的妇女在性别，出生，家庭事务，妇女性别角色行为规则，态度和工作作风方面受到限制。作为一名女作家的安妮，非常了解不平等的性政治。《房客》中的海伦女主角的性格无疑从外表到头脑都高于男性，她清醒地意识到，即使在情感问题上，她是不可能和她的丈夫是平等的。男人可以朝秦暮楚，女子却必须忠贞不贰。亨廷顿（海伦的丈夫）借莎士比亚笔下人物之口为自己的浪荡行为开脱。"不论我们怎样自称自赞，我们的爱情总比女人们流动不定些，富于希求易于反复，更容易消失而生厌。"并坦言"女人忠诚，这是天性"。海伦义正词严地反击："你和我调换一下想想，我要是这么做，你会认为我爱着你吗？你要是遇到这种情况，你会相信我的辩解吗？你会尊敬我，信任我吗？"这种两性关系上的不对等是对美妙感情的亵渎，也是对女性人格与尊严的践踏。

如果说这种性别平等意识是海伦身上的亮点的话，那么在格雷身上，我们则可看到某些人加以训斥的对情爱的大胆摹写。就安妮本人而言，"她文雅、安静、表情有些压抑，谈不上漂亮但很可爱……她的举止奇妙地表现出某种希望得到保护和鼓励的心情，似乎在不断地呼吁，想引起人们的同情。"格雷无疑是和安妮有同样的境遇，家境贫寒，地位卑微，怀才不遇。她对金钱和婚姻毫不在乎，从来没有试图嫁进豪门，对她的暗恋对象韦斯顿牧师情深意重，甚至承认：即使他没有提到爱情，或流露一丝亲热或柔情，她依然感到"异常幸福"。书中充斥着对无望爱情的自审："不大漂亮的脸蛋"，"不讨人喜欢的矜持态度"，"愚蠢的胆法"，"乖戾"……格雷内心的隐衷在作品中点点滴滴地汇聚，又层层被剥离开来，展示了一个女性细腻丰富的情感世界，而简·爱对罗切斯特的爱情，露西对保罗·伊曼纽尔的复杂感觉感到惊讶，相互成为一种兴趣。安妮在作品中"实现"了三姐妹的一个共同心愿：开办一所自己的学校。"母亲"身体力行地主理着学校的一切，后来，格雷也担任着学校的教学任务。"起初，我们只有三名住读生和六名走读生"。格雷声称她此时的教学生活是一种"新生活"，感到了一种前所未有的愉快。可以说，格雷与简·爱一样，不仅追求爱情的完美，更有对事业的深入追求。

---

[1] 《怀尔德菲尔府的房客》编辑前言、《再版序》[M].兰州：敦煌文艺出版社，1992.

安妮在《房客》中写到人性的沉沦、婚姻的湮灭，写到了说谎、酗酒、狡诈、出卖，这是女作家基于生活真实而进行的大胆揭露却有人讥评她"即使不是对野蛮的东西，也是对粗俗的东西怀有病态的爱好"。安妮在《房客》的《再版序》中，一改"怯懦"的被批驳姿态，写到"所有的小说都是或者应该是写来供男女读者共同阅读的，我无法理解的是，男人可以随心所欲地写任何真正有损于女性尊严的事，凭什么女人写了任何可以由男人来写的事就该受批判？"可以说，《阿格尼斯·格雷》与《房客》对平等爱情的讴歌，对女性爱情心理的刻画，特别是对女作家遭受不平等待遇的大胆话语，都毫无疑问地表明了作者的观点和立场。《再版序》不是女权主义的严正宣言书，这种发问和发难已经可以看作是女性主义的最早呼声了。

女性写作能做到更深入地描绘男性，这便是女性写作的优势，写出"女性手中、眼中、心中的男性"。安妮笔下小汤姆的愚鲁顽劣，罗布森的狂妄粗俗，默里的自以为是，特别是亨廷顿的纵欲放荡，描绘精明而可估计的人像马克姆自尊，善良，深情，体贴和模仿一个完美的，至于格雷的心给予比更高贵的西斯顿牧师，安妮从他的外表，性格，宗教信仰等方面挖掘出其美德可以尊重和欣赏……以这种方式，男性与以前的审查理性思考的女性角色只涉及到颠覆女性文学的人，至少也是一种相辅相成的。[1]

裴因在1991年译介了《阿格尼斯·格雷》，赵慧珍在1997年译介了《房客》，人们正在逐步展开有关她的研究，安妮再也不是作为三姐妹附带的一员而被提及。在女权主义批评家看来，女性写作"常用女性作为叙述者，女性经验容易得到更多的表现，改变男人讲故事、女人听故事的局面"。安妮的两件作品是第一人称叙述，第一人称为透视。在小说《阿格尼斯·格雷》的观察中，是格雷的，讲述故事的人也是格雷小姐。以一个家庭女教师的视角去看周边的人和事，表达出了虽然生活贫贱但是对未来充满憧憬，对生活有着无限美好的向往，对爱情有着纯真的期待。《房客》的观察是吉尔伯特·马克姆先生，另一个是海伦。叙述者也是同样的两个人，马克姆先生通过写信给他的朋友杰克，尔福德先生，他的爱与海伦相当奇怪和悠久的经验。在小说的第一章到第十五章中都是以"我"的视角来写这本小说的，在"我"的眼中的怀尔德菲尔山庄的"房客"亨廷顿太太海伦是十分神秘的。

---

[1] 张首映.二十世纪西方文论史[M].北京:北京大学出版社,1999.

在第十六章到第四十四章中则把视角转向了海伦的日记，以海伦的视角去讲述她对于她的爱情婚姻的看法。从海伦的丈夫的视角再次开始马克姆已经死了，马克姆与海伦的爱情一起有了结果：他们结婚了。住在一个"盛大"的斯坦宁利庄园，生活无忧无虑，平静无声的生活。海伦被安置在这里，安妮的重点和马克姆的家庭和经济地位的不平等，海伦是一个高贵的出生人，富有的马克姆是一个乡绅，面对斯坦·宁利庄园，他几乎失去了勇气找到爱。海伦的真实感觉让他安心，爱终于完成了。所以，安妮和奥斯汀确实有很多相似之处，他们似乎在婚姻中并不是同等的关切，而是致力于消除这种不平等。安妮建立了一个更优秀的女性意识框架，女人似乎更有主动性，占主导地位。[1]《阿格尼斯·格雷》使用是固定焦点的角度，作为格雷小姐的观察者从头到尾是事件的见证，情感体验。叙述者则是故事发生多年后的格雷。请看第一章：

我是一个无名小卒，加上时间的流逝和一些弥补的角色，我觉得自由无所顾忌，告诉最亲密的朋友不情愿地向我的读者表达诚挚的态度。《房客》的叙述是层次性的，用法的重点在于视角。马克姆在叙述者之外，海伦是叙述者，马卡姆故事的这本书插入了海伦的故事。

在两个层次上，叙述者的框架作用，具有行动的性质，结构的功能，参与和主角的活动。海伦的日记直接暴露了自己的生活经历和个性形成，她是主要的叙述者。作者通过海伦之口喊出了"我的心不是他的奴隶"，"没有他照样过"这样的女性独立的呼声。虽然作者在整个故事的框架中安排了一位男性叙述者，但密切关注叙述风格，很容易找到，他是一个真诚的人，不虚伪，敏感，可疑，细心和情感。他的叙事中心是海伦，观察中心是海伦。这是从虚拟人的角度创造出独立的个性和真诚的善良，健全的女性形象，令人信服地证明了三位姐妹在共同感兴趣的话题上：妇女可以而且应该是独立的，妇女与男人的个性和尊严一样。[2]

二、安妮·勃朗特的现实主义女性视角

（一）对上层社会的揭露

安妮对社会的暴露和攻击是她独特女性视角的标志，高贵的贵族和资产阶级的腐败和退化社会让安妮感到愤慨。像如《阿格妮斯·格雷》中对托马斯爵士的丑恶，可以为贵族贵族地位带来巨大的财富，并享受一整天的奢华生

[1] 安妮勃朗特著,赵慧珍译.怀尔德菲尔山庄的居客[M].兰州:敦煌文艺出版社,1992.
[2] 安妮·勃朗特.阿格妮斯·格雷[M].上海:上海译文出版社1991.

活。安妮不遗余力地暴露社会黑暗的现实，她女性化的视角在社会各个方面。

（二）对劳苦大众的颂扬

安妮并不局限于对黑暗社会丑恶的揭露，而是以她纯真的女性视角去关注那些辛勤劳苦的大众生活，关注他们身上崇高的人性魅力和个性精神，进而全面地概括当时社会的本来面貌。如《阿格妮斯·格雷》的寡妇南希·布朗非常令人同情，她住在一个小而昏暗的小屋里，几乎是一半失明的眼睛因为眼睛疾病，但仍然拥有自己的家，完美有序，永不放弃 生命的希望。

（三）对婚姻类型的总结

安妮有强烈的女权主义意识，以及其他两个姐妹，如金琼所言："姐妹共同关注的一个主题：女子拥有同男子一样的人格、尊严，女子有可能而且应该成为独立的有尊严的人类一份子。安妮的女权意识表现为对社会中妇女命运的关注，在她的小说中恰如其分地总结出当时社会的三种婚姻类型。"如叩梦丽所言："（安妮）在小说中专注探讨婚姻关系，揭示了19世纪上半叶英国社会在婚姻问题上的众生相。"如《怀尔德菲尔山庄的房客》中安娜贝拉同洛巴勒勋爵的婚姻、《阿格尼斯·格雷》中罗萨利与阿什比爵士的婚姻一样，安妮对第一种婚姻的描述是基于金钱，地位，这也是当时社会上大多数人的选择。如《阿格尼斯·格雷》中阿格尼斯与韦斯顿的婚姻、阿格尼斯父母的婚姻的这类婚姻往往不被社会认可，不过最后一定会是幸福的。这种婚姻是以爱情为基础的。第三种婚姻如裘因所言是"转变型"的，这也表现出了安妮女性视角的敏锐程度。《怀尔德菲尔山庄的房客》中海伦与亚瑟·亨廷顿的婚姻便是转变型婚姻的代表。海伦决定嫁给亚瑟的目的是帮助亚瑟改变他的不良习惯。婚后亚瑟的习惯还是没有改变，但是，越来越多地逐渐破坏了海伦对他的爱。海伦密友米利森特与哈特斯利是此类婚姻另一种类型的代表。哈特斯利婚前还喝酒，但婚后逐渐依靠妻子的理解，帮助纠正不良习惯，过着幸福的生活。安妮对女性命运十分关注，从她对转变型婚姻就可以知晓，也表现出了她女性视角的精细性。总之，安妮对现实主义女性视角的关注都表现在了对上层社会丑恶的揭露，对社会大众的赞扬，和对妇女命运的同情。如张勤、赵静、欧光安所言："透过作品反映社会，这是安妮·勃朗特小说的最大的价值所在"。[1]

[1]　张勤,赵静,欧光安. 安妮·勃朗特的创作背景即其自传性研究[J]. 湖北函授大学学报, 2011(10).

第四章 对性别的崭新诠释

——勃朗特姐妹小说中的女性形象

第一节 《呼啸山庄》：自我追求的先驱者

一、"最奇特的小说"

艾米莉·布朗特（Emily Bronte）（1818—1848）创造出了出色的小说，也是一个惊人的作品，甚至是一个伟大的文学。

然而小说出来了，经过很长一段时间，许多对她强烈的攻击的人说，这本书的内容是可怕的，削减的，恶心的，没有引起人们的注意。特别是与姐姐的作品一起，比喻为一个天上，一个地下。有的人不赞同她的想法，不能接受她作品中令人作呕的恐怖，即便是书中的情节也让人不能接受，并因此被许多评论家斥责为一部毫无意义、骇人听闻的小说作品。

一部分小说的故事阴谋，并伴随着病态心理学，它部分继承了恐怖暴力和传统哥特式小说的精灵，然而，远远超出哥特式小说，维多利亚时代的浪漫小说也是非常不同的。直到半个世纪以后人们才逐渐认识到它的独特价值。在1850年代，人们高度评价，西方批评家是维多利亚时代最伟大的作品之一。到20世纪初，人们才真正认识到它的价值。

《呼啸山庄》的作者心中的"非凡热情"，她在拜伦的"强烈的情感，悲伤和大胆"之后并没有平行，震撼了越来越多的人的心。

《呼啸山庄》的呼声高涨被誉为"最奇特的小说"，艾米莉·布朗特因此在英国文学中树立了自己的立场，评论家不得不对自己的作品发表评论，年龄小的时候，才华横溢的女人从来没有想过，在死后，她唯一的小说《呼啸山庄》将被记住为"最奇特的小说"，并且成为19世纪英国文学史的一颗最绚丽的宝石。到目前为止，在外国，无数读者因为小说承认失败，深受其特殊的艺术魅力的震撼。以爱情悲剧为主要思想的"呼啸山庄"，想向读者展现人类社会的扭曲和上层社会的丑陋面孔，以及对人们造成的许多恐惧事件。

作品表现了作者独特的思想及对资本主义社会生活的悲剧性理解。《呼啸山庄》这个作品是通过四个阶段展现的：第一阶段讲述了希刺克厉夫和凯瑟琳童年甜心的故事，在这样的社会环境中，一个被遗弃的小姐和一个年轻的女士，由特殊的感受和对后裔的不人道主义和斗争的恐惧而产生。

第二阶段的重点是描述对希刺克厉夫和凯瑟琳的背叛，因为金钱，虚荣和无知成为浪尖的农庄，荒废的希刺克厉夫的女主人。

第三阶段主要是写了希刺克厉夫的悲剧和仇恨的报复动机，以及他自己的报复。希刺克厉夫死亡的最后阶段交替主义，也揭示了他的人的一面。

当他得知哈里顿和凯蒂的爱情之后，放弃了报仇的念头，这也表现出了他人性复苏的一面，使读者们在恐怖和复仇的黑暗世界中看到了对于人性的一缕阳光。作者脉络十分清晰，布局和场景变幻莫测。

在她的小说中，作家凝聚着希刺克厉夫的特征，因此可以看出他的怨恨和人性的渴望。在被遗弃的人不关心和爱养育爱与仇恨时，巴特赖的压迫使他品尝到生命的残酷，也让他学会如何服侍，屈服于耻辱，他不能改变他们的悲惨命运，所以选择反叛。

凯瑟琳是一个忠实的伙伴，他们一起生产在抵抗辛德雷真诚的感觉。但是，凯瑟琳却在最后背叛了爱情，因为虚荣而嫁给了埃德加·林惇。这也是她的虚荣和爱情悲剧，也与希刺克厉夫的生命一起毁灭了。这个人物，艾米莉·布朗特有同情，也有愤慨；有惋惜，也有鞭挞。两者都有不幸，愤怒不争议，情绪很复杂。这本书最大的转折点应该是凯瑟琳的背叛和她悲惨的命运。因为凯瑟琳，希刺克厉夫充满了爱，痛苦地恨，凯瑟琳的死，愤怒的适应变成了报复的动机。希刺克厉夫实现了他的目的，他不想让别莱和爱德这么简单，控制了两个房地产行业，同时也让自己的孩子生活在苦难中。

这样疯狂的报仇行为，已经超过了人类的伦理纲常，但是却表现出了他不同寻常人般的叛逆精神。对于社会和时代，希刺克厉夫的爱是一场悲剧。

《呼啸山庄》这本书是基于对希刺克厉夫的研究，实现了报复的目的，并且自杀结束。他的自杀可以被看作是一种双重的自杀，也表达了对凯瑟琳的热爱是下定决心的，甚至死亡也想追求。在他去世之前，他把这个想法解除了下一代的报复，这表明他的性质还是有一个好的一面，只是社会和情感上的残酷事实，使他变得歪曲，使他变得无情。

这也是人类善良的精神上升，反映了作者的人文主义理想。总之，《呼啸山庄》讲述了这样一个故事：关于两代人对社会生活，财产，安慰的爱情，人们产生诱惑，婚姻，教育，宗教信仰，信誉的重要性以及对他们之间的贫富关系的影响。

这部小说奇妙地描述了一个在旷野发生的故事。无论是在艺术观念，专题结构，作品都展示了作者的不寻常的开创性。

因此长期以来，人们对男主人公予以了更多的关注与评价，而女主人公凯瑟琳一定程度上成为解析希刺克厉夫思想个性的陪衬与附庸，忽略了她的独立存在价值与个性审美意蕴，在某种程度上，她并不逊色于简·爱，且与作者特立独行的个性和苍凉寂寞的人生密切关联，虽然生命短暂，却以其狂野激荡的情和动人魂魄的爱演绎了自己的激情人生。

二、两代人的追求与女性意识的张扬

女性意识一直是研究课题，这种意识主要包括平等意识，自我意识和主体意识。主体意识是指以客观世界为主体的妇女地位，自我意识的作用和价值。自我意识是女人自己的理解，解释女性自身存在的特殊性，不再是男人眼中的女人，而是在自己眼中的女人。女人也是对女性的一种反思和批评。女性主义是女性意识的一部分，这个词首先出现在法国，一个争取平等的社会权利和男人声称的女人。

从女性主义角度看，作者在凯瑟琳及其女儿身上赋予了强烈的女性意识，她将自己的理想与希望寄托在两个女主人公身上，其自我追求也在两个人物身上突现。

弗洛伊德的人格心理学将人格分为三部分，即：本我、自我、超我。"本我"是一种原始的力量来源，它只寻求满足最基本的生物要求；"自我"是人格的表层与本我对立而不受任何管制，在与环境接触中由"本我"发展而来，它能使人按照价值观或自己的思想行事，"超我"一旦形成，"自我"有责任同时满足本能冲动、"超我"和现实三方面的要求。"自我"代表了人格中理智和意识的部分，其行为准则是"现实原则"，是与他人或外部世界有关的个人理解或经验；"超我"则是道德化的自我，代表了儿童时期所认同的双亲或社会的道德要求和行为标准，用自我理想来确定行为目标，用良心来监督行为过程。自我和超我在人格构成中，各自代表了不同的心理需求和遵循不同的生活原则，因而往往相互矛盾、冲突。凯瑟琳自身作为"本我"存在，希刺克厉夫却可视为她的"自我"，表现出她最原始的野性，凯瑟琳曾宣称："我就是希刺克厉夫！他永远永远地在我心里。他并不是作为一种乐趣……而是作为我的本我存在。"林惇代表的是金钱、地位、权利，是凯瑟琳最理想的对象，应该视为她的"超我"，她一生都在寻求一个真实的自我，却历经了自我迷失、自我挣扎、自我毁灭的曲折过程。孩提时代的凯瑟琳就是一个狂野不羁、倔强大胆、充满自由反叛精神的女子，她钟情于希刺克厉夫，因为从他身上看到了自己，他是凯瑟琳本质的一种表现，代表其心中另一个真实的自我，正如西析所说："人往往要通过了解自己所爱的人是什么人才能真实地了解自己，因为真正爱的对象正是自己本质的一种表现。"[1]因此，当父亲带回希刺克厉夫后，他们很快成为密友，即使父亲死后常受到哥哥的压迫和仆人的刁难她仍然感到幸福，因她还可以拥有希刺克厉夫，即真实的自我，如其所言："我爱他，并不是因为他长得俊俏，而是因为他比我更像自己。不论我们的灵魂是用什么材料构成的，他和我是同一个材料。"然而她却在另一个世界——画眉山庄迷失了自己，宁静而美丽的山庄是与呼啸山庄截然不同的一个全新的世界，面对物质世界的诱惑，而对象征金钱权势的林惇的求婚，她放弃了"自我"，皈依了"超我"。当离家多年的希刺克厉夫再次出现时，她的自我意识又开始慢慢苏醒，放弃做"房间里的天使"，努力想找回另一个分裂的自我，开始了痛苦的挣扎，"这个破碎的牢狱，我不愿意被关在这儿了"。她一直在情人与丈夫之间徘徊，终至筋疲力尽，心力交瘁，郁郁而终。

通常人们总是关注凯瑟琳的爱恨挣扎，却忽略了其女儿的命运际遇。小凯瑟琳虽然骨子里面有一颗活跃的心，但是表象上她是十分乖巧、温和纯良、沉静内敛的女孩。她对待爱情也是沉静温和的，但是他的内心也是有莽撞和倔强的一面的。她与她母亲的曲折生活如出一辙，她从小就按照自己的方式说话与走路，对待每一件事都极其的对自己的内心进行压制和约束，所以她经历了一个自我压抑和反抗的人生过程。首先是自我压抑：小凯瑟琳从小在画眉山庄长大，在其父的精心教育呵护下，她长成一个温柔善良的天使，天性被父亲的爱包裹、压抑着，这种压抑甚至延伸到对小表弟的溺爱

[1] 陈琨.西方现代派文学研究[M].北京大学出版社,1981,24-28.

上。被迫嫁给小表弟后，面对自私、懦弱、暴躁的丈夫，她仍然扮演着天使的角色，尽力呵护顺从对方，致使自己处于更深重的压抑。在此，她与其母都失去了自我，却又有着本质的不同。凯瑟琳原本活在自我中，只是因为顺应社会的要求和虚荣心的驱使才迷失了自我，违心地嫁给了林惇，而小凯瑟琳完全是有意识地压抑着自我天性，因此一个是主动舍弃迷失自我，一个是被动克制压抑天性。这样的压抑直到丈夫去世，小凯瑟琳才猛烈意识到用忍耐顺从的方式维系的婚姻并不能带来幸福，于是她不再柔弱，对希刺克厉夫的淫威开始了反抗，宣称除了自己愿做的事，别的什么都不干，并大胆表示自己的不屈，当面指出希刺克厉夫的悲惨境遇，甚至怂恿哈里顿违背其命令。她知道势单力薄是不足以与希刺克厉夫抗衡的，于是她成功地改造了哈里顿，并与其联手对抗厄运。这不仅是对希刺克厉夫一人的反抗，也是对父权制社会的挑战，在那个女子只能做家庭天使的年代，无论是对长辈的违逆还是对爱人的主动追求皆会被视为大逆不道，小凯瑟琳艰难地迈出了脚步，幸运的是她的反抗初见成效，她与哈里顿的爱与反抗最终使对手的报复瓦解，不仅成功地塑造了爱人，也成功地实现了自我，在自我追求的历程中，她克服了自身的弱质，摈弃了门第观念，自主追求幸福，这是那一时代女性难以做到的，几乎没有例外，只能在原地苦苦挣扎。

在两代凯瑟琳的追求中，不难看出作者为当时女性寻觅的一条自我实现的途径。维多利亚时代父权制文化盛行，社会倡导"家庭天使"，这要求女人自己完全属于家庭，只有作为女儿，妻子，母亲，没有理论哪个角色，属于另一个主题"家庭"，没有自己的独立个人，只有不完整的存在，最能代表他们个体的那部分"自我"被"抽离"，不再拥有真实的自我。小说中母女二人都有自由个性，且都不同程度追求自由，这种向往自由的天性也是作者的天性，在艾米莉的心中："大多数是你比她更爱她，自由"。

凯瑟琳从小就向往自由，她与希刺克厉夫常在田野里疯狂地奔跑，将约瑟夫的宝贝书籍扔进狗窝，当父亲问及她希望得到什么礼物时，她居然选择了一条马鞭，而非漂亮衣物，不到6岁她就能完全驾驭家里的马，拥有马鞭即拥有了自由的权利与个性，因此，她钟情于酷而不解风情的希刺克厉夫，却冷待善良多情的林惇，因为只有在希刺克厉夫那里，她才有自由的生活与独立的人格。但在女性地位卑微的时代，凯瑟琳一直得不到父亲的宠爱，父亲去世后被哥哥所压迫，不仅在家中没有地位，婚姻也不得自主选择。

　　她通过小凯瑟琳与哈里顿的爱情来证明这一点，身为主人的小凯瑟琳与身为仆人的哈里顿不仅没有平等的地位，而且没有自由恋爱与自主婚姻的权利，但作者却让二人最终结合，无疑是对父权制的挑战，也是作者的爱情理想所在。[1]小说破坏了男女二元对立关系，女权主义意识。"凯瑟琳不仅拥有埃德加的身体，也控制了希剌克厉夫的灵魂。让他一生受到地狱的折磨，生活在孤独，痛苦，疯狂的报复之中。[2]

　　那种一直在"呼啸"的外部环境和骚动不安的爱情与痛苦对立的暴力弥漫全书，小说刻画的是人性的混乱之力作用于有序社会的情状。希剌克厉夫恶魔似的复仇搅乱了画眉山庄的平静生活，给呼啸山庄和画眉山庄两代人带来灾难，但这都是畸形的爱和女性霸权酿造的苦果。

　　他的一生都在女权主义者凯瑟琳的阴影下。而埃尔加·林惇在女权主义下显得更温柔。他是许多女性心中的理想丈夫，因为他的性格温和又有耐心，对待人们十分的和蔼可亲，只可惜他爱上了凯瑟琳，因为这份爱情而毁了自己的一生幸福，还使家里遭到了灭顶之灾，成为了凯瑟琳一类女权主义的受害者。

　　凯瑟琳会在两手之间玩两个男人的感觉，让他们变得温和的性格压抑，充满仇恨，死亡的终点不能醒来。作者向读者展示了女权主义的控制欲望和心理力量，将男性彻底瓦解。法国作家卢梭在爱米尔顿写道："男人和女人是彼此相爱的，但他们的相互依存是不平等的。没有女人，男人还会存在，没有男人的女人的存在，那么就有一个问题"。

　　艾米莉的颠覆就是要让没有女人的男人活不成。《呼啸山庄》的新的一幕是：小凯瑟琳教哈里顿读书写字，是为了改变他粗野的行为。哈里顿成了另一个执拗的情种，这正意味着新一轮女性霸权的开端。

　　艾米莉将自己的女性意识寄予两个女性，通过她们对真实自我的追求，充分表达了自己的思想主张：作为女性不仅要有自由精神，还要有独立人格，在男女平等、恋爱自由和婚姻自主的基础上，才能充分实现自我。麦特琳克说："呼啸山庄"是艾米莉的感情，欲望，创造和思考，是一幅画的理想。"

　　在维多利亚时代，作者同她的姐妹和当时的女性一样，尽管是一个不为

[1]　朱虹.伍尔夫研究[M].中国社会科学出版社，1992.
[2]　田祥斌.安吉拉·卡特现代童话的魅力，外国文学研究[D].2004第6期.

人所理解的寂寞的天才，也有着一份女性情感自由与自我实现的梦想。[1]

第二节　《简·爱》：女性尊严的捍卫者

一、自立自强、奋斗不息的人格

简·爱是一个普通的女人，她不妩媚也不美丽，也不是一个讨喜的人，但是她有一颗独立、自爱又善良的心，她的灵魂干净宁静，生活中总有苦难与她相伴，但是她有自尊在怀，有智慧伴随，因此她积极上进，既不会依附也不会矫情。她长得又小又瘦，没有美丽的外表，但是她感情丰富，是一个有血有肉的人，她有无穷的人格魅力和智慧，她在英国文学女性画廊中是一个独一无二的存在。她从小就能够算为一个倔强的人。不管是在她小时候寄人篱下时所受的委屈，还是在女子学校读书时所经受的冷漠压抑的环境或者是失去亲人时的痛苦，这些苦难都不能让她丧失希望，正是由于这样的生活经历，使她拥有了勇于反抗的精神和坚强的性格，同时也使得她经过自己的不断努力和尝试去争取自己的独立和自尊，去追求幸福和爱情。她一直觉得自己是一个有自我意识、能独立思考的人，她有选择生活的能力和权利。她不想做一个靠外表的女人。因此，在被罗切斯特试探的时候，她会无比激动地将那段具有宣言意义的告白说出口："你以为我贫穷、低贱、难看、矮小就没有灵魂，没有感情吗？我现在同你说话，并不借助习俗、惯例，甚至不借助肉体，而是我的灵魂在同你的灵魂对话，就好像我们都经过坟墓，站在上帝脚下，彼此平等——我们是平等的……要是上帝赐予我一点美和财富，我要让你感到难以离开我，就像我现在难以离开你一样"[2]这如此郑重的在男女双方心灵契合、彼此真诚相爱的基础上，而不可以是被财产、权势、金钱、门第、地位所为难，男女在一起，每个独立的个体之间要平等、自主、人格独立，女人不应该是男人的归属品。这是有这种想法，当她知道罗切斯特有自己的妻室时，她才坚定地离开了桑菲尔德庄园，而不是成为他的情妇。恰恰是由于她对资产阶级社会的世俗偏见和婚姻观念的不认同、不理解，与罗切斯特产生了共鸣；同时简·爱的不媚不俗、智慧，和她独有的气

---

[1]　高万隆. 女权主义与英国小说家, 外国文学评论 [D]. 1997年第2期, 第30-42页

[2]　夏洛蒂·勃朗特：《勃朗特两姐妹全集: 简·爱》, 宋兆霖译, 河北教育出版社, 1996, 第101页.

质，自尊自爱、不卑不亢的品质，奋斗不息、独立自强的精神，使得罗切斯特深深为之着迷。总的来说，罗切特因为简·爱的品格美、精神美而爱上了她。简·爱给予她主人的是无比纯洁的爱恋，从刚刚开始到她终于变为了一位幸福快乐的新娘，她完完全全不懂这是一段婚外恋。简·爱一直在争取从男女平等的角度和她的主人对话，同时主人对她也是笑脸相迎，她对主人并不温柔顺从。

　　惯例和习俗，通常集中体现了一种社会观念。而小说也刚好安排了一个简·爱小姐的对照，一个很符合惯例和习俗的人物——英格兰姆小姐。她们一个富有而美丽，一个贫穷而平凡；一个出身名门，一个孤苦伶仃；一个对上流社会的交际手段非常熟悉人物，但是另一个却完全相反。英格兰姆小姐能够被当做是一个惯例和习俗所称羡的典型的女性代表。这样的念头甚至连简·爱都无法抗拒。简·爱完全没有将英格兰姆小姐的平庸和无知指出来，反而是在选择的最后时刻，她依旧将独立思考的权利作为自己要坚守的，同时她个人观念中的爱与憎是她要捍卫的。她选择了离开和逃避，可能是由于这一次和她过去经历困境和苦难所不同，以前还可以一个人挺过来。可是这一次等待没有用的，简·爱最后都没有没有去争取。这究竟能否暗示着简·爱绝望和悲观呢？如果真的是这样的话，那么，就能够看出哪怕是就一直都具备反抗精神的简·爱来说，她还是不能摆脱惯例、习俗和这背后的社会观念。

　　桑菲尔德的大火是小说给出的最后一个情节，用大火来解决社会、个人矛盾。这有着诺亚方舟含义的大火将所有都毁灭了，让一切都重新来过。简·爱刚好是由于这场大火，最终她再次重新回到了罗切斯特的身边，和他开始了幸福的生活，幸福快乐的在一起生活。但是这场大火同样使得使得罗切斯特双目失明，在这之后简·爱成为了他的双眼。也许这今后简·爱的生活中地位由此奠定了：再也不会有罗切斯特用自己高傲的姿态来试探她的情况了。生活也是如此，人生不如意事十有八九，在某种程度上生活要建立在一个残缺的基础上。但是这似乎也能说明女性的独立意识仅能在残缺的男性世界中建立起来。而真实的世界，仍然没有改变。

　　二、"双性同体"的大胆构想

　　《简·爱》不仅仅是一部爱情小说，也是一部社会小说，存在于社会中的妇女问题由《简·爱》集中地体现了出来。作家将视角定位于进步的民主，将社会上畅行的金钱和美貌为条件的买卖婚姻进行否定，证明了爱情的真正含义定位于灵魂上的给予、奉献和呼吁。同时西方女人在19世纪产生的强烈的女性意识是它的核心密码。在女作家的文学作品中将过去柔弱、依附于男性、可怜的女性地位进行改变，实现了女性地位的提高了，她似乎拥有了帕尔修斯一样勇敢坚定的力量，将征服者的状态表达出来。这种类似于男性坚韧性格的女性性格表达，潜意识中将女性的一个愿望表达出来：女人和男人终将在某个时刻地位平等、并驾齐驱，彼此处在相互之间能够互换的关系上。通过简·爱形象的塑造，夏洛蒂针对这一理想状态夏洛蒂作出了大胆的构建。

在维多利亚时期的父权社会中，女主角简·爱如何反抗当时的女性理想形象、反抗父权论述实践及挑战当时的性别权力关系，都是颇受关注与争议的问题。

在简·爱的性别形成中，作者凸显了家庭、学校及宗教这到个文化机制，如何透过论述实践、纪律与惩罚来形塑简·爱成为一个性别主体。此外，也展现简·爱如何反抗这些形塑力量。尤其是简·爱如何抵抗罗切斯特及圣约翰的诱惑，而不至于成为前者的情妇及后者有名无实的妻子，并探析了简·爱如何寻找到自我，成为自己的主人而非罗切斯特和圣约翰的他者。可以将简·爱论释为维多利亚时代性压迫下一个被压制的主体，但这并不表示她就毫无话语权和自主性，她曾经透过辩解甚至"暴力"来展现对专制、父权的反抗。但是女性的独立并不是一个短时间的过程，是需要长期努力才能实现的。好比当年简·爱坚定无比的舍弃罗切斯特一样，这需要很大的勇气，需要"风萧萧兮易水寒，壮士一去兮不复还"的勇气和胆量。这是逐渐向独立靠近的关键一步，同时也是无比重要的一个环节。

正是由于在经济上女人对男人有所依赖，这导致女性想要生存就一定要让男性高兴，这促使将男性作为重点的父权制文化的价值取向转化为女人们的行为，女人们对自由的向往不强烈，仅仅是满足于男人给予她们的位置。对此，不少作家，特别是女性作家通过自己的文学构想表达了争取女性独立平等的愿望与理想，同样，夏洛蒂突出表现了简·爱的女性意识，就是和男性平等的女性的自我意识。然而，夏洛蒂通过简·爱形象所作的思考与探索却远远超越了平等的观念，也非不切实际地争取"第一性"的狂想，而是在"双性同体"的奇思构想中追寻着远古"雌雄同体"的神话，回归了人类淡化性别甚至消解性别的原始梦想。

体现在简·爱身上的不仅仅有女性力量，同时还存在明显的男性力量：不仅仅存在温柔感性的女性气质，同时也有坚韧勇敢的男性力量，这导致她从原有的不平等的女性标准中解放出来，颠覆和反叛了传统意义上的男权中心文化。在很多方面针对简·爱的这个思想和双面个性都有所体现。首先，她是审美主体而非客体：反叛父权制规定的女性标准首先就表现在她平凡的外表，简·爱以强烈的自尊和坚韧的性格的令人惊奇和动容，简·爱重新诠释和定义了传统意义上的女性美。和作者一样，这个全新的女性形象并没有漂亮的外在，但是却有独一无二的人格魅力。她不单单凭借这种人格魅力征服了无数的读者，同时还打翻了传统社会给予女性的被动地位，将自己主体地位淋漓尽致地体现出来。过去女性通常都是作为被欣赏的客体、和审美的对象而存在，即使她们作为美的代表能够被男性称赞，但是却不能摆脱作为"装饰品"和"他者"的地位，简·爱从主体的角度对他人进行批评，有悖于传统，这其中包含对男性的美丑的评价。其次，她具有男性一般雄辩的口才和反叛的个性。并且简·爱具有温柔善良、坚强独立的双重性格：既具女性气质又有男性品格。

在此基础上，作者为夯实"双性同体"的理想，还将女主角置于一种全新的地位，并成功实现了与男主角角色地位的互换。这个女子没有传统女性漂亮的外表，没有天使般柔顺的个性，没有依附男人的生活方式，没有委曲求全的卑微，有的是朴素大方的外表、男子般的倔强刚强、自主自立的生活方式和自由平等的自尊。

三、"双性同体"形象的创新

在传统的婚姻价值观中，"上以祀宗庙，下以继后世"是男女两性的婚姻的目的和方式，在两性关系中女性一直处于一个被动的地位，而且女性成为了传宗接代的工具。所以，决定女性在家庭中的地位由生殖决定，就像中国的古话"母凭子贵"一样，这导致女性们在争取独立解放的过程中异常艰难。从一个角度看，由于男性话语的绝对地位，女性不能顺利地建立话语权，她就只能无奈地将女性的家庭角色背弃掉，另一个角度，当女性从传统家庭中所赋予她的"贤妻良母"的角色转变时，不夸张的说她就失去了她女性的身份。社会伦理秩序对女性的要求太过严格的现象由此说明，虽然男性可以凭借简单的社会角色融入到社会生活中，但是奴性的身份在女性失去了家庭角色后便消失了。因此，女性在自己的社会地位和女性身份之间进行着艰难的选择，女性们的身上肩负着重要使命，但是她们却心甘情愿地去执行自己的家庭角色，最后在社会经济生活中赢得一席之地。好比西蒙·波伏娃曾说的："男性不存在公共和私人生活的割裂问题，（因为）在行动和工作上他对世界把握得越紧，他就越有男子汉气……而女人自主的胜利却与她女人气质相抵触。"不可否认，在新的夫权规范下，女性可以走出家庭，参与到社会生活中，想要追求成功的社会生活，女性将其家庭角色丢弃，女性将自我意识泯灭，因此而成为了弗洛伊德口中的"阉割的男人"。

作者用"双性同体"来表达自己想为女性争取地位的愿望：在社会生活中，两性的地位是平等的，二者处于能够互换的地位，男女之间并驾齐驱，相互支持帮助，为了幸福生活共同努力，恰恰实现这一理想的重要之处是"双性同体"的特征。《一间自己的屋子》是伍尔夫的著作，在这本书不仅仅讲述了女性想要成为作家的物质基础，同时也研究了女性的心理条件，她的观念是和身体一样心灵也有两个性别，心灵的舒适状态和正常对于女性潜能的发挥和创作有着重要的作用。在这种状态下，男女在心灵性方面是"和谐共处的"。在男人的心灵中，男人管束女人；在女人的心灵中，女人统辖男人。男女之间彼此依存与和睦相处之时就是舒适的正常的状态。假设一方是男人，心灵的女人部分也一定有作用；而一个女人也必须与她身上的男人交合。伍尔夫由此得出结论："一颗双性同体的心灵是伟大艺术家所具备的，像莎士比亚、济慈、库柏、柯勒律治也是这样，所以，人们一定是男性化的女性和女性化的男性。"女性要像简·爱一样坚强勇敢、积极主动地去追求自己的权利，当男女之间彼此协助、相互帮助才能使得人们更好的生活，女性的美好温柔和男性的坚强勇敢在简·爱的身上有所体现，不同于原有的男权中心文化观念中的女性形象，简·爱表现出了男性主体性全新女性形象。

有人认为"双性同体"消解了性别意识，本人不以为然。性别意识是女性意识中比较关键和重要的部分，不清晰的在我国的"十七年"女性文学中有所体现。女性仅仅可以做和男性相同的人，其他特质、特点和女性意识的展现不存在这其中，当各项权利被女性所拥有，那么与此同时的"五四"时期产生的女性自身问题的文化在很大程度上会消失。《太阳照在桑干河上》《原动力》《火车头》《工作着是美丽的》等出色的作品可以用"走与工农兵相结合道路的硕果"是用来形容，作者审视社会主义革命和建设通过使用男性化的目光，在由工农意识、阶级意识和工农意识构成的时代意识中将女性的性别意识逐渐去除，进而女性的性别意识和男性意识共同发挥作用，作为男性意识的代言人。因为《百合花》和《红豆》等对女性意识的表达，所以女性话语特质和对女性问题的讨论遭到了主流意识形态的批评和指责。女作家被社会伦理所要求，在描写生活时可以把自己当做是革命者、战士，而并非女性，所有以性别差异为基础的前提上对女性问题进行研究，都相当于一种文化和政治上的反动。社会主流意识所提出的"男女平等"的观念抹杀了女性性别意识，向男性看齐是对女性的要求，女性向男性看齐是男女平等的基础和前提，但是实质依旧是社会对女性的不平等看待。女性意识不强大、女性自身的成长不可以受到重视，这反映出女性是从内心上感到自卑。所以，在以男性为道德文化重点的社会话语结构中，即使中国妇女已经获得了解放，但是她们仍旧承受着新的无名和无语的负担。毋庸置疑的打着的"人"的旗号女性已经成为了一种符号，这体现了在根本上传统道德对女性性别的忽略。由于传统道德在渐渐的被忽略，女性第二性的文化内核被遗留下来。冲突性、矛盾性和承继性是在女性的问题上显现出的新的伦理道德。

　　伴随着男女性别差异慢慢的被消除，"十七年"得以建立的两性平等的伦理观和西方自由女性主义有许多相同的地方。在20世纪60年代，将女性性别特征和性别差异消除掉是自由女性主义者所强调和关注的，目的是实现男女平等。"关怀伦理"学者对这种观念进行了激烈的批评。吉列根在《不同的声音》中强调，"以男性价值为标准的革命是徒劳的，应该发展女性自身以关怀为本的声音，而不是去追求做以男人为标准的'人'，从而丧失与男人有差异的女人自身的空间和声音，女性意识并不是一个孤立的因素，它与男性意识有着密切的关联。在女性意识没有更大独立的社会环境中，男性意识自然也不会有更高程度的独立性。因此，保证女性意识充分全面的发展，不仅符合女性自身的利益，实现女性解放，还对社会的和谐稳定起重要作用。"[1] "双性同体"在保证女性意识的独立存在的同时，也保证了男性意识的独立存在，在此基础上突显和强调了与"男性意识"的并存，并在互补、互换的奇想中构建了与传统男女平等不一样的理想模式，这与建立在消

---

[1]　西惠玲《西方女性主义与中国女作家批评》，上海社会科学院出版社，2003年版，第41页.

除男女性别差异基础上的两性平等的伦理观应有本质的差异。

　　另外，简·爱形象也是在又一层面上对传统文学女性形象模式的颠覆。传统文学的女性模式往往表现为：天使圣母型——恶魔淫妇型。"有一间自己的屋子"曾经是伍尔夫对当代女性的呼吁，这句话引申的含义是女性要有自己的价值追求、思想和自己的生活空间，和这相反的是"房间里的天使"是对女性自身要求，在生活和精神上这种天使对男人屈服，并且接受男人们在观念上强加于女性的规范，形成妨碍自身本能与其他女性自觉行为的"反面本能"，由于女作家的文学作品而形成"房间里的天使"。从一开始作家就将男性作家笔下虚假的女性形象颠覆了，这也代表将传统颠覆了。简·爱即使隐忍、温柔，但是却从来不屈从、不软弱，在心中　直有对爱的执著和自主。作者表现出和符号女性形象和男权社会附庸的疏离，同时着重对人物的爱、情感、抉择的痛苦和矛盾进行表达，从解放人性这方面来看，对女性主体和女性欲望的表达与展示是尊重女性话语权的体现。在此意义上，简·爱成为女性的超本质、超现实的存在象征。

　　被女性视为是独立宣言的文章《简·爱》，《简·爱》的女主人公被读者们称为是维护女权意识的理想人物和偶像。但是，当代后殖民主义先锋斯皮瓦克的文章是《三个女子文本与帝国主义批判》，《三个女子文本与帝国主义批判》将这篇女权经典解构了，殖民者文化的标签被深深地刻在简·爱的身上。同时将殖民者作为出发点，她坚韧和独立的性格让人敬佩。小说中的另一个角色是伯莎，哪怕男主人公的合法妻子是伯莎，却表现出不同寻常的贪婪、诡异和野性，象征着被殖民的"她者"形象，这个被魔鬼化和丑化的女性，是对"他者"的一个经典的表达。如此看来，简·爱的胜利不过是一个建立在伯莎的痛苦之上的"损人利己"之"恶果"，而简·爱这朵曾经象征着个性美与人格美的女人花，也颇具了几分"恶之花"的色彩。而伯莎作为一名"他者"，不但在牢笼中被囚禁，同时被安排到无尽痛苦的深渊中，甚至到最后的葬身火海。简·爱身份合法化是伯莎的离世导致的，同时代表着在殖民战争的硝烟中被殖民者最终屈服，代表殖民者占领的合法化。在此意义上，对传统解读又提供了另一种思考，这一观点无疑具有相当大的颠覆性与挑战性。但无论怎样评价与阐释，简·爱形象都不再属于传统的"房间里的天使"，正因为如此，她必将引发更大的争议和更多另类的解读。

第三节　《怀尔德菲尔府的房客》：大自然的维护者

《房客》中的女主人是海伦，海伦是一个信仰上帝的单纯善良的基督徒。她认为她是因为信仰上帝，信奉基督才拥有了所有美德。所以当她的丈夫亨廷顿在对上帝进行抱怨时，海伦激动地回答他"我所有的一切都归功于上帝，我的存在归功于上帝，我享受过的一切幸福，或能够享受到的一切幸福都归于上帝"。因此即使你爱我远远不如实际情形，我也不抱怨，只要你更爱你的上帝就行了。任何时候，只要你专心致志地敬仰上帝就行了。"她对上帝的信仰是不可动摇的、深深地埋葬在内心深处的。海伦不仅仅在精神上崇拜上帝，同时在现实生活中，努力尝试帮助丈夫亨廷顿重新改过自新做人，海伦认为"我即使恨恶习，我也热爱染上恶习的人，还要尽力而为挽救他"。所以当看到亨廷顿放荡不羁的生活行为时，她要帮助他"从早年和正在犯的错误中走出来，把他召回到道德之途上来"。海伦在亨廷顿的生命快要结束的时候，她又再次回到丈夫亨廷顿的身边，由于海伦想帮助亨廷顿从伤病的痛苦中解脱出来，并且让他从内心上能有所悔悟。因此当海伦的丈夫痛苦离世时，善良的海伦向上帝进行祈祷，她真心希望亨廷顿可以悔过进而得到上帝的救赎和宽恕。"……求上帝可怜他的不幸灵魂吧，叫他明白自己的罪过，……我不求他遭报应"。海伦的圣洁，善良温柔，对基督的信仰和传递的美好形象，正是这些美德，在故事最终使她找到了马卡姆，开始了幸福美好的生活。

假设说海伦是安妮笔下的一个圣洁，宽恕的天使，相反的，亨廷顿却是一个自甘堕落、道德缺失的人物。他骄傲自大，自认为潇洒英俊并为此沾沾自喜。生活中他游手好闲，在婚后不久就做出与朋友之妻私通的事情来。他脾气暴躁、素质低下，对待海伦态度差，甚至会恶言相向。亨廷顿的顽劣都为海伦造成了难言的痛苦，这长期以来致使海伦带着儿子离家出走。自认为潇洒帅气的亨廷顿，可以完全的令女人们着迷，这从海伦和他相识并求婚的过程中能够展现出来。他自认为英俊帅气，甚至在婚后吹嘘从前自己同有夫之妇私通的可耻之事。因为他的这种无节制，导致他最后变得其貌不扬。在生活中亨廷顿衣来伸手，饭来张口，她的妻子更像她的保姆。他对妻子的见解是："妻子应该忠诚地热爱丈夫，并且待在家里侍候丈夫，在他喜欢与她待在一起的时候，尽一切可能逗他乐、使他过得舒服；而且当他不在家的时候，不管他在这期间可能在干什么，她得照管他在家庭里和其他方面的利益，耐心地等他回来"。他把朋友的妻子米莉森特视为女性楷模，并振振有词地教训海伦："他（哈特斯利）带着她在伦敦住了整整一夏，她没给他添一点麻烦。他可以随心所欲地寻欢作乐，依旧像个无拘无束的单身汉，她从不抱怨不管他。他可以在半夜甚至凌晨任何时候回家，也可以干脆不回家。他可以绷着脸不喝酒，也可以满面红光地大醉。他可以随心所欲地装疯卖傻，用不着担心，也不会惹人心烦。他不论做什么，她都不说一个字的不是，也从不抱怨……""可是他把她的生活变成了灾难。""不是他！她就愿意这样，只要他痛快，她总是满意高兴"。亨廷顿总是和他的朋友们去赌博喝酒，总是喝得酩酊大醉，最可悲的是自己未成年的儿子也被他教唆开始喝酒。他对待仆人也是非常粗暴，仆人仅仅是摔破了一只盖碗，拌了他一下，他竟然"转向他大发雷霆，把他咒骂了一通，态度凶狠粗暴"。亨廷顿总是挥霍大量的钱财，他贪图玩乐，亨廷顿之所以对海伦大献殷勤，是因为得知海伦的家庭条件比较优越。结婚前他就已经把家产挥霍光了，变得贫穷而窘迫。因此我们很容易就可以判断出他迎娶海伦的真正原因。但是亨廷顿的风流之举是最不能让海伦接受的。虽然亨廷顿在结婚之前就是一名花花公子，但是在遇到海伦后一心一意地争取海伦的欢心，可是在婚后不长时间又原形毕露，或与别的女子勾搭，或与朋友之妻通奸。这并不是最恶劣的，哪怕是他重病缠身，他也没有悔改，与事实相反的，他对海伦的态度更加粗暴。一个骄傲、邪恶、顽固的形象在这本小说中被塑造出来。所以读者会对海伦产生同情和理解。

一、向往自由

安妮笔下这位新女性希望在婚姻中能够获得男女之间对彼此的尊重，她向往自由。她追求人格完整与独立。其实这在与亨廷顿婚前的交往中就已经有所体现。海伦曾经为亨廷顿画过一幅微型画，被亨廷顿无意中发现并拿走。海伦则强烈要求把它归还，在遭到对方的取笑后，她愤然把画撕成两半扔进火炉。这在当时那个时代的女性往往会顺从而羞涩地答应对方的要求，而海伦则很有"自我"意识。这一婚前的反抗事件已初显海伦的反抗意识。即使是在婚后，亨廷顿也总是炫耀过去的风流，海伦因为他的这种行为而惊讶和委屈，她感到无比的痛心和屈辱。海伦在婚后第一次进行了反抗，亨廷顿被她锁在门外，这时海伦有一段心里读白："我决心让他明白我不是他的奴隶，我只要愿意，没他照样过。"对于丈夫对自己的冷淡，也决不让步。当亨廷顿与有夫之妇安娜贝拉有不良形迹被海伦发现后，亨廷顿为自己的行为辩解，不以为耻反以为荣，海伦认为女人的爱"钟情、盲目、永不变心"、"女人忠诚是天性"。海伦对此进行了有力的回击："你和我调换一下想想，我要是这么做，你会认为我爱着你吗？"她在凭借着自己的力量反击，她所追求的是女人在家庭中的平等地位，一位同男性一样具有独立意识的人，是主体。

二、拯救灵魂

一心拯救另一颗心是海伦和海伦婚姻生活和爱情开始的。当姨妈清楚海伦和海伦之间的爱情时，她非常反对海伦和既没有道德又没有原则的亨廷顿交往，可是海伦却和姨妈说："但我认为我可以充分地影响他，不让他犯某些错误，而且我要努力使这么一个高贵的人免遭毁灭，我会觉得终生无悔！我即使恨恶习，我也热爱染上恶习的人，还要尽力而为挽救他！"即使海伦总是会因为亨廷顿的行为而绝望和伤心，但是救赎他和拯救他的希望她从来都没有放弃过。当亨廷顿生病快要离开人世的时候，过去的朋友和朋友远离他时，海伦却再次回到亨廷顿的身边。她对他精心的照料，哪怕他对海伦冷嘲热讽，她一直坚信一个信念：挽救他的生命，拯救他的灵魂。最终，在病痛的折磨和恐惧死亡下他有所感悟，亨廷顿大叫道："海伦，我要是早听你的话，决不至如此！"当亨廷顿罪恶的灵魂最终离去时，海伦很痛惜。并且盼望在离开人世的时候他能有所悔过，同时获得上帝的宽恕。

海伦对灵魂的救赎从对待哈特斯利的态度上也表现出来了。对经常喝得酩酊大醉，寻欢作乐的哈特斯列，海伦也多次进行了因势利导的劝解。同样的，男权至上是哈特斯列提出的，他期望妻子的顺从，有时对妻子的感受也满不在乎。海伦劝解他说："你有能力叫她幸福，而你却成了她的冤家对头。""你希望做她生命中的暴君吗？"最后，当海伦的信被看到时，他无比惊讶"假设我不赎罪，上帝不容。""我真是一个魔鬼"令人庆幸，最终哈特斯利改变了从前的不良习性，他逐渐成为了一个好丈夫和好父亲。并且，他真心地感谢海伦："这都是她的功劳。"

三、权利的捍卫

即使婚姻生活不满意，海伦没有离开，也没有放弃儿子小亚瑟，而且对儿子进行了良好的教育，对亨廷顿采取了不懈的努力。亨廷顿生来娇惯，对待孩子更是如此，这产生了恶劣的影响。当海伦发现儿子在玩弄丈夫的红宝石戒指时，她马上将孩子带走，她担心孩子对物质着迷，今后成长的和他父亲一样。眼见孩子在其丈夫及其朋友的教唆下变得嗜酒，吐脏话，作为孩子的母亲，她焦虑万分，面对这些人的嘲笑、阻拦，海伦坚持自己的作法，凭借自己的机智让孩子尽可能地远离他们。对于孩子嗜酒的毛病，她也果断地采取了放少量催吐酒石的方法，让孩子成功地戒了酒。当亨廷顿想要剥夺海伦做母亲的权利，找来了行为不端，虚伪做作的家庭女教师时，海伦下定决心离开庄园。海伦她教育孩子要善良是防止孩子慢慢走向堕落。

四、女性意识的传播

在书中海伦在一定程度上对米利森列特和爱斯特都产生了积极影响，米利森列特对父母言听计从，哪怕是嫁给自己不喜欢的哈特斯列，还要处处受到丈夫的欺凌，最后当哈特斯列特发现自己的行为不正确时，海伦对前来道谢的米利森列说，她仅仅是做了早就应该做的事并现在才做而已。由于海伦帮助自己另一位女性朋友爱斯特，帮助她脱离婚姻选择难关。爱斯特对母亲介绍的结婚对象表示不满时，遭到了母亲谩骂，但是海伦赞赏了她的做法："你不喜欢他，这条足矣。"同时告诫不要嫁给一个自己不爱的人，就像卖身为奴。对于爱斯特害怕自己没有合适的结婚对象时，海伦又说，一定要找到合适的人选，否则将会遗憾终生。不要因为母亲和哥哥对她所施加的种种压力而嫁给一个自己并不爱的人。后来，她真的找到了情投意合、真挚正派的劳伦斯缔结连理。爱斯特对这个不畏压力、有主张、有想法的海伦感激不尽，海伦在她心里光芒万丈。

海伦用行动证明了女人不单单是沉默的天使。安妮·勃朗特不断地为海伦找寻出路，找到不仅仅贴合维多利亚的道德规范，同时可以保留女性相对的独立性的标准。这部小说成为了英国女性文学史上的里程碑，为今后探索女性自主意识提供了借鉴。

第五章 从女性主义宗教视角看勃朗特姐妹

第一节 维多利亚时期女性宗教观

一、维多利亚女性的宗教状况

在维多利亚的英国有许多权威人士早在1830年就讨论过，女生在学校里接受过的唯一的教育就是学习吸引男性，除此之外女性在学校中学习似乎没有其他收获，"房中天使"是家庭之中女性的任务和角色。在许许多多的学校中，其主管不具备足够的素质和资格将"教师"的任务与职责履行好，经过学习得到薪水是他们的最主要的任务。非英国国教和英国国教中的在宗教团队中少数牧师们关注女性教育，但是主流牧师在这中间仍然保留着传统，牧师们进行传教的重要内容依旧是女性的角色，这阻碍了女性在各个方面的发展。

因此，维多利亚时期女性所要维护的是自己接近于完美的美好女性形象，她们的任务是保证家庭生活的纯洁和真诚，从而将家庭的方向和氛围往良好的方向去引导，在英国中上层男性阶层对女性形象的内心定位就是这样的，女性在家庭中要展现出纯洁美好的形象。

在男人的心中"房中天使"应该是女性要表达出来的角色，女性就应该被家庭套牢。这代表着女性的臣服。为家庭服务是家庭中的女性的主要任务和角色，同时狭小的家庭空间被定位于女性的活动范围。丈夫有社会生活，他们的任务是挣钱养家。只有当在灾难来临，女性才可以走出家庭。在公共事务中女性应该对他人进行影响，同时产生一些结果；但是女性的主要任务还是局限于家庭，履行相应的妻子的职责——提高男性在家庭中的幸福感。

有两本书对女性的附属地位进行了描述，这两本书是《创世记》和《使徒行传》。女性要具备的重要的品质就是可以默默忍受生活中的困苦和艰难。例如一句告知女性的充满布道性质的语句："忍受到最后，你就能够征服；等待到最后，你就等到了冠冕。"[1]教堂中的布告提示女性忍耐和沉静，上帝和男性的奖励和赞赏是目的。因为要弘扬宗教道德，所以在维多利亚小说中产生了描绘女性品质和思想的话题。

在生活的各个方面女性都表达出自我否定的观点和态度来。女性在家庭中不可以对财产进行继承和支配，在家庭中只有父亲、兄弟和丈夫可以掌握家中的经济大权。工作在中产阶层的家庭的未婚女性被定义为不符合淑女形象，依赖男性是她们的正确选择。在结婚后她的财产属于丈夫。在婚后不管她们和丈夫之间是否生活在一起，在法律上她们的财产都属于丈夫。女性在婚姻期间接受来自父母亲戚的财产，但是同样的这些财产在法律上属于她们的丈夫。

因为社会生活的富足、社会经济的不断改善，在维多利亚时代这为女性带来了新的问题，她们会更加依赖男性。女性的主要任务是待在家中，哪怕是读书也被认为是不务正业，她们不能获得等同于男性的教育。对于女性来说读书就是懒惰的表现。在家务事情全部完成后女性可以读自己想读的书。例如，在夏洛蒂·勃朗特认为对书本知识的渴望是女性的一种优秀品质，虽然这对女性来说可能是一种奢侈。在夏洛蒂写给罗伯特·骚赛的信中，她将自己的苦恼倾诉：

> 当我离校时，我认为我的责任就是去当家庭教师。担任了这个职务后，我发现其事务足以占据我所有的思维、我的头脑和双手，没有片刻的余暇可用于做幻想之梦……我小心翼翼地避免露出神思专注和偏执古怪的样子，以便不让那些我生活于其中的人据此怀疑我追求的性质……遵循他（父亲）的劝导，我对一个女子应尽的责任，不仅努力去专心履行，而且力求以此为乐。我并不总能成功地做到这一点。有时候，当我正在授课或缝纫时，我却宁愿阅读和写作。但我力图克制自己，而我父亲对此的赞许，则给了我的被剥夺的欢乐以极大的报偿。[2]

[1] W. H. Davenport Adams,Women's Work and Wort,London,1880,p. 167.
[2] 夏洛蒂·勃朗特、艾米莉·勃朗特：《勃朗特两姐妹全集：勃朗特两姐妹书信集》，杨静远选，孔小炯译，河北教育出版社，1996，第37~38页

显然夏洛蒂发觉由于家庭事务太过于繁琐，她对写作的无尽追求和对书籍的热爱受到了牵绊；因此，希望获得骚赛的支持，像男性一样写作是夏洛蒂理想的事，可是却遭到了维多利亚男性作家的一瓢冷水。骚赛回复道：

> 我（骚赛）要怀着全部的善意和恳切警告您，有着这样一种危险：您习惯性的沉溺于其中的白日梦可能会导致心境的失调……文学不能，也不应该是妇女的终身事业，妇女越是投入于她应尽的职责中，就越没有闲暇来从事文学活动。[1]

在维多利亚时期，夏洛蒂的通信对"房中天使"的无奈和疑虑产生了关键的影响。在夏洛蒂·勃朗特的作品中，19世纪的英国女性获得了比较完美的表达，女性能够从事的职业种类和数量太少，这主要是因为女性职业受到了宗教和社会的限制，其中女性只能去担任"房中天使"的职责，也就是选择将结婚作为唯一的方式和解决问题的办法；或者过着单调简单的生活，她们一直保持单身，最终变成一名老处女，渐渐在时光中变老，感受人性的枯萎和无奈。

在生活中女性的无奈和孤独被卡罗琳进行了进一步描述：

> 谢利，男人和女人大不一样，他们所处的位置是如此不同。女人要想的事情那么少，而男人要想的那么多……我真希望有一种非常有趣的、强制性的东西来填塞我的脑袋、我的双手，占据我全部的思想……成功的劳动还可以得到回报，而空虚、枯燥、孤独、无望的生活则一无所有。[2]

夏洛蒂还意识到，假设女性在思想、经济和心理上，表达出无视和抗拒宗教规范与传统社会的态度，并且她们身上具备完全不需要男性的独立，那

---

[1]　夏洛蒂·勃朗特、艾米莉·勃朗特：《勃朗特两姐妹全集：勃朗特两姐妹书信集》，杨静远选，孔小炯译，河北教育出版社，1996，第40页.

[2]　夏洛蒂·勃朗特：《勃朗特两姐妹全集：谢莉》，徐望藩、邱顺林译，河北教育出版社，1996，第252–253页.

么这位女性"会被社会视为对于男性位置的篡权"[1]。之所以维多利亚的文学和艺术世界出现了那么多优秀的女作家，是因为这些女性工作机会的匮乏，女性们在精神上苦闷和孤苦，同时经济上依赖男性，一些女作家例如乔治·艾略特和勃朗特三姐妹等，针对女性在婚姻生活和家庭生活中的问题这些作家进行了深刻思考。

二、福音主义对维多利亚女性的影响

陈腐教义对女性极其的不公平，福音主义中的积极教义对其进行了挑战和质疑，对于女性产生了积极的正面影响，福音主义认为笃信女性充满了灵性，耶稣是女性们的真正主人，而不是家庭中的男性。女性受到福音主义中的这种"心灵宗教"的吸引，同时女性内心的跌宕的情感获得了认可，而这恰恰是靠近上帝的方法。传统的性别界限被福音主义教义超越了，福音主义教义关注不管是什么性别，只要笃信，就能够无限的与上帝靠近。形式主义是福音主义宗教反对的，主要是因为形式主义忽视了对上帝的呼唤和心灵的沉思，形式主义恪守规范、外在的宗教形式。约翰·卫斯理到威廉·詹姆斯的《宗教经验种种》的宗教体验被安·塔维斯认真整理后，用图解的方式绘制了这种信仰的情感波动图。她认为："在18世纪重新觉醒的清教主义，激励个人重新体验一系列的皈依过程。过去，这种过程被加尔文教徒理解为一系列的内在化过程，在这个过程中，内心和上帝的联系更加紧密。"[2]

对于维多利亚女性来说，主要的精神独立力量是内心中体验到的上帝的仁慈，救赎的信心，这也成为女性们敢于质疑传统宗教，进而挑战政治权威和社会的力量源泉。超自然力量的大门由于福音主义教义被打开了，自然世界和个人的梦境能够通过神性力量而有所显示。在单调的形式主义宗教之中，卫斯理发现了如何去接近上帝。在教堂和露天集会的宗教奋兴运动中，卫斯理派教徒通过虔诚祈祷通常可以遇到的梦境、预言、幻境和催眠。

卫斯理提出了"自然"和"精神"力量的关系："任何的自然中介或自然方法都能够证明解释上帝的存在……自然之人都可以察觉和感知上帝之

---

[1] 夏洛蒂·勃朗特：《勃朗特两姐妹全集：谢莉》，徐望藩、邱顺林译，河北教育出版社，1996，第22页.

[2] Ann Taves, Fits, Trances, and Visions: Experiencing Religion and Explaining Experience from Wesley to james, Princeton: Princeton UP, 1999, p. 21.

灵。"[1]女性所获得的支持和强大的精神力量从这种观点中得到，假设上帝的影像被女性看到了，当女性能够听到上帝的呼唤，那么女性也能够获得权力，女性真诚信奉上帝的结果是权力的传播，上帝给予信奉者的礼物是权力的传播。因为唤醒英国的社会道德的责任由福音主义承担了，所以有很多信奉福音主义的宗教领袖。在很大程度上，人们认为福音主义对女性在社会事务和宗教等方面起到了警醒和启蒙的作用。

在宗教事务方面勃朗特姐妹表现突出，她们被允许在19世纪40年代左右在教堂内担任巡回牧师的角色，但是不可以布道，只能同教民进行简单的交流。同时，女性也能够写作宗教小说和福音书小册子，灵修诗歌和优美的赞美诗。但是这些对于改善女性权利而言，只是皮毛而已。截至1835年，在卫斯理派集会上依旧不允许女性布道，当进入到20世纪后，女性被允许在卫斯理派的讲坛上布道。

福音主义在在戴维·赫伯顿看来，它女性产生了纷繁复杂的影响和作用，他认为：

> 福音主义给女性开辟了新的机会，构建了女性的合适位置的理论……它哺育了激进分子、激情澎湃之人和女预言家，但是引起了传统保守的基督教力量的警觉和对她们的控制。福音主义的教义中混杂着压抑和解放、堕落和贞洁、贪婪和仁慈、怜逆和忠诚、勤奋和感性等多种复杂成分。[2]

在19世纪中期，大多数人的观点是福音主义，但教义的"中心"已经从英格兰离开了。渐渐地狭隘、忠诚于律法的卡如斯·威尔逊这样的人物取代了威尔伯福斯所坚持的民主虔诚改革，《简·爱》中的勃洛克赫斯特正是其翻版。这种律法制度疏离女性，最终导致诸多知识分子女性离开了教堂，如乔治·艾略特则完全从基督教中脱离开来，最后福音主义失去了这个独一无二的领地。在莎拉·埃利斯所编撰的四卷宗教小册子中放映了这种倒退：《英格兰女性》《英格兰的女儿》《英格兰的妻子》和《英格兰的母亲》。

[1]　John Wesley's Sermons: An Anthology, Albert C. Outler and Richard P. Heitzenrater eds, Nashville: Abingdon, 1991, p. 154.

[2]　David Hempton. The Religion of the People: Methodism and Popular Religion, 1750–1900, London: Routledge, 1996, p. 78.

威廉·埃利斯是福音主义传教士，而埃利斯是他的妻子，同时他是一名善良、真诚的基督徒。埃利斯在19世纪40年代建立了一所女童学校，"心灵"的培养是学校的教学宗旨——帮助女性成为贤妻良母，教育的主要形式不是教授希腊语、数学和拉丁语，而是展开宗教道德的教育，埃利斯认为女性和男性不属于同一个领域，她不希望女性变成知识分子，她关注的是女性在社会和家庭中的地位和作用，她的观点是国家"道德良心"的代表与体现是女性。所以，教育女性养成多种多样的优秀品质是埃利斯关注的事件，如乐观开朗的性格、恪守道德和公正无私的善心等等。在家庭之中女性要将自己的美德发挥出来，因为在家庭中女性们要来全力地协助自己的孩子、丈夫、父亲和兄弟等等，她们的角色是"卑微的检查员"，因此家庭可以称之为是上帝指定给女性们的光荣领地，使家庭中的男性成为"更加快乐和更好的男人"[1]。

而夏洛蒂所描绘的简·爱——这个平凡普通的女家庭教师，之所以可以深深吸引维多利亚时期的众多读者，在考文特瑞·帕特莫尔诗歌《房中天使》中所定义的女性形象得到了夏洛蒂在文中的反抗，并且埃利斯笔下的维多利亚女性典范被夏洛蒂的个人意愿得到了重新的定义。在桑菲尔德府简·爱曾经无比气愤地呵斥把女性定位于过去的落后的观点。弗吉尼亚·伍尔夫是在勃朗特姐妹之后出现的另一位优秀的女作家，女性"房中天使"的这个观点限制了想要从事写作的女性们。为了男性评论家的认可和赞同，众多的女性作家在维多利亚时期经常迫使女性不能够畅快的将个人观点表达出来。有趣的是，夏洛蒂·勃朗特是伍尔夫塑造的较为典型人物代表，在她的作品中表达了一个观点，不仅仅要将女性主义观点表达出来，并且要取得男权社会中男性评论家的肯定和赞同，所以其小说中经常具有窘迫的心灵困境。一个非常棒的切入点由伍尔夫提出。通过对夏洛蒂的半自传体小说《简·爱》进行分析，读者会发现，夏洛蒂从女性主义宗教视角中积极吸收了福音主义对于女性的正面鼓励，但是个人不可以突破宗教道德中的难题。

---

[1]　Sarah Stickney Ellis, The Family Monitor and Domestic Guide, NY: Edward Walker, 1850, p. 158.

第二节　安妮·勃朗特：福音主义启蒙下的觉醒者

《怀尔德菲尔府的房客》和《阿格尼丝·格雷》是安妮·勃朗特写的两部小说。不可否认的她将宗教和生活结合思考，这在三姐妹中是最早的一位。即使她是勃朗特三姐妹中年纪最小的一个作家，在所有的个人作品和生活中，安妮·勃朗特是最有原则的，她一直坚守传统基督教信仰。根据历史资料记载，在其兄勃兰威尔盛年早逝的悲剧中，安妮感受到了内心上的煎熬和难言的痛苦。曾经勃兰威尔与其雇主的夫人展开过一次不伦之恋，雇主在去世后留下遗嘱，假设勃兰威尔将遗孀娶回家，那么她的财产继承权将要被剥夺。在寡妇将要离开他的时候，勃兰威尔感到了爱情上的创伤，他无比的绝望，于是酒精和鸦片成为了他麻痹自己心灵的依托。绘画和写作能力的丧失是由于薄弱的意志力导致的，梦想在现实之中破灭，最终将走向消亡。而虔诚的、善良的安妮，由于孩童时期接触过宣扬罪恶报应的加尔文教义，这对她产生过深刻的毒害和影响，安妮深深地忧虑勃兰威尔能否得到救赎和进入来生。对于救赎的态度这些都从她的作品中得以体现并且能够看得到影响。读者在作品中能够察觉到作者内心深深地被这种宗教信念所影响。和两位姐姐的作品相比较，她的小说对宗教问题上进行了深刻的批判，采用规范的尺子来探讨和看待这个问题。可以这样认为，夏洛蒂和艾米莉两姐妹在讨论宗教问题上，一直都在采取一种讽刺的、批判的或者是想象的角度来进行，反之，安妮则采取一种更加认真和严肃的姿态来对宗教进行批判。

很多的文学评论家的观点是，安妮是夏洛蒂的《谢利》中的女主角卡罗琳·赫尔斯通的原型。夏洛蒂在《谢利》中曾经描述过卡罗琳的宗教信仰：

> 卡罗琳是个基督徒，在困难时她根据基督教的教义，编了许多祈祷文，虔诚地念诵，祈求忍耐、力量和解脱。然而，我们都知道人生是个试验场，她的祈求至今还没有得到任何好的结果，她觉得她的祈求都未蒙上帝垂听，未蒙采纳。她有时甚至认为上帝对她置之不理了，有时候，她成了加尔文教徒，深陷在对宗教

绝望的深渊里，只见遭受捉弄的命运已乌云般笼罩着她。[1]

　　而这些恰恰可以解释：在1837年安妮生病期间，她"请求拜访一位摩拉维亚教派的牧师詹姆斯·德·拉·托比，同他讨论牧师公认的'《圣经》中最重要的真理——关于救赎'的问题"。[2]从中可以看出，安妮对于上帝救赎的焦虑不安。令人疑惑的是，安妮并没有向信奉福音教派的父亲寻求救赎问题的指导和帮助。

　　关于安妮的宗教信仰，夏洛蒂认为安妮是一位"坚信基督教教义的女性"，尤其是在她临近死亡之时。夏洛蒂后来证实，"我曾经说过她是一位教徒，正是依赖着她所坚信的基督教信仰，她能够在自己生命的最后时刻，支撑自己，获得了平静的胜利。"[3]但是在安妮去世一年后，夏洛蒂再次翻阅安妮的手稿，却改变了观点，认为"安妮悲伤的宗教情怀和那位绝望诗人威廉·库泊异常相似"[4]。夏洛蒂在追忆中写道：

　　　　再次阅读妹妹安妮的作品，我发现她的文笔中以一种微妙的
　　　　形式，充斥着威廉·库泊似的情绪……她匍匐在神秘的西奈山脚
　　　　下……对我而言无比悲伤，似乎她纯洁的一生还没有因为身体的
　　　　病痛而忏悔，就殉难了。[5]

　　安妮在1843年9月曾经创作了一首名为《怀疑者的祈祷》的诗歌，从题目能够发现她对宗教产生了不确定疑虑，她写道："我认为，地狱中的每一个恶魔/享受着我心中的痛苦。"[6]在这之中我们不难发现，在和那位摩拉维亚教派的牧师讨论救赎之前，直到1849年安妮去世，她对于基督教信仰的焦虑大约持续了六年。

　　在《阿格尼丝·格雷》中，依靠安妮个人的理解，怎样获得永恒笃信的

[1]　夏洛蒂·勃朗特：《勃朗特两姐妹全集：谢莉》，徐望藩、邱顺林译，河北教育出版社，1996，第380页.

[2]　Maria Frawley, Anne Bronte, New York; Twayne Publishers, 1996, p. 31.

[3]　Elsie Harrison, Haworth Parsonage: A Study of Wesley and the Brontes, London: The Epworth Press, 1937, p. 41.

[4]　Maria Frawley, Anne Bronte, New York: Twayne Publishers, 1996, p.20.

[5]　Maria Frawley, Anne Bronte, New York: Twayne Publishers, 1996, p. 20.

[6]　Maria Frawley, Anne Bronte, New York: Twayne Publishers, 1996, p. 55.

宗教议题就这样被提出了。

第三节　夏洛蒂·勃朗特：福音主义影响下的叛逆者

福音主义教义变革对于女性的影响相对来说比较大，特别是针对在公共生活和个人生活中女性的地位问题。而帕特里克·勃朗特是夏洛蒂·勃朗特的父亲，他较为全面地接触到了福音主义运动，他是国教中的福音主义信仰者。查尔斯·卫斯理、约翰·卫斯理、威廉·格里姆肖和乔治·怀特菲尔德这些人是英国福音主义的先辈，在过去，他们都在帕特里克担任教堂传教布道的工作，也就是霍沃斯教区。实质上，这些牧师们传播福音主义也因为约克郡荒原声名显赫。但是对夏洛蒂·勃朗特来说研究福音教义写作对其产生了深刻的影响，还有她在个人生活与公共生活中对这些教义如何去理解和遵循，这是一件比较困难的事。

《简·爱》是一部半自传小说。在小说的前一阶段，简·爱在雷沃德学校和盖茨海德府度过了幸福的童年生活，这是属于夏洛蒂的经历和感受。对夏洛蒂的个人资料进行分析，夏洛蒂的妈妈玛丽亚·勃兰威尔是一名卫斯理派教徒，夏洛蒂的母亲在夏洛蒂五岁的时候离他而去。随后，玛丽亚的妹妹勃兰威尔姨妈前来照顾孩子和家庭，直到姨妈离开人世。《效法基督》缩略版是夏洛蒂的母亲留给孩子的遗物，这是一部由约翰·卫斯理编撰的宗教改革的书籍。勃兰威尔姨妈在1804年到1821年期间订阅了《卫斯理派杂志》。夏洛蒂的小说《谢利》在1849年出版，《谢利》中的女主角在阅读"狂热的《卫斯理派杂志》"后有很大的感想，卡罗琳·赫尔斯通认为"里面千奇百怪，有荒唐的训诫，有噩梦和狂想"。[1] 卫斯理教徒的皈依事件和卫斯理牧师的故事是这本杂志中包含的内容，教徒"在耶稣的怀抱中平静、幸福"，离开世俗世界的讣告，布道原文和大量的书评报告，大约每本150~200页。杂志则包括：《上帝之语》《上帝之真理》《上帝之作品》《上帝之仁慈》和《上帝之旨意》。不仅仅有卫斯理派，包括后来演变的福音主义中的教义，举例来说上帝的仁慈和旨意，深深地影响着小说《简·爱》中的宗教思想。

---

[1]　夏洛蒂·勃朗特：《勃朗特两姐妹全集:谢利》，徐望藩、年顺林译，河北教育出版社，1996，第419页.

从《简·爱》的开端可以看出，福音主义教义的存在不容易被察觉。上帝对自己的含义何在对于十岁的简·爱来说并不明确，特别在这里夏洛蒂采用了先抑后扬的写法，这里将上帝当做人类的全能朋友。当简·爱和表兄约翰·里德在争吵以后，里德舅妈将简·爱囚禁到红房子中，仆人们都在议论："上帝会惩罚她的，会让她在使性子时突然死去。到那时，看她会去哪儿！"[1]上帝对于幼小的简·爱来说并不是一个明君，他是掌握着人类生杀大权的暴君。但是在这之后，在雷沃德寄宿学校内，简·爱对上帝的音响得到了彻底的改变，简·爱发现了上帝的慈爱，她在那里碰到了"石像似"的"黑柱子"[2]——勃洛克赫斯特牧师。

维多利亚文学中最为主要的反面牧师形象就是勃洛克赫斯特牧师，很明显这种宗教教义和福音主义是完全不同的。勃洛克赫斯特的原型是英国圣公会牧师卡如斯·威尔逊，他建立了考恩桥学校，在幼年是勃朗特姐妹曾在此学习，而玛丽亚和伊丽莎白是夏洛蒂的两位姐姐，由于学校营养的不良、并不人性化的教义和腐败的管理，最终以失败告终。在雷沃德学校内，勃洛克赫斯特持续关注有罪之人投入地狱的恐怖教义和上帝的残酷，这恰恰是在红房子中简·爱留在心里的不好的回忆：

> "再没有什么比看见一个淘气的孩子更难受了……尤其是淘气的小姑娘。你知道坏人死后去哪儿吗？"
>
> "他们都下地狱。"我不假思索地作了正统的回答。
>
> "那地狱又是什么？你能告诉我吗？"
>
> "是个大火坑。"
>
> "那你愿意掉进那个火坑，永远被火烧吗？"
>
> "不愿意，先生。"[3]

勃洛克赫斯特和简·爱如上述所示，从中我们可以很容易的得出，在

---

[1] 夏洛蒂·勃朗特：《勃朗特两姐妹全集：简·爱》，宋兆霖译，河北教育出版社，1996，第13页.

[2] 夏洛蒂·勃朋特：《勃朗特两姐妹全集：简·爱》，宋兆霖译，河筋教育出版社，1996，第37页.

[3] 夏洛蒂·勃朗特：《勃朗特两姐妹全集：简·爱》，宋兆霖译，河北教育出版社，1996，第38页.

《圣公会祷告书》这本书中对地狱和诅咒的多次描述和强调，使得年幼的简·爱对地狱和诅咒就非常的了解，这样的目的和结果是对孩子进行恐吓，进而使其为一名虔诚坚定的基督徒。海瑟·格伦是对勃朗特姐妹进行探究的学者，她指出：对儿童进行宗教教育在维多利亚时期主要是传输和讲述加尔文——"匮乏上帝之爱"，上帝的代表性角色和任务是对孩子们进行"刑罚、强制、恐吓和羞辱"[1]。简·爱在少儿时期主要是接受勃洛克赫斯特所布置的作业，就是对宗教小册子进行熟练的阅读和掌握——就是相当于在杂志上威尔逊所刊登和发表的阴郁诗歌。这些诗歌所包含的内容和题目都满含着恐吓和讽刺的意味，在《孩子们的朋友》中叙述到，"惹怒上帝的危险/没人能说出他的权力和复仇/他的万能之杖一挥/立刻把孩子送到地狱"[2]。不难得出，当这些孩子在这样的教育背景下长大成人，可以想象在孩子的心灵深处所要承受恐惧和难忍的沉重。作家盖斯凯尔夫人和其他的勃朗特传记作家一致认为，夏洛蒂就是在这样的教育背景下成长的，夏洛蒂在儿童时期经历了如此残酷的加尔文主义教育，同时夏洛蒂在成年以后也深深地受到这种阴郁的教义的影响和潜在作用，曾经的很长一段时间内夏洛蒂纠结在自己的罪恶和过错之中，她曾经因为不能得到上帝的仁慈、抚爱和宽恕而苦闷、迷茫和焦虑，在她的作品之中这些情绪也被含蓄委婉地表达出来了。

夏洛蒂在1836年写给埃伦的信中，讲述了宗教对其心灵的困惑和煎熬：

　　不要骗你自己，以为我身上有着一点真正的美德……可是我不像你。假如你知道了我的思想，知道了我投入的梦想，知道了我那烈焰般的想象——它不时地吞噬我……你就会可怜我，我敢说还会轻视我。[3]

在随后的信中，她继续书写了自己焦虑的心境：

[1]　Heather Glen, Charlotte Bronte: The Imagination in History, Oxford: Oxford UP, 2002, p. 74–75.

[2]　Heather Glen, Charlotte Bronte: The Imagination in History, Oxford: Oxford UP, 2002, p. 77.

[3]　夏洛蒂·勃朗特、艾米莉·勃朗特：《勃朗特两姐妹全集：勃朗特两姐妹书信集》，杨静远选，孔小炯译，河北教育出版社，1996，第24页.

我真的希望我比现在的我要好。有的时候，我还会狂热地祈求自己能做到这一点。我受到过良心的谴责，感到过悔恨，瞥见过一些神圣的、无法言喻的东西……所有这一切也许会消逝，使我陷入一片漆黑之中。但我恳求仁慈的救世主，如果这是福音的真正黎明，那它依然会明亮起来，变成完美的白天。[1]

塔维斯认为，"信中的这段意象正是心灵渴盼上帝启示的呼唤——从黑暗的罪恶世界上升到出现救世主的光明救赎。"[2]但是在随后的书写中，可以看出夏洛蒂的忽上忽下、辗转反侧的痛苦徘徊。她写道：

我并不比过去的我好。我现在是处在那种可怕而又阴郁的犹豫彷徨之中。此时此刻，如果我能够得到上帝的宽恕并通过上帝之子的力量而获救，我是否就心甘情愿地成为一个白发苍苍的老人，已度过所有欢乐的青春年华而蹒跚在坟墓的边缘呢？[3]

除了埃伦没有人能够理解夏洛蒂，她只有向埃伦袒露自己真实的心扉，"我经常计划着我们将在一起度过的愉快生活，那时我们将用自我克制的力量，用昔日圣徒们常常具备的那种神圣炽热的献身精神来互相激励。"[4]但是在刹那的自我激励的幻想之后，她的笔调随即又失去了最初的希望：

当我把那种在未来希望烛照之下的欢乐状态与眼下我身处的郁郁寡欢的状态作比较时，我不由得热泪盈眶。我不清楚是否真正地感到过悔悟，我的思想和行动充满彷徨，我渴望圣洁却永远也无法达到圣洁；我的心灵不时地受到那种信念的折磨：某某那

---

[1]　夏洛蒂·勃朗特、艾米莉·勃朗特：《勃朗特两姐妹全集：勃朗特两姐妹书信集》，杨静远选，孔小炯译，河北教育出版社，1996，第25页.

[2]　Ann Taves, Fits, Trances, and Visions: Experiencing Religion and Explaining Experience from Wesley to James, Princeton: Princeton UP, 1999, p. 45.

[3]　夏洛蒂·勃朗特、艾米莉·勃朗特：《勃朗特两姐妹全集：勃朗特两姐妹书信集》，杨静远选，孔小炯译，河北教育出版社，1996，第25页.

[4]　夏洛蒂·勃朗特、艾米莉·勃朗特：《勃朗特两姐妹全集：勃朗特两姐妹书信集》，杨静远选，孔小炯译，河北教育出版社，1996，第33页.

可怕的加尔文信条是千真万确的。总之，我被精神死亡的那种阴影笼罩在一片黑暗之中。[1]

夏洛蒂对宗教的这种迷茫、彷徨和徘徊的态度，能够依托以上的书信得以体现。在夏洛蒂20岁左右的年纪写下了这些信件，从这些信件能够得出，在夏洛蒂的心中残酷的"某某"加尔文教义始终都留存在其中，长时间不能消散。但是我们也能够在她的信件中读出一点点的信心和欢乐，也许这种力量从其父传道的福音主义中得来。所以，在夏洛蒂的作品和信件中，依旧可以将剧烈的忽"下"和忽"上"情绪之间的转变表达出来。

在《夏洛蒂·勃朗特传》这本书中，盖斯凯尔夫人对于他的父亲帕特里克·勃朗特进行了言论过于激烈的描述："他不让自己的孩子吃肉；因为孩子们的雨鞋颜色有着世俗的艳丽，怒气冲冲地烧掉了它们；因为同样原因，剪碎了其妻的睡裙。"[2]显然，勃朗特先生作为父亲的确有很多过分的地方，但是盖斯凯尔夫人对于他缺陷的描述也过于夸大和激烈。勃朗特先生在宗教事务上，"辉煌的中间之路"是勃朗特先生一心一意所追求的，他终身献身于英国国教。

针对盖斯凯尔夫人在《夏洛蒂·勃朗特传》中对她父亲的讲述和描绘，诸多的历史学家并没有进行批判和提出质疑，他们认为，勃朗特先生和勃兰威尔姨妈对勃朗特家庭中的孩子们的严格管教和教育，特别是这些孩子在痛苦的加尔文主义下成长起来。显而易见，福音主义19世纪30至40年代具有一定的倾向，希望信仰者们可以进行虔诚地信奉——这里被指为"原教旨主义"，在日常生活中这样宗教虔诚处处都有所体现，在一定程度上，对阅读、看戏、跳舞、玩牌等娱乐活动进行了限制。但是，在勃朗特家庭中这些限制并没有得到体现。我们能够得出，孩子们在书房中进行自由阅读是勃朗特先生支持的，同时孩子们还具有到四英里之外的图书馆租借和阅读书籍的权利，孩子们每次从图书馆归来"双臂下夹满厚厚的书"[3]。但是，不管

---

[1] 夏洛蒂·勃朗特，艾米莉·勃朗特：《勃朗特两姐妹全集：勃朗特两姐妹书信集》，杨静远选，孔小炯译，河北教育出版社，1996，第33页.

[2] 盖斯凯尔夫人. 张淑荣，等，译. 夏洛蒂·勃朗特传[M]. 北京: 团结出版社, 2000，第70页.

[3] John Lock and W. T. Dixon, A Man of Sorrows: The Life, Letters and Times of the Reverend Patrick Bronte, London: Thomas Nelson, 1965, p. 274.

夏洛蒂怎样受到福音主义教义和思想的作用和影响，在夏洛蒂的心中对英国国教还是无比的坚信和支持，在英国有许多公教的惯例活动，例如在家庭中进行祈祷、准时参加圣餐仪式和教堂活动等等。

从书信中我们不难得出，夏洛蒂的内心对自己的信仰依旧存在疑虑，夏洛蒂的心中充满着未知的恐惧和疑惑。可是从夏洛蒂的一生看来，夏洛蒂仍然是一名虔诚笃实的基督徒，她对英国国教有真诚的信仰。父亲的教导被夏洛蒂一直信奉在心中，像在《简·爱》中，针对圣约翰和勃洛克赫斯特对加尔文主义的信奉，进行了激烈的质疑和批判。可是，在夏洛蒂的心中还是一直存在焦虑——自己究竟是不是上帝所选中的幸运的虔诚子民、究竟能不能得到上帝的救赎和仁爱。同时阿米尼乌斯派倾向也存在于她的信仰之中，夏洛蒂认为上帝会对每一个人进行施恩，并且救赎每个迷茫的信仰者，并不是少数的"被选中的"人。从这一个角度上我们基本可以得出，夏洛蒂具有一定的"普救论"的倾向，夏洛蒂希望所有人，哪怕是酗酒、吸食鸦片，甚至是通奸的自己的弟弟勃兰威尔，维多利亚的宗教道德一直对勃兰威尔的行径进行鞭笞和唾弃，即使是这样，也会在最后从上帝那里幸运地得到仁慈的救赎。她或许情愿相信上帝的旨意：上帝对遵从者格外的偏爱，假设在俗世中做过很多违逆道德和社会伦理的事情，只要在内心上进行忏悔，在来生就能够获得上帝的原谅和救赎。事实上，夏洛蒂、艾米莉和安妮她们三个姐妹一直都受到这种救赎的信念的帮助和支撑。她在艾米莉去世后写信给埃伦，"这是上帝的旨意，她前往的地方要比她离开的地方更好"[1]。这样的信念一直伴随着她，即使是在安妮离开人世以后，她依旧坚定地相信，"我不知道该怎样度过以后的日子，但我确实对上帝抱有信心，到今天为止，他一直在支撑着我。"[2]

在夏洛蒂的一生中，不管她是否曾经被上帝所宽恕和拯救，但是在夏洛蒂的一生，她无比喜爱的弟弟和两位妹妹分别离开了人世间，夏洛蒂在伤心欲绝的时候，从上帝那里她获得了上帝的安慰和信心。即使她无比的痛苦和悲伤，由于对宗教的坚定信仰，使得她精神上得到了上帝的宽恕和信心——这就是福音主义的影响和作用。

---

[1]　夏洛蒂·勃朗特，艾米莉·勃朗特：《勃朗特两姐妹全集：勃朗特两姐妹书信集》，杨静远选，孔小炯译，河北教育出版社，1996，第385页.

[2]　夏洛蒂·勃朗特，艾米莉·勃朗特：《勃朗特两姐妹全集：勃朗特两姐妹书信集》，杨静远选，孔小炯译，河北教育出版社，1996，第430页.

第四节　艾米莉·勃朗特：神秘主义的泛神论

艾米莉·勃朗特在宗教教派的彼此斗争的时代背景下度过了自己短暂的一生。但是，她究竟是受到了怎样的教义影响，这一直无法有一个定论。艾米莉这位女性十分神秘，哪怕是至今，仍旧有很多的评论家对她感到迷惑和沉迷。存在于这个世界上的无疑是她的几封书信和几页日记，通过她的文字，让评论家可以通过努力对她的文学思想和宗教观念进行研究和深入理解。在艾米莉的一生中，她在霍沃斯教区留下了她人生中的大部分时光，她的朋友屈指可数。由于勃朗特姐妹在相同的生活环境下长大，一直以来有众多评论家尝试分析艾米莉的作品，进行这种研究主要是通过和她的姐妹的作品中的人物性格来进行比较分析。除此，有一部分评论家把艾米莉和其父进行关联研究，探索艾米莉个人所受到的其父的影响和作用。但是，在最终这些研究也没有获得重要的、实质性的结论。强加给艾米莉一些夏洛蒂与安妮在作品中讲述和表达的宗教观点，这种做法是错误的。即使她们拥有相同的生活环境，但是这并不能够代表她们具有相同的宗教观念。反而有许多的学者们已经注意到，她们拥有不相同的宗教观。

即使看起来艾米莉是三姐妹中受基督教影响和作用最少的一位作家，但是这不代表艾米莉没有深刻地思考和钻研基督教。相反的，正是由于艾米莉对宗教进行了深刻反思，艾米莉才能够写出《呼啸山庄》这种备受争议的绝世之作。即使对于艾米莉的思想和性格我们了解得很少，可是依旧有一些珍贵的资料显示，对于维多利亚的正统基督教，艾米莉好像并没有很大兴趣。

自然在艾米莉·勃朗特的小说和诗歌中依旧是最重要的话题。艾米莉在自然背景之中就上帝和人类之间的关系进行了描述，就是人类要讨论的永恒的话题，在维多利亚时期前自然成为了宗教的主题，这是有一定原因的，这就是英国的浪漫主义。由于自然对人类进行了一定程度上的抚慰和启示，艾米莉·勃朗特除了受到其影响，同时深受浪漫主义诗人们——威廉·布莱克和威廉·华兹华斯等的宗教泛神论的影响。在18世纪末期到19世纪初期，这种宗教认识论产生了并慢慢得到发展，福音主义宗教的再次兴起是其主要因素，心灵的开启是其教义所鼓励的，对宗教进行自我理解。

18世纪中叶浪漫主义逐渐产生，深深地影响和改变着英国文坛乃至整个世界文坛，同时相伴随的是神学观念的不断改变——灵感涌现和灵性复活。在此之前，采用情感的控制和理性，人类能够找到真理；在浪漫主义时代，人类的情感获得了前所未有的解放，理性的位置渐渐地被感知、想象和情感所替代，想要去领悟真理我们可以采取激情和想象的方式。渐渐地浪漫主义的诗人们开始攻击、质疑和批评社会中的传统宗教道德规范。在《我看到了教堂》与《爱的花园》中，威廉·布莱克对体制宗教的象征也就是教堂表述了自己强烈的憎恶，但这并不代表着布莱克放弃和抵制宗教，一种全新的宗教情在慢慢被诗人表达出来。在威廉·华兹华斯的诗歌中这种情感获得了共鸣，就是上帝表现在自然之中的泛神论。中文维基百科对泛神论的定义如下所示：泛神论是一种崇尚自然界至高无上的，将神和自然界联系起来的哲学观点。认为在自然界中的一切事物中，神就存在于其中，并不存在其他的精神力量或者是超自然的主宰。

　　似乎艾米莉·勃朗特的诗歌的背景都是自然。艾米莉采用泛神论为研究视角，对上帝和人类的关系进行描述，就是人类永恒的话题。这个主题一直都是维多利亚的评论家想要回避的，主要是因为维多利亚的"神秘主义在英国新教教徒那里并不熟识，因为宗教改革者经常轻视它"。实质上，艾米莉并不是纯正虔诚的基督徒，她是神秘主义的泛神论者。这一点我们可以从她的诗歌中发现，在上帝的启示下艾米莉得到了心灵上的净化和灵魂上的启示；上帝存在于自然界的一切事物中，因此她虔诚信仰的上帝存在于自然之中，她的真诚和坚定能够随处感知。

　　艾米莉对于人类、上帝和自然的个人思考能够在艾米莉的情感的波澜变化中有所体现。艾米莉在诗歌中，表达出了对体制宗教各个教义和教派的强烈批判和讽刺，同时，一种有别于传统宗教声明的力量渐渐地被艾米莉描绘出来，而这正是神秘的艾米莉的宗教感受和体验。

　　艾米莉早期书写的贡达尔史诗充满着玄幻的色彩，是由戏剧的情感独白构成的。其中，诗歌独白者在地牢里这个孤独的情境中，将内心的呐喊大声的呼喊出来。在爱情失去后、在死亡来临时，刹那间独白者的感情发表出来，表达自我内心世界和精神世界的手段是采取浪漫主义语言。浪漫主义的情感表达方式是艾米莉所采取的，狂喜、回忆、想象等方式是采取的主要方式，对强大的内心力量进行赞赏，进而反抗现实生活中的挫败。存在于艾米莉诗歌中的独白者，好比浪漫主义诗人华兹华斯和布莱克——通过自然神的帮助，得到生命中的永恒力量。他们信仰的是自我的体验和感受——就这样，上帝就在个人内心和自然之中，渐渐地体制宗教的教条不再具有作用并退出历史舞台。但是对于宗教的坚信和笃定是持有这种宗教体验的前提。艾米莉这简短精炼的自我表白的诗行将这种信仰的力量表达出来，在《我的灵魂绝不懦弱》之中，诗人将教条主义之外的自我宗教信仰表达出来：

> 啊，上帝在我心里
>
> 无处不在的全能的神
>
> 那千百条信条终属空虚
>
> 虽打动过人们的心，却是完全徒劳
>
> 如枯死的杂草毫无用处
>
> 或如无边大海上泡沫空泛浮漂
>
> 妄想令一位因你的无处不在
>
> 而坚定信仰的人产生怀疑
>
> 他的锚牢牢泊在
>
> 不朽的坚固的岩石[1]

显然，体制宗教在维多利亚时期，并没有表达出一个可以令艾米莉信服的教义，所以，一种诗人自我理解的信仰不仅仅存在于她的诗歌之中，同时在艾米莉的内心深处也有所体现。在艾米莉的诗句中，真正的宗教并不仅仅是体现在体制宗教中"那千百种信条"：狭隘的教条主义与教义上的差别仅仅使得教徒产生焦虑和不解，却并不是虔诚的信仰。但是"坚定信仰的人"时常存在于艾米莉笔下，他们对自己的信仰无比地坚定和笃信。在内心深处的心灵上的召唤和灵魂上的印证恰恰体现在了艾米莉的诗歌世界。存在于她的诗歌作品中，不同的圣灵力量存在于不同的独白者身上。

人之将死，其言也善。这句话似乎很明确的表达出艾米莉对于死亡的态度，就是当人们走到生命的尽头，就会将自己真实情感和状态表达出来。在《呼啸山庄》中，在病床上的凯瑟琳在即将离开人间时对埃德加讲道："眼下你抱着的，还算是归你所有；可是不等你再把手放到我的身上时，我的灵

---

[1] 米莉·勃明特：《勃朗特两姐妹全集：艾米莉·勃朗特诗全编》，刘新民译，河北教育出版社，1996，第390-391页.

魂已经飞上那个小山顶啦。"[1]艾米莉通过是个表达自己的观点，坟墓好比一个穿越不同世界的门槛；在人间以外的另一个世界，灵魂和精神合二为一。坟墓在她的笔下似乎是一个避难所，人们可以从社会道德中解脱出来，释放真实的自我。

在浪漫主义思想的作用下，艾米莉发觉社会文明为人类带来了更多的限制和压迫，诗人的心愿是与自然融为一体。这一点在很大程度上体现在艾米莉的诗歌中：只有肉体真正的离世了，人们才可以，在自然中获得自由和重生，灵魂才可以获得内心永恒和灵魂上的解脱。

恰好浪漫主义中神秘的宗教认识论可以在艾米莉的诗歌中有所体现。艾米莉以重视信仰而非权威经文为基础和前提，提出了自己对宗教的态度和观点：放弃传统教条主义宗教，在自然界中融入自己的信仰和心灵，崇尚和信仰上帝；在自然中获得灵魂和内心深处的自由和解放。

诗人艾米莉的诗歌中采取《圣经》中的象征和寓意，将圣灵的巨大力量表现出来，同时赋予人类灵魂和生命。自然界的风之呼吸是人类的抚慰者，是圣灵的体现，将上帝力量表现出来。但是在体制宗教"无用的教义"中从未出现过圣灵。读者能够从艾米莉的诗歌世界中感受到神性圣灵的非理性的、直接的感受和体验。在对《呼啸山庄》的宗教进行研究时，小说中神性圣灵的感受和体验具有关键性的作用。在艾米莉·勃朗特的诗歌中，她将《圣经》中的意象与圣灵想联系，将笃信者的宗教精神感受进行了细致的描述，将圣灵与笃信者的关系进行了解释。但是，通过艾米莉在诗歌中的表述方法，能够更加明了地对希思克利夫和凯瑟琳之间灵魂契约的关系进行解析。

---

[1] 艾米莉·勃朗特. 宋兆霖译. 勃朗特两姐妹全集：呼啸山庄 [M]. 河北教育出版社. 1996, 第147页.

第六章 《简·爱》: 女性成长宣言

第一节 女性成长的引路人

英国北部约克郡山区空旷的荒野常年幽暗而宁静,然而棋布在那宁静幽暗夜空的星星,却时时闪烁出璀璨晶莹的亮光,勃朗特姐妹姐妹在这样的生活环境中,开始构建女性文学。她们生长在约克郡山区西侧的一个穷牧师家庭。父亲特里克·勃朗特是爱尔兰人,由于家庭情况日窘,无法读书,而是从乡村逃脱,在剑桥大学学习神学,经过学习后,凭借一名牧师的身份返回村庄。母亲玛丽亚出生在一个贫穷的家庭,身体虚弱。俗话说,家里愈穷,孩子愈多。这对夫妇相继生过6个孩子,1男5女,终因生活贫困,体弱多病,陆续夭折,即使像夏洛蒂·勃朗特这样的幸存者,也仍没能活到不惑之年。

1816年,当夏洛蒂·勃朗特降世时,已是这个家庭的第3个女儿了,后来又生下3胎,只有排行第4是个男孩,取姓勃兰威尔,以后的两个也是女孩,一个取名艾米莉·勃朗特,最小的叫安妮·勃朗特。

夏洛蒂6岁时,母亲去世,一群孩子由一位善良的阿姨帮助养大。父亲过度劳累得了一种疾病,经常卧病在床,无奈,不得不让夏洛特的两个姐妹去读一个慈善学校。次年,寄宿学校流行斑疹伤寒,她的两个姐姐难以幸免,终被病魔夺去了幼小的生命。夏洛蒂和艾米莉因家境穷困潦倒,也被送进慈善学校。那里的生活条件恶劣,教规森严,屡受体罚摧残,这样的苦日子整整过了一年,父亲才不得不用一辆马车,将她俩接回家。这段苦难的生活感受和精神体验,在夏洛蒂幼小的心灵里留下深刻的烙印,也为她日后创作小说《简·爱》提供了大量感性的素材。

由于勃朗特姐妹一家长期居住在封闭式的偏僻荒凉的农村,极少与外界交往,这就使得她们自幼便形成一种孤独、忧郁的性格。但是勃朗特姐妹头脑灵活、思想早熟，尤其是夏洛蒂自幼聪明好学。7岁时，父亲问她："世界上最好的书是什么？"她回答："是《圣经》。"父亲又问她："其次呢？"她立即回答："是大自然的书。"是的，霍沃斯村四周的大自然壮丽景色，幻象迭出的荒野群山，常常令她和妹妹们心醉神迷，流连忘返。每当黄昏之际，勃朗特姐妹就在村边的草地上游玩，她们或是坐在绿茵茵的草地上观望空中的浮云，或是观赏远方群山翠谷之间落日的余晖。在夏洛特的眼中，不断变化的云彩，像一群白马，骑着马背上的是一些银色铠甲的骑士，或明艳感人的美丽姑娘；而在艾米莉看来，那飞驰的云朵，乃是妖魔喷吐的一团团烟雾；可是在小安妮的心目中，天上的云朵就被想象成雪白雪白的羊群，她那死去的两个姐姐仿佛就成了天国的牧羊少女，她俩身穿的衣裙在晚风中飘忽着，顿时全被那夕阳的余晖染得通红了。

勃朗特姐妹对一切都富有极强的想象力。她们从少年时代就与文学创作结下不解之缘，以一颗纯真的童心，尽力构筑那被世人瞧不起的女性文学世界。夏洛特10岁，父亲为孩子们从里兹购买了一件玩具，其中最有趣的是一个包含12个木头小兵的玩具。这12个漆得油光闪亮的木制士兵整齐地排列着，每个士兵的手里都操持着一把出了鞘的刺刀，胸前佩戴着大红和洁白的国民军的徽章。看到这些，姐妹们的想象力就像挣脱了缰的野马飞腾弛开了。顿时四兄妹就各取一个木头兵作为自己崇拜的英雄，夏洛蒂取的称为韦林顿公爵，弟弟勃兰威尔取的称为拿破仑，简称他为"波拿巴"。而在艾米莉和小安妮看来，这些木头人个个都像冒险家模样，于是她俩取的分别称为探险家帕利和罗斯。接着，他们就用各自的木头士兵彼此冲刺拼杀一番，这样的游戏可以玩很久很长一段时间。为此，父亲还让他们分别编了《安格利亚王国编年史》和《贡达尔王国编年史》，鼓励儿女们出版小杂志给小木头兵阅读。夏洛特和两个妹妹都被这些有趣的木头士兵所吸引，围绕玩具编织各种传说，并将这些神秘的故事排成剧本，自导自演。

在父亲的启蒙下，在她们年轻时，已经尝试写了一些诗，小说和戏剧。由于父亲经济收入微薄，家境拮据，夏洛蒂和妹妹们就利用零星的废旧纸张写作，然后一本本地用棉线装订成册，再用各种包装纸做成封面，画上图案，完成一帧帧漂亮美观的封面设计。夏洛特13岁时，仅在15个月内，就相继写出将近两百万字的文学作品，次年，她曾开列出一份自己著作的书目，累计竟有20多部之多，并且每部都长达60页到100页。《欧内斯特·阿莱姆伯特历险记》是在她死后出版的，这是她当年撰写的线装书籍之一。

为了生计，夏洛特与两个妹妹先后从家中出走，三姐妹在富人家里做一些教师的工作。当时英国社会歧视这种低贱的职业，她们的社会地位与家庭佣工是相似的。那天夏洛蒂教的小女孩质疑地看着她，向她提出了问题："我妈妈说你吃得这样多，你怎么还长得如此瘦小呢？"面对这种侮辱性的责难，夏洛蒂一时难以自持，她的脸刷地红了起来。此后，她也许再也没有吃饱一顿饭，终于告辞那绅士之家，回到豪握斯村。

为了构筑女性文学，提高自身的文学素养，1842年初，勃朗特姐妹在姨妈的资助下，告别病父，离乡背井，前往布鲁塞尔攻读法语。在一年多的时间里，她们不仅刻苦学习法语知识，而且大量阅读法国文学的经典名著，鉴赏法国文坛上纷呈各异的文艺思潮流派，体察不同作家的创作风格和艺术个性。这为日后阔步文坛拓宽了视野，汲取了有益的艺术养料，也为自身的创作实践增添了厚实的艺术功底。

然而，要真正敲开文学大门绝非易事。尤其是对于勃朗特姐妹这样的女性来说，通往文坛之路更是格外坎坷不平，崎岖曲折。在夏洛蒂20岁的时候，她把她的一批手稿邮寄到当时英国的桂冠诗人罗伯特·骚塞，希望可以得到名家的提携与引荐，结果非常失望。在骚塞看来，妇女抱笔写诗，是荒谬的。他在复信中告知夏洛蒂："文学不是女人的事业，它也不可能成为她们生活中的事业。"此种论调，诚如一百年前安妮·芬奇所抱怨的那样，认为妇女使用笔杆不但不合适，反而成了冒犯之举。

在笔杆成了男性一种专利品的年代，文学创作真的就与女性无缘吗？回答当然是否定的。其实，一切女权意识总是在逆境中觉醒萌生。读了骚塞的这封训斥气势的复信，夏洛蒂并不泄气，也不灰心，骚塞的这盆冷水熄灭不了夏洛蒂烈火般的创作热情。她确信女人与男人具有同样的天赋，也应有对等的文学创作的权利。她在书稿中这样写道："女人跟男人有着同样的感情；她们像自己的兄弟一样，也需要运用她们的才华，需要有一个发挥自己才智的场所；她们身上的锁链太多，窒息和束缚会给她们带来痛苦，这一点跟男人的感情是完全一样的。"[1] 这是对传统文学现实男性主导地位和女性意识觉醒的挑战。

失败与挫折，没有动摇勃朗特攀登文坛的意志，反而增强了执著构筑

---

[1] [英]夏洛蒂·勃朗特. 简爱[M]. 人民文学出版社，1990.

女性文学的信心和毅力。勃朗特三姐妹决心合编一本诗集作尝试，为此，她们常常废寝忘食，孜孜不倦地埋头奋笔，挥写个人的情怀与人生感受。诗稿完成后，又谋求出版，可是困难重重，即使是自费出书，也需垫支一大笔经费。她们不得不东奔西走，投亲靠友，集资借贷，直至变卖家产，才勉强支付了印刷费。一年多来，勃朗特姐妹的诗歌终于在伦敦出现了。鉴于当时女性地位的低下，她们故意在诗集中署上三个男性化的名字：柯勒·贝尔、埃利斯·贝尔、阿克顿·贝尔。这是不得已而为之的事。正如夏洛蒂后来写道："我们不喜欢别人知道我们是妇女，因为——倒不是因为我们当时怀疑自己的写作和思维方式不具备所谓女性特征——而是我们隐约感到女作家肯定会遇到偏见，我们已经瞥见批评家们有时是如何用人身攻击进行惩罚，用恭维奉承表示奖掖，其实并不是真正的表扬。"[1]然而即使署名如此模棱两可，但诗集出版后，仍未引起轰动效应，一年内仅仅售出两册而已。

　　三姐妹齐心协力的第一炮并没有打响。究其缘由，主要不在于诗集质量欠佳，而在于当时英国的社会机制过于正统保守，以及人们阅读心态的狭隘陈旧。当然，初涉文坛的女性诗作的稚气也是难以避免的。为此，三姐妹决定转向小说创作。历经了苦心孤诣的伏案耕耘后，首先，安妮·勃朗特完成了《艾格尼斯·格雷》这部长篇小说，紧接着艾米莉完成了长篇的《呼啸山庄》，最后夏洛蒂也完成了她的第一部小说《教师》。三姐妹同时将她们的书稿寄出，出版商却只接收了前两部，夏洛蒂的《教师》却被退稿了。她再次投稿，又被退了回来，一连退了6次。屡屡受挫，使夏洛蒂终于冷静下来，开始思索：同是出于女性之笔，为何境遇如此不同？其间必有自身的不足与差距。她要向两个妹妹学习，借鉴她俩的创作经验，百尺竿头，继续拼搏。事业不负有心人。她运用自身的全部精力和热情，整整花了一年时间，终于推出一部震惊世界的名著《简·爱》，她成功了。在这群女性文学的构筑者中，身为姐姐的夏洛蒂可谓大器晚成，一鸣惊人。虽然艾米莉容貌非凡，颇具才女风度；安妮天资聪颖，潜心好学，都在文学界施展才华，崭露头角；但她俩的文学成就和知名度，都远不能与夏洛蒂相比。夏洛蒂虽然身材矮小，面带病容，数度出师不利，却能急起直追，荣登榜首，文坛新秀的金牌得主就非她莫属了。夏洛蒂·勃朗特从《简·爱》的出版商手中接过第一笔稿酬时，她高兴得心花怒放。100英镑，这是她从未见过的一笔巨款。

---

[1]　玛丽·伊格尔顿. 女权主义文学理论［M］. 湖南文艺出版社，1989年版.

先前她当家庭教师时的年薪仅20英镑，其间还得扣除洗礼费，实际年薪绝不会多于16英镑，相比之下，这是为数可观的经济效益啊！

第二节 女性成长的契机

正当勃朗特姐妹初登文坛告捷，声名鹊起之时，也许她们还未来得及分享这份成功的喜悦，一连串的悲哀与不幸却悄然而至。1848年9月，勃朗特一家唯一的一个男孩—弟弟勃兰威尔，因患肺病被夺去性命。在勃兰威尔的葬礼上，不幸的是，艾米莉感冒，然后感染肺炎。起初她拒绝了医生的诊疗，情况越来越糟；后来，她愿意接受治疗，喘不过气来："如果你们请医生来，我愿见他。"可惜为时太晚了。这位才情横溢的女作家，刚刚度过30个春秋，尚未享受爱情的欢乐，就在1848年12月19日悄然告了人世。在艾米莉患病重重时，安妮小姐白天在床上陪伴，过度劳累和伤悲，使她变得虚弱。艾米莉的突然去世，更失落了原先凝聚的一种特殊的姐妹之情，安妮接着就病倒了。夏洛蒂本想大自然的风光也许会给安妮带来生机，促使她早日康复。于是，她便设法将安妮送到风景胜地斯卡巴勒的海滨疗养，但这一切对于病危之中的安妮来说都已无济于事。她在弥留之际，唯恐姐姐经受不住这令人心碎的打击，不得不对着夏洛蒂说："坚强些，夏洛蒂！"在这一年内，夏洛蒂相继失去了三个弟妹，如此沉重的精神打击，使她倍感凄苦与孤独。

在往后的日子里，夏洛蒂孤身一人，悉心照料年近七十的老父，重新振作精神，尽力完成妹妹的未竟之业。她孤军奋战，全神贯注，继续投身于女性文学工程的构建之中。1849年8月，夏洛蒂又推出了她的另一部长篇小说《谢利》，再次获成功。在这部小说中，作者把两个少女形象摆到小说的核心位置：一个是强悍果断、豪放洒脱的谢利，另一个是贫穷的独身女卡罗琳。其中谢利无疑是第一女主人公。夏洛蒂曾经说过，谢利的原型就是她的妹妹艾米莉。作者之所以要按照艾米莉的某些特征来塑造谢利的形象，显然蕴含着纪念她那深爱的才女而又红颜薄命的妹妹的情意，因而才运用情深之笔，着意刻画出谢利的形象美和心灵美。谢利对爱情，婚姻的态度，反映了夏洛特女性定型观念的崇高理想。

在夏洛蒂的书中吗，谢利是美丽的女孩，不仅体现在她厚实的卷发，一眨一眨的明亮眼睛，大胆豪放，充满活力的女人角色；而且还展露在她那怜贫惜苦、仗义疏财的正义感，以及在爱情婚姻上敢于冲破家族清规戒律，独立自主，勇往直前的奋斗精神。夏洛蒂借助卡罗琳的口对谢利的心灵美做过这样的赞美："在静静的深夜里，我窥见了谢利的心"，"她的心像神殿，因为它是神圣的；像冰雪，因为它是洁白的；像火焰，因为它是温暖的；像死亡，因为它是坚定的"。[1]谢利与妄图干预她的婚事的舅舅辛普森的一场辩论，更像是女性一代向神圣权威挑战的檄文。辛普森斥责她目无"上帝"，谢利回答："不错，在你的宗教面前，我是不信神的，在你的上帝面前，我是无神论者……你那个上帝，在我眼前显出了魔鬼的原形。你看他，多么丑恶地称王称霸。你看他，成天忙碌着张罗他的拿手好戏—包办婚事。他把青春少女和老头子拴在一起，把坚强优秀的人同屏弱愚钝的人拴在一起……你的上帝，那是个戴着假面具的骷髅头！"[2]

小说《谢利》之所以特别值得我们注视，除了鲜明的女性意识外，还在于展示出作者一种崭新的政治视野，具体地描述了19世纪初期英国工人的破坏机器运动。夏洛蒂家乡约克郡的北部，是当年英国工人自发反抗运动的发源地。虽然夏洛蒂没有亲身经历和感受，但有关早期工人斗争的传说时有所闻，她凭借地方报刊的若干报道，在小说中描写了棉纺厂工人为了避免失业挨饿，联合起来捣毁机器的斗争场景。从这一方面看，夏洛蒂也不愧为英国小说史上最早描写工人斗争题材的女性作家之一。

女性的天资才华，在《简·爱》和《谢利》等佳作中得到展露，这也必然引起文学界的注视。接着她再度进驻伦敦，拜见著名作家萨克雷，颇受赏识和器重。萨克雷专门为夏洛蒂举行了盛大的招待会。会上，她有幸结识了英国文坛的另一名女作家盖斯凯尔夫人，她的长篇小说《玛丽·巴顿》也是以描写英国产业工人的生活和斗争为题材的，两个人相互亲和，后来，盖斯凯尔夫人也特意写了一本书《夏洛蒂·勃朗特传》。

1853年，夏洛蒂又推出一部新作《维莱特》，这是以她自己在布鲁塞尔攻读法语时的生活经历和感受为基本素材的。女主人公露西·斯诺是在布鲁塞尔读书的女孩，丑陋，是孤独的，然后做寄宿学校的老师，以她的智慧和情操，受到广泛的尊重。她是一个简·爱型的女性形象。有的评论家认为，

---

[1]　［英］夏洛蒂·勃朗特. Shirley［M］. Wordsworth Editions Ltd, 1993.
[2]　［英］夏洛蒂·勃朗特. Shirley［M］. Wordsworth Editions Ltd, 1993.

这是作者的最佳杰作，在写作技巧上比《简·爱》更成熟，也带有更浓厚的自传色彩，可说是夏洛蒂的内心生活特别是感情沧桑的实录。渗透着书中的抑郁，沮丧，激情，欲望，绝望，是夏洛蒂深刻的精神痛苦的色彩。

当小说《维莱特》问世时，夏洛蒂已年满37周岁，早已进入而立之年。作为一名女性作家，虽不能说名声显赫，但已具有一定的知名度，可是在爱情生活方面却一直很寂寞和不幸。16岁的浪漫花季早已悄悄溜走，20岁的玫瑰梦也已幻灭，如今青春红颜随着岁月流驶而渐趋褪色。一般的同龄女性早已成为儿女成群的贤妻良母了，可是夏洛蒂依然孤身单影，尚未觅得一位值得爱恋的终身伴侣，爱神丘比特真的是太不公平了。

她在青少年时期，一个名叫纳西的青年一度追求她。他拥花和情书来表达对夏洛的爱情，但是夏洛特礼貌地拒绝。夏洛蒂对婚姻有她的理想，她不甘心把结婚当作女性生存的手段。为此，她曾三次拒绝不中意的求婚者，宁肯青春寂寞，也不随便嫁人。她想要选择一个值得爱和尊重她的男人成为丈夫，希望有一个志同道合的、纯粹的爱。就在她出国求学之时，她对教导她学法文的老师埃热先生产生了热恋。埃热先生对女性没有任何偏见，坦率地说，他们一起讨论文学和艺术，交流写作经验，首次爱在夏洛特的心脏中萌发。那时，夏洛蒂已经26岁，可是埃热先生已是有妇之夫，她的理智告诉自己，这火一般的炽热感情显然是徒劳的，单相思的恋情不可能给自己带来欢乐和幸福，只能引起巨大的痛苦和无限的惆怅，而后的苦果也证实了这一点。在人生的道路上，失去机遇也就是失去时间。一晃又是十年，如今青春早已枯萎凋谢，又会有谁来怜爱她呢？又该怎样去寻找她自己的理想归宿呢？

正值夏洛蒂惆怅孤寂之际，她父亲的助手、副牧师阿瑟·贝尔·尼柯尔斯悄悄地叩启了她的爱心之门，向她送来一束求爱的鲜花。可是夏洛蒂的父亲并不赞成。因为尼柯尔斯原是她的妹妹艾米莉的恋人。艾米莉虽已去世，但按当时英国的民俗，姐姐是不允许与妹妹的恋人完婚的。此外，父亲尚嫌尼柯尔斯地位卑贱低下，对其前途难以寄予厚望。但这一切对夏洛蒂来说，她都不顾了。这种抉择，并非出于上乘无望，只得求其次而为之。其实，只有夏洛蒂自己真正发现了尼柯尔斯的纯情挚爱。她终于说服父亲，于1854年6月与尼柯尔斯结婚。

这迟来的爱情，对男女双方来说，都倍感珍惜，也更为甜蜜宝贵。可是婚后不到6个月，夏洛蒂便卧床不起。当时，她还抱病写作另一部长篇小说《艾玛》，但只匆促起草了一个头，未能如愿完稿，至1855年3月底，夏洛蒂就在病床上与世长辞了，时年仅仅39岁。

"才似瀚海命如丝"。人们莫不为女性文学构筑者的早逝而惋惜。英国约克郡北部荒野上空的这三颗女明星，就这样不幸地相继陨落。然而功不可没，她们的艺术生命必将青春常在，与世共存。她们拥有7部小说和一部诗集的文学业绩，为西方的女性文学谱写出光彩夺目的篇章，极大地丰富了19世纪西方批判现实主义文学的宝库。一百多年来，勃朗特三姐妹的传奇性的生活经历和优秀作品，经久不衰地吸引着千百万当代的读者，并相继被拍成数十部电影和电视剧，搬上屏幕。昔日宁静幽暗的豪握斯村，如今也因是这群女性作家的故乡而成了著名的旅游胜地。

第三节　情感成长

1846年初春，冷风夹着阵阵冻雨，敲打在豪握斯乡间的石板路上，不时地发出滴滴答答的响声。勃朗特三姊妹按惯例在屋外一边散步，一边谈论着文学创作问题。美丽端庄而又略带几分男性气质的艾米莉，温柔、恬静的小妹安妮，都认为应把女主角写成绝代佳人。脸色苍白，长着一头秀发的姐姐夏洛蒂却莞尔一笑，那双浅褐色的大眼睛里突然亮出光芒。她说："我要写一个新型的女主人公。她同我一样矮小，丑陋。但我相信，她能同你们塑造的任何一个漂亮的女郎媲美，会在读者中引起极大的兴趣。"[1]这是她一年后完成的小说《简·爱》当中的女主人公。简·爱是个孤女。她出生在一个贫穷的家庭牧师，父亲在传教布道时染上伤寒，传染给了母亲，他的父母在一个月内死亡。当时简·爱还只是一个小孩，被送到舅母里德太太家抚养。里德先生临终前曾嘱咐妻子，要像照顾自己的三个孩子一样照顾简·爱。但从舅舅死后，简·爱就过着十年被歧视、遭虐待的生活。一次，比她大四岁的表哥，把她弄摔倒了，血液从她头上流出，她生气着回手反抗。里德太太知道了以后，不仅不管她的孩子，而是把简·爱锁了起来。她被锁进一间阴森可怖的红屋里，那是舅舅病死的房子，简·爱害怕极了，生了一场大病。后经保姆柏西精心护理才痊愈，但她的精神受到刺激，留下终

---

[1]　[英]夏洛蒂·勃朗特. 简爱[M]. 人民文学出版社，1990.

身未消的后遗症。从此之后，舅母更不理睬她了，将她与表兄隔离开来，她也公开地与舅母对抗。为了卸载负担，她设法将简·爱送到50英里外的孤儿院。这是简·爱在生命之路的初始阶段，在舅母的家里活动，她的身份是一个寄人篱下的孤女。

在雷沃德孤儿院，简·爱成了一名勤奋好学的女生，老师们对她也颇有好感。但是孤儿院的名字是"慈善学校"，实际上虐待儿童心灵的的人间地狱。它位于荒凉的山谷，生活条件非常糟糕，食物不好，没有足够的食物，有些粥和糟糕的面包。春天来临之际，也正是瘟疫蔓延之时，斑疹、伤寒接踵而至，在80个女孩中一时竟有45个病倒了，相继死了许多学生。

有一天，勃罗克赫斯特带着妻子、女儿来校看看。因为他事先曾听里德太太说起过简·爱，进校后，他一见简·爱就宣布说："这是个爱说谎话，忘恩负义的坏孩子"，并下令她站在高脚凳上示众。面对这样的侮辱性情景，简·爱真的想哭了，但她控制着自己，顽固地抬起头，永远不要哭泣。勃罗克赫斯特先生设法用"惩罚肉体来拯救灵魂"之类谬论来征服学生，但简·爱决不甘愿忍受此种屈辱，她要反抗。雷沃德孤儿院毕业后，又留校执教两年。前后八年修女般的孤寂生活，她厌倦透了。所以她在报纸上刊登广告，寻求导师的职位，被桑菲尔德的管家聘请了。这是简·爱生活道路上的第二阶段，她的生活环境在雷沃德孤儿院。这种经历，凝聚了女作家夏洛蒂自己的经验和旅程。

简·爱的第三阶段生活在桑菲尔德庄园。从管家那里，简·爱知道，罗切斯特先生经常出国旅行很少回家。简·爱的工作就是给一个不到八岁的岁的小女孩教书。简·爱喜欢那里安静秀丽的生活环境，那里有草坪、牧场、花园，也有藏书丰富的图书馆，以及供她居住的舒适房子。这一切都使简·爱的精神顿时振奋起来。她感到："生活中一个比较美好的时期正在开始。"

一天黄昏，简·爱在外边散步，忽听得一阵马蹄声由远及近，一位绅士模样的中年男子骑着骏马奔驰而过，接着就猛地从马背上摔跌下来。简·爱急忙跑上前去，帮他扶上马，这个男人就是庄园主罗切斯特先生，这是他们的首次见面。之后，简·爱发现她的主人是一个忧郁，无情的人，对她好的态度，但有时对她却非常糟糕。他赞赏简·爱对小阿黛尔的热心教导，也坦率地告诉她：这女孩是一个法国舞女与别人生的私生女，那个舞女欺骗了他，把这个女孩遗弃了。但在简·爱看来，仅仅为这样一件事，还不足以使罗切斯特如此郁郁不欢。

桑菲尔德的庄园里连续发生了奇怪的事情：一天晚上，简·爱被奇怪的笑声唤醒，发现罗切斯特卧室的门打开，床上起火。她想把家人叫起来救火，罗切斯特先生却要她对这件事保密。她也知道在这所房子的三楼上住着一个奇怪的女人，常常傻子似的放声大哭，她以为那是名叫葛来司·波儿的女裁缝。又有一次，罗切斯特外出十天半月之后，带回来一群富绅贵妇，其中有一位年仅25岁的布兰奇小姐。她身材修长，胸脯丰满，弹琴跳舞样样都会，罗切斯特是否在追求这个贵族小姐呢？这又给简·爱的想象空间增添了一层迷雾，她为此不胜烦恼。

一天晚上，罗切斯特伪装成吉普赛人的算命先生，坚持要年轻女子去访问算命先生。当简·爱与算命人见面时，才发现这算命人原是罗切斯特先生。他婉转地暗示简·爱，这座庄园的主人不会娶布兰奇小姐为妻，幸福的机会同样会留给简·爱，他只是假装"算命"特来试探她的感情。随后的一个晚上，罗切斯特向她求婚，她应诺了。

在婚期前的一个晚上，简·爱突然从睡梦中惊醒，发现一个奇怪可怕的女人在她的房中，她穿戴起简·爱的婚纱，又把它撕坏。但罗切斯特先生说，这是简·爱的幻想。但早上，她确实发现撕裂的婚纱被扔到地上。对此，简·爱自己也无法解释。

当他们在乡村教堂悄悄举行婚礼时，突然进来一个陌生人，阻止婚礼的进行。他拿出马逊签署的文件，证明罗切斯特曾在西印度群岛娶了他的妹妹伯莎·马逊为妻。罗切斯特承认了这一事实，并把他们带到桑菲尔德府邸的三楼上，那个疯女人原来就是罗切斯特太太，也就是简，爱在夜里看到撕破婚纱的那个女人。

这时，真相大白。简·爱不愿意做罗切斯特的情妇。所以，她借着黎明前闪烁的微光，带着仅有的一点钱，悄悄地离开了桑菲尔德庄园。在桑菲尔德时期的生活，既是全书的核心和主体，也是简·爱性格发展的重要阶段。虽然夏洛蒂·勃朗特自己也当过家庭教师，有过某些类似的生活体验与感受，然而在她笔下的简·爱的生活境遇，又大大超越了作家的自身。

简·爱性格的发展是通过第四阶段—更为广阔的社会生活的考验来完成的。她在茫茫的荒原上走了三天三夜，终于到达北方内地的一个小县城。她沿途乞求，竭尽全力，落到了村里的牧师圣·约翰的门口。之后被圣约翰和他的两个姐妹收养，更名为简·伊利亚特，并且进入女子学校的担任老师的职务。

很快，律师找到圣约翰告诉他说，约翰·爱死了，给简·爱留给了二万镑的财产，因为律师找不到简·爱，试图让圣约翰找到她。由于简·爱在雷沃德慈善学校读书时画的一张画上，留有自己的签名，证实了她的身份。她也神奇地发现了圣·约翰一家原来是她的姑表兄妹，简·爱决定将遗产与他们分享。

圣·约翰是个29岁的青年，年轻漂亮，其面容酷似希腊神像。他曾经多次和简·爱求婚，希望她跟他去印度，成为他的助手。这样，简·爱在爱情道路上就面临着两种抉择，该怎么办呢？一夜，她梦见罗切斯特在呼唤她的名字。于是，她不顾一切，回到桑菲尔德庄园。但是回来后，她发现桑菲尔德的庄园已经成为废墟。邻居告诉她，在一个暴风雨的夜晚，疯女人放火烧毁宅邸，罗切斯特为了从房顶上把妻子救下来，致使双目失明，一手残废。疯女人当即坠楼身亡。火灾后，罗切斯特孤身一人，迁居乡间。简·爱留恋罗切斯特，又为眼前情景所感动，她随即赶到乡间的芬丁庄园，同他正式结婚。她向罗切斯特表示："愿做你的护士、你的管家、你的伴侣"，"做你的眼睛和手"，"对我来说，做你的妻子就是我在世界上最大的幸福。这不是牺牲"！[1]

两年后，罗切斯特在简·爱的精心护理下，治好了一只眼睛，重新见到为他带来光明希望的妻子，也看到抱在简·爱怀中的初生婴儿。整个小说在幸福快乐的婚姻中生活，田园诗般的氛围终结幸福的家庭生活。至此，简·爱也变成一个受人赞赏的贤妻良母。

英国女性主义评论家玛丽·伊格尔顿在《性别与文学类型》一章的引言中，曾经以《简·爱》为例，分析19世纪"以妇女为中心的小说"的基本表现模式，指出，"这些书第一次将它们的女主人公塑造为积极的说话主体，然而这些作者认为小说在许多方面仍受到传统形式和美学价值的束缚，诸如线性叙述的使用屡屡出现，女主角的经历呈现从不幸的顺从—反抗—自主的模式。……为了取得作者、人物、读者的契合，掩饰作品的虚构性，几乎总

---

[1] ［英］夏洛蒂·勃朗特. 简爱［M］. 人民文学出版社，1990.

是女主角讲述自己的故事，沿用一种自传体的形式。"[1]

从小说的情节结构上说，《简·爱》可谓是此类女性小说系列中最具典型性的一部。在这里，夏洛蒂·勃朗特继承了英国女性小说布局结构的优良传统，按照时空顺序，采用纵向线性发展的轨迹组合故事情节。作者通过女主人公生活道路的四度变迁，艺术地概括了女作家自己生活中的一段苦难历程。女主角简·爱在生活的路上苦苦前行，留下了作家夏洛特·布朗特的自己的影子，浓缩了作家思想和一代妇女的命运。倘若从这一视角考察，小说《简·爱》无疑是她心灵的一份自传。

理解人类行为有一个基本思路：一个角度上看是社会行为或者可以说是公共行为，另一个角度可以看成是私人行为，在这其中的典型活动是爱情与事业。当关系到女性文学和女性运动时，此时的感情空间与社会就能够被看做是关键的价值目标和基本的活动空间。主要是女性独立能够分为社会独立与情感独立。因此，外向与内向是其中的两种倾向，并同时形成相对应的运动轨迹：前者在渐渐持续地减少和社会的交流，后者是不断与社会进行进一步的接触。这不单单一种实践模式，同时也表现为特殊的社会历史状态。

摆脱社会的控制、对私人空间进行保护是个人的情感倾向。人们渴求社会强权不会制约个人感情：清教精神可能是康斯托克主义的价值内核，但是那种红字对人情感的直接弹压却不会被再付诸实践，二战后的美国社会在上述两个历史阶段之后对情感交往更为宽容。作为社会权力的一部分，艺术话语在这方面也表现得越来越积极，认同个体感情不受社会因素制约几乎成为艺术品"政治上正确"的表现。由外向内收缩是情感独立总的一种趋势。假设把社会性的国家强制权利看作是情感关联物最外层体现，那么这种方式可以具备一种完全压倒的优势来实现对个人的领导和控制；因此纯粹的生物性因素就是另外一种方式。不一样的影响因素包含在这个过渡区间中，但是在不同时代表述女性情感的文学作品具备不一样的对社会对象抗拒的形象。

《简·爱》时的英国经历了多次社会巨变，政府及宗教势力对人身的控制已大为削弱，像《失乐园》那样带有宏大叙事气质的作品当时已不多见，文学的主流话语更多地是指涉世俗势力。简·爱的情感独立体现了这方面的内容。

从人身和意识两个角度出发可以看出，这种抗拒对象是一种现实结构和女性对男性的一种依附观念。简·爱对自己的恩人圣约翰和主人罗切斯特并没有

---

[1] 玛丽·伊格尔顿.女权主义文学理论[M].湖南文艺出版社.

表现出虚荣和势力，也并没有被情绪支配，她并不会采用独立的方式，去争取物质上的满足感和虚无缥缈的灵魂上的崇高。女性对男性的人身依附是传统社会结构稳定的现实基础，解构意味着稳定的颠覆，但也意味着对女性尊严和情感价值的肯定及平等社会的建构。简·爱的情感独立是她人身独立的升华和提高，简·爱人身独立的价值取决于对社会的超越。拒绝意识依附则要女性有独立思考能力，能够与男性站在同一个话语水平上。对知识的占有实现了简·爱对话语权的控制，使思想上的独立成为可能，在抗拒男性一相情愿、理直气壮的要求时她才能够拥有把握事件方向的理智、控制交流进程的技巧以及压倒男性意志的气势。充实的头脑确保了心灵的完善。

相对于情感与社会相独立这个性质，我们需要认清两个角度。

第一个角度是我们可以将情感当作是一种独立因素而存在。在现实生活中，情感独立是不能够单纯的存在，不管是在现代进步的思潮中还是在传统的思潮中，一般来说，对性的强化通常都是程度性和象征性的。在象征角度上，有的时候情感独立于社会是比较极端的。像在《简·爱》的最后，罗切斯彻底失去了所有拥有的，从奢华有趣的上流社会的社交圈中退出，似乎一直在过着与世隔绝的日子，这种情况在情感独立过程中体现出了自我强烈收缩的现象。当然在恋爱中，"自己的世界"是恋爱中人们所希望情获得的。

众多的文学作品表达出：社会是一切情感悲剧的来源。像著名小说《罗密欧与朱丽叶》，人们的观念是希望在那个时期爱情可以打破世俗的观念，能够改变当时的社会关系，能够通过现代法制社会对传统的家族社会进行质疑和否认。可是一切会如想象的一样吗？在现代社会中，由于在人类进程中神性成分的不断减少，使得传统的命运悲剧形式在转换为心灵的悲惨，人类的情感受到了新的社会结构与价值体系上更深的程度的影响和作用，社会并不能够解决世俗文化中情感独立的问题，只是用格调、时尚、品位等文化结构将再一次将情感看淡和浅薄化。情感独立的自我表达仅仅是程度性的，同样的情感独立对社会的抗拒没有历史终结。薄加丘的作品主题是偷欢，劳伦斯的是赤裸裸的欲望，而现代作家笔下的男欢女爱则明目张胆、肆无忌惮，始终跳不出社会的圈子。

《简·爱》的权利包含着这样一重含义：同样的权利的应有之意也是责任，权利和责任都是正确的。争取女性社会独立权力的理性认识是《简·爱》的价值。首先既要有获得，也要有付出。简·爱是一个普通的平民家孩子，如果简·爱想要成为贵族罗切斯特夫人，并不是一件合乎社会规律的事情，因此当她成为贵族罗切斯特夫人后，他认为照顾失意落魄的罗切斯特也是她的责任之一，并不代表有什么得或者失，这也许是因为感情在驱使简·爱，社会性因素也因此而模糊了。但别的细节，如自谋生路、分发遗产则更大程度上是社会性的了。再者权利不仅仅意味着要追求幸福，同时也是对尊严的一种坚守和捍卫。简·爱哪怕是去流落荒野，也不去做有妇之夫的情人，显然那个时代的女性已经具备了非常成熟的社会独立意识。简·爱拒绝不属于自己的幸福，她不想为了安逸而苟且偷生，她要捍卫自己的尊严，恰恰是在她走出罗切斯特的家门的那刻，这似乎就象征了她已经向社会迈出了一大步，虽然这个天地对她来说是陌生的——事实证明是危险的，但对权利的争取恰恰意味着行动上的付出。简·爱并没有像现代读本中所描写的那样在社会大潮中功成名就，但她走出罗府就已是一大成功，相比于娜拉它们的意义在于，即使二者都没有清晰的行动方向，但是这样的行为使得女性自身和社会对女性的行动力量和意识产生了新的意识，女性不应该成为家庭的附属品而落后于社会。进而女性才有采取社会行动的可能。简·爱在最后凭借自己的力量对爱人进行救赎，不仅仅使得她在男性面前具有尊严，同时使她获得了生活上的幸福。也许通过接受财产来实现个人价值提升带有太大的偶然性，甚至弱化了简·爱的主动意识，但那个时代下女性的自我实现只能是象征性的，这一处理其实和简·爱出走并没有本质的区别。社会独立既要自我尊重，也要尊重他人。这意味着一种平等意识，权利的获取使女性摆脱从属地位，但并不以控制新的从属物为目标。这是女性社会独立的本质。简·爱不像其他贵妇那样傲慢无礼，可以说是出于身份，但这并不等于妄自菲薄，而简·爱获得新的社会身份后也能保持对他人的尊重，这样一种尊重意识确保了女性的正常社会地位，正常的社会交往也才有可能。

社会独立与情感独立是完全相反的行动取向。即使有话说事业家庭不能共同度过，这将女性独立的困难的纠结局面表现出来。但是在文学作品和女性运动中，二者通常能够表现出一定程度上的一致性。这不仅仅表现在行为特征上，同时在最终价值上也有所体现。这里首先谈谈前者。

反社会规约是女性独立的一个关键特征和表现。在近代女性的自我表述中，正是因为反规约的存在，使得情感独立和社会独立成为了一种必然趋势。社会独立与情感独立通过反规约得到了整合，贯穿于女性争取独立的文学史与运动史。

反规约起自于西方人文主义的兴起。神的判断被人的思考所代替，取消曾经的、所谓的权威，"启蒙就是敢于思考"代表着保守的陈旧的社会规约变为被质疑的对象。反对原有规约的两次典型案例是法国大革命和文艺复兴。作为近代史的核心理念反规约在持续领导着西方社会的进步。同时在这样的历史环境下，女性追求独立的脚步也展开了。

这样的历史结局，即使是19世纪早期的《简·爱》也没有摆脱。不管是社会独立还是情感独立，在增强或者减少与社会接触时，都代表着要将过去社会习惯打破，与过去的社会规约相抗争。这不单单在上面分析过的简·爱追求独立的行为上有所体现，通过对人物性格进行分析，我们能够发现简·爱是一个非常有个性的人，哪怕是在政治性主题上也不刨除在外。简·爱的反规约不是剧烈的。简·爱性格中具有的淑女特征也不能够与现代女性文学的革命气质和张扬相对比。《简·爱》和其他讲述女性独立的文学话语并没有什么本质区别，仅仅是存在不同的层次。

在讲述女性独立的文学史上，社会独立和情感独立的反规约特征一脉相承。在这个意义上讲，简·爱并没有开创，她只是一个承传者，它内化于女性文学史的逻辑。后继者们无论多么反叛，也不会走到这一逻辑之外。

第四节　信仰成长

爱德华·罗切斯特先生为什么会让简·爱如此依恋不舍呢？这是值得我们认真探索的另一个课题。在夏洛蒂·勃朗特笔下，这对男女主人公既是爱心的载体，又是对方情爱的感应场。在阅读作品的过程中，当我们闻惯了小说中到处弥漫着的罗切斯特先生的雪茄味时，也便会不知不觉地爱上了这位男主人公。事实表明，简·爱是少不了罗切斯特的，凭借罗切斯特的爱，简·爱得以升华，使理想成为现实。

夏洛蒂·勃朗特曾在给友人的书信中，为罗切斯特下过这样的定义："罗切斯特先生有一个好思索的天性，一副非常易感的心肠；他既不自私，也不放纵自己；他只是受到不良的教养，被引入歧途，他的过错是由于轻率鲁莽和缺乏经验，他一度像许多其他男人一样生活过，可是他比大多数男人根本上要好些，他不喜欢那种堕落的生活，从来没有人从那里得到过快乐。他受到了经验的严酷教训，他有头脑，能从这些教训里学到智慧。岁月使他改进，少年时代的浮渣漂走，他内部真正善良的东西仍然存留下来。他的天性有如一坛佳酿：时光不会使他变酸，只会使他变得甘醇。"[1]

在这里，夏洛蒂·勃朗特用了淡淡的笔墨，绝妙地为我们勾勒出一幅男性主人公的肖像，并以社会学家的语言和洞察力，概括出罗切斯特心灵演变的轨迹。按照作家的描写，读者自然感受到罗切斯特虽然看上去粗暴任性，其貌不扬，然而在他的外貌脾性的皮壳之下，却蕴藏着高尚、慷慨、坚强、善良的核仁；在他那超凡脱俗的外衣下，我们隐约窥见了一颗跳动着的叛逆的心。罗切斯特的天性确实如一坛"佳酿"，只会变得愈来愈甘醇，这怎么会不使简·爱依恋不舍呢？

在以往的婚姻事件中，罗切斯特是那种为了家族利益而进行卑鄙交易的牺牲品。罗切斯特的父亲原是爱钱如命的人，他有两个儿子，老绅士想把家产全给长子罗兰。为了维护门庭的声望，他让罗切斯特跟一位有钱人家的女儿成婚，从中获得三万英镑的陪嫁。婚后才发现受了骗，因为梅森小姐一家三代都患有精神病。尽管后来罗切斯特继承了家业，成了富翁，但他无法摆脱对这个疯女人的义务。在遭受此种打击后，他便在"那种没有爱情，而只有肉欲的放荡生活"中寻找欢乐，在多年的自暴自弃之后，他终于寻觅到一个"新朋友"、一种治疗人生创伤的"工具"，那便是简·爱。

罗切斯特痛恨自己的过去，向简·爱忏悔了他的过错。生活的磨炼，提高了他鉴别是非美丑的能力。在他看来，"镀金只是粘泥，丝绸帷幔只是蛛网，大理石只是肮脏的石板，上光的木器只是废木片和剥落的树皮。"这一席话，不是他对那庄园古宅的评价，而是一个叛逆者对造成其不幸的整个社会旧秩序的抨击，也可视为他对一切以貌取悦他人的女性心灵的透视。在情场上，罗切斯特发现，"她们既没有灵魂，又没有良心——在她们身上我看到平庸、浅薄，也许还有低能、粗俗和暴躁的时候，我完全是个恶魔；可是对于明亮的眼睛，雄辩的舌头，火做的灵魂和既柔和又稳定，既驯服又坚定的能屈而不能断的性格，我却是永远温柔和忠实的。"

在这里，罗切斯特将简·爱与他的淫荡狂暴的疯妻、庸俗浅薄的法国情妇、虚伪做作的英格拉姆小姐做了对照，后者大都拥有美貌、或是钱财、或是门第，但都遭到罗切斯特的唾弃；前者几乎一无所有，但受到罗切斯特的挚爱，因为他们同属于同类，她的心灵是他取之不尽的美好品性的"宝

---

[1] 夏洛特·勃朗特. 夏洛特·勃朗特书信选. 出版社: Globe.

库"。罗切斯特对简·爱奉献出的挚爱之心，以至于当他像"误宰了女儿般亲爱的小母羊"一样伤害了她时，即对简·爱隐瞒了疯妻一事时，简·爱对他既无怨恨，也无谴责，而是在"当时当地就原谅了他"。因为他的赤诚之爱足以弥补他的过失，况且这过失又是罪恶的制度造成的。

善良的爱情创造奇迹。一种具有平等精神、心心相印的美满婚姻终于在芬丁庄园实现了，那是简·爱与罗切斯特欢乐的伊甸园。简·爱对自己的爱情生活作出这样的评判："我认为自己极其幸福—幸福到语言无法形容；因为我完全是我丈夫的生命，正如他完全是我的生命一样"，"我跟我的爱德华在一起从来不感到厌烦；他跟我在一起也从来不感到厌烦，就像我们各人对于各自的胸膛里的心脏的跳动不会感到厌烦一样"。

柏拉图说过："真正的爱就是要把疯狂的或是近于淫荡的东西赶得远远的"，"只有驱遣人以高尚的方式相爱的那种爱情才美，才值得颂扬"。卢梭认为，在婚姻问题上，"在爱好、脾气、感情和性格方面是如此严格地要求双方相配……这样一对彼此相配的夫妇是经得起一切可能发生的灾难。"文学大师们的至理名言，仿佛都在眼前这种简·爱式的爱情理念中应验兑现了。

第五节 女性意识觉醒

在夏洛蒂·勃朗特短暂的一生中，相继完成了《简·爱》《谢利》《维莱特》和《教师》等四部小说，爱情是其核心的主题，顿悟的女性意识成了这些作品的灵魂。其中尤以《简·爱》最为集中最为鲜明。

自《简·爱》问世以来，一直以它那特有的女性意识的魅力吸引着不同时代、不同国度的读者，特别是书中那对不同凡俗的男女主人公，以及他们那异乎寻常的爱情经历，更是深深打动了读者的心扉，从而也产生了跨世纪的时代效应。就在小说刚刚面世的时候，有人说它是一部灰姑娘式的童话；有人把它看作新哥特体小说；还有人则以为简·爱只不过又是一个"帕美拉"；更有甚者，居然在这部作品中看到了赤裸裸的色欲，认为作者的动机是为了满足受压抑的性饥渴；她的一位独身的女友曾批评夏洛蒂·勃朗特是个"半心半意"的女性主义者，说她的女主人公们一心只想着爱情，诸此等等，众说纷纭，褒贬皆有。这正好从接受美学和信息反馈方面，表明小说业已产生巨大的阅读效应。

其实，用作者的话说，这是一个"朴实无华的故事"，对读者来说，当然也是一个既朴实又严肃的故事。然而夏洛蒂·勃朗特却以崭新的女性意识为视角，描写了一个处在英国妇女阶层中人数众多、颇值关注的女性的命运，记述了她那坎坷不平的经历和刚正不阿的秉性，这就非同寻常了，它必然会引起广大读者的心理共鸣。

在当时的英国，虽然实行了资产阶级民主改革，政府部门表面上采取了某些改革的措施，但妇女远远没有获得平等的权利，即使是宪章运动也没有提出男女平等问题。尤其是不少处于小资产阶级范畴的妇女，她们受过文化教育，但没有财产，在婚姻市场上缺少竞争能力，往往不得不因贫困而遭受冷遇，落到寄人篱下、身无分文的境地。为了维持体面，她们便去学校教书或充当家庭教师，与家佣女仆为伍。更为可悲的是，她们几乎被剥夺了享受标志女性自由幸福的权利—爱情的权利。无数的功利婚姻造成一对对怨偶，女性没有择偶的自由，听凭家族的摆布，或在形单影只中虚度余生，这就是19世纪英国严酷的现实。夏洛蒂·勃朗特自身也正是处于这种困惑境地的女性，她的生活感受和内心体验促使她顿悟，激励她去选择并塑造出一代具有真正女性意识的新女性，简·爱便是其中最醒目的一个。

在夏洛蒂·勃朗特笔下，简·爱是一个敢于反抗现存，不听凭命运摆布，富有新型伦理道德观念的女性形象。她的外貌并不漂亮，也无家产，但有一颗真挚热情的心，在她的心中始终燃烧着一团不吐焰的火，平日里轻柔恬静，含而不露，一到关键时刻却能果断行动，自主沉浮，因而得到她的主人罗切斯特的爱情。简·爱爱上罗切斯特，不是为了贪求钱财，高攀门第，而是出于彼此思想上的共鸣和感情上的真挚热烈。当她发现罗切斯特已有妻室时，即使这妻子是疯女人，她也毅然只身离开，宁愿四处流浪，决不做他人的情妇，因为她期望获得的是婚姻上的平等独立和人格尊严。后来，她目睹了罗切斯特的种种不幸，甘愿将她自己的命运奉献给他，与罗切斯特结合了。她拒绝了圣·约翰的求婚，因为他们之间没有爱情，她不肯抛弃自己的独立人格去屈从圣约翰，做他的传教的工具，这都是女性意识觉醒的标志。

在简·爱看来，婚姻的基础只能是爱情，而真正的爱情不取决于任何外在条件的考虑，利害的支配，相反，它能冲破门第、财产、资历的种种障碍，达到男女双方精神的契合和心灵的沟通，这就是她的爱情价值观念。这种见识，充分体现了来自平民阶层女性的高尚品德和道德情操，同时也是对当时英国以金钱为基础的婚姻风习的一种反叛与挑战。

夏洛蒂·勃朗特的女性意识，还体现在她敢于突破传统的艺术模式，改变了爱情王国历来由才子佳人、俊男靓女主宰的陈旧框架。自古希腊以来，爱情故事中的男性形象多以英俊著称，女性形象则以貌美取胜，或者是庸俗肤浅的三角恋爱，争风吃醋，情场决斗一类模式。在小说《简·爱》里，夏洛蒂·勃朗特并不因袭前人的传统，而是敢于开拓艺术表现的新路。罗切斯特既非英雄，亦非完人，作者渲染他的消极一面，旨在突出他的性格本质。简·爱也正是透过他玩世不恭的表面，窥见了罗切斯特纯正的内核。简·爱也非美人，身材矮小，脸形难看，胸脯平坦，处境低下，用现代青年人择爱的眼光，可说"二等残废"了，然而她坚强勇敢，智慧聪颖，人格高尚。男女双方年龄的差距，地位的悬殊，以至后来身体的缺陷，都被丰富而深邃的爱情所超越，被异乎寻常的心灵契合所升华了。这是夏洛蒂·勃朗特女性意识在文学创造中的突出表现，也是对现实主义艺术方法传统的一大超越。

无论怎么看，简·爱对罗切斯特的最后抉择是唯一的，她不应有另外的抉择。我们不妨运用阅读推理法来设想一下，假如简·爱在开始时便成为罗切斯特的情妇，也许会有个看似幸福的结局，但那却令人感到陷入屈辱的、不合乎道德的心狱，因为当时的罗切斯特"处在骄傲的不依靠人的状态，除了做赏赐者和保护人以外，不屑扮演其他的角色"。倘若简·爱听从圣·约翰道义的呼唤，做了一个"殉道者"，那么，这样的选择将使读者更为失望，因为她甚至比沦为罗切斯特的情妇更有丧失人格的危险。由此可见，只有在芬丁庄园的结局，才是真正美满而必然的归宿。简·爱的前后两次拒婚以及一走一归的行为，充分体现了一种新型的平等独立的伦理观念和爱情理想。

由于夏洛蒂·勃朗特通过笔下的爱情故事，大胆地提出了具有资产阶级民主主义进步思想的，建立在平等、独立、自主基础上的伦理观念和爱情理想，抨击了一切世俗的陈规陋习，因而在当时的英国社会引起了极大的反响，使那些与作者处于同一社会地位的女性深受鼓舞。她们从《简·爱》中汲取无穷的力量，确立生活的目标，展望如何摆脱从属地位，争得自由、平等、独立、幸福的前景。夏洛蒂·勃朗特笔下的这一女性人物，确实具有震撼旧帝国、发现新世界的能力。她的精神世界，犹如一座采之不尽、取之不竭的珍宝矿藏，为后人不懈地勘探与求索。

《简·爱》的面世，也曾激起某些旧秩序卫道者的不满与愤意，说什么"爱情场面像古希腊女诗人萨孚描写的恋情那样如火如荼，而且比她更为污秽"，"每一页码上都燃烧着道德上的雅各宾主义"。[1]对此，夏洛蒂回击得很好："习俗不等于道德，伪善不等于宗教"，一句话就撕去了伪道德学家的面纱。一位叫里格比的女士在读了小说之后，声称它具有"那种曾在国外推翻当局，破坏了每一条人间的和神圣的法规，并在国内煽动宪章运动和叛乱精神的思想色彩"。虽然里格比女士的用意不善，但她的攻击之言恰巧从反面论证了《简·爱》具有跨世纪、超国界的思想意义，这是足以使夏洛蒂·勃朗特感到荣幸和欣慰的。

一百多年来，《简·爱》为我们树立了一种心心相印的、具有崇高道德力量的爱情榜样。它的女性意识始终能激起人们的共鸣，给人以启迪，并引之为楷模，因而一而再、再而三地被搬上屏幕，数不尽计地重新再版发行，拥有越来越多的观众和读者。这种永久不衰的魅力，正源于夏洛蒂·勃朗特能顺应历史潮流，写出了一种合乎理想和道德要求的崭新的爱。

女性主义批评家埃伦·莫尔斯在《文学妇女》一文中说："鸟的比喻仅象征着小吗？……鸟是公认的爱的标志……的确，没有鸟，没有那些成双成对的动物，简·爱与罗切斯特的爱情就不会从浪漫的开始走向美满的团圆。"[2]他们在一条洒满清冷月光的路上相遇：罗切斯特一身男子气，飞快地骑着一匹黑马，但摔伤了脚；而简——"简直还是一个孱弱的孩子！就像一只红雀跳到了我的脚下，要用它那细小的翅膀将我载运"，她"像一只迫不及待的小鸟"瞪着好奇的大眼睛盯着他看，她在他的怀抱中挣扎，"就像一只发狂的鸟"，等到他俩最后终成眷属，双目失明的罗切斯特像"一只威武的老鹰，缚在一根木头上……不得不恳求一只麻雀给它觅食"。

不错，鸟的环境也有两重性。它们可以自由地飞向蓝天，也可能不由自主地被装进笼子。它们的美妙歌喉也许会比人类歌星更为动听，但也会遭到忽视，被压制。古往今来的许多文学家都把笼鸟视为女性的比喻，然而夏洛蒂·勃朗特却选择了一种独特崭新的视角来隐喻女性的命运。埃伦·莫尔斯就在这里发现了简·爱精神的真谛。她指出，在《简·爱》里，当罗切

---

[1] [英]夏洛蒂·勃朗特.简爱[M].人民文学出版社，1990.
[2] 埃伦·莫尔斯.文学妇女.

斯特提出违法的婚姻时，简拼命地从她所爱的人那里挣扎出来，不愿过那种不正当的生活，"简，冷静些"，他说，"别这样挣扎，像一只发狂的鸟……""她的回答是勃朗特式的自负，但同时也有勃朗特的智慧。她用了一个比喻，让人作出神圣的女性联想：'我不是鸟，没有网能缚得住我；我是个自由的人，有自己独立的意志，所以我现在得离开你。'在勃朗特的作品中，两种向往—对女性自由和道德自由的向往—通过鸟儿自由翱翔这一比喻得到了充分的体现。"[1]埃伦·莫尔斯的这一论断，无疑可视为近百年来对简·爱精神意识最为生动、形象的概括与总结。

---

[1]　玛丽·伊格尔顿.女权主义文学理论[M].湖南文艺出版社,1989.

第七章 《呼啸山庄》：人性思考

第一节 主题思想与人物形象

十九世纪英国著名女作家艾米莉·勃朗特的《呼啸山庄》问世，引起了欧美文学批评的巨大反响，评论家从不同角度解释。单独是研究它的主题，然而批评家各有各的说法，有些人认为小说揭示了爱的主题，表现的是主人公凯瑟琳与希刺克厉夫之间超凡脱俗的爱情；有人从人性角度来解释，认为小说的下半部分是希刺克厉夫的行为，揭示了报复的主题；其他人则说是小说犯罪和惩罚的主题，书中的许多主角都有内疚，最终受到惩罚；其他人说小说是热情的情感和爱的主题，等等。这些批评是从一边揭露出来的了《呼啸山庄》的丰富内涵。

一、主题思想

《呼啸山庄》是一部奇特的作品，难以归类。它涵义丰厚，描写了爱情、偏见、嫉妒、误解、仇恨、报复以及和解的曲折故事，是引人入胜的复仇传奇，也是最伟大的爱情小说之一。它是关于激情的浪漫主义表达，也是探索人类精神领域那一片神秘幽暗之地的杰作。它体现了作者独特而深厚的自然情结，也表述了理想与现实冲突的永恒主题。然而，先于时代的品质使得它命运坎坷，出版后遭到冷遇甚至极为严厉的贬抑，被认为形式粗糙，道德病态，思想情感偏狭怪异，毫无吸引力。甚至连夏洛蒂也无法理解《呼啸山庄》的思想，特意在"《呼啸山庄》再版序"中为笼罩小说的"黑压压的恐怖感"而道歉。小说中架骜不驯的人物性格，超乎理性的炽热爱情、憎恨与复仇意识，无一不在挑战维多利亚读者关于小说的正统观念。《评论季刊》认为它"集法国小说派一切不顾廉耻、令人恶心之粗俗处，选定邪恶来作为其自身的解毒剂"。20世纪后，小说令人费解的思想内涵和形式，吸引了越来越多的读者，从主题、人物、语言、叙事结构等方面的研究不断展开，充分肯定了其艺术独创性，一度形成了艾米莉研究热潮和"《呼啸山庄》学"，一直持续到了20世纪50年代。评论家们从社会小说、心理小说、道德伦理、精神分析、阶级分析、性别研究、自然哲学、生态主义等众多角度予以解读，出现很多来自名家的真知灼见。罗塞蒂在1854年声称："我对《呼啸山庄》产生了强烈的兴趣，这是今年我阅读的第一本小说，就作品的力度和优秀的风格而论，这是我这两年内读到的最好的作品……但是它是一本极为奇特的书，一个不可思议的怪物……简直就是地狱中发生的事情，只是换成了英国的地点和人名而已。"利维斯在《伟大的传统》中感叹它是一个天才类似一出游戏的惊人之作，超越了司各特的浪漫主义传统和18世纪以来现实主义对真实的理解，发挥了难以觉察的影响。

　　这部作品在叙事技巧上别有创意，它是英国最早采用倒叙手法创作的长篇小说之一。艾米莉让外来房客洛克伍德和熟稳两个家族命运的老仆人耐莉分别作为第一和第二叙述者，逐步抖出发生在两个家族三代人身上错综复杂的故事，多重叙事角度的交织使得小说悬念迭生。而两个叙事者各自独特的社会身份、人生立场和观察视角无疑为故事增添了不可靠叙事的间离效果，为读者的自主判断和审美感受留下了巨大空间，这或许是它在现当代文化语境中广受称赞的原因之一。此外，在发展故事情节方面，艾米莉主要展示了一系列戏剧性场面，以人物对话与动作为主，并辅以简短的阐释。如此一来，阅读小说就好像浏览一本生动的画册，又酷似在观赏一场令人沉醉的戏剧。

　　《呼啸山庄》的奇异之处，还表现在它完美融合了现实主义和浪漫主义的丰富表现力。一方面，小说不乏现实主义描摹的技巧，富有约克郡的地域色彩，散发着英国北方农村的乡土气息。人物对话具有浓郁的约克郡风情，用那种荒野山地环境中人们"粗野而强烈的语言"，来"生硬地"表露他们的喜怒哀乐。小说的种种细节显示出，在生活态度上超然淡泊的艾米莉并非像夏洛蒂所言对一切世俗事务完全茫然无知，而是对生活现象富有真切的洞察。比如，希刺克厉夫谋夺财产的情节就建立在作者对英国当时继承法的准确了解基础之上。

　　另一方面，《呼啸山庄》洋溢着纯净的浪漫主义悲情，充满奇异的想象，携带着骇人的情感强度。它巧妙借助哥特因素，用高度诗意的语言，描绘了富有主体意识的主人公的悲情经历，其表现力使得当时很多读者深信埃里斯·贝尔是一位男性作者。夏洛蒂作过如此观感："每一缕阳光照射下来，都要穿过阴沉逼人的乌云的障碍；每一页都过重地负荷着某种道德上的雷电。"小说中人物的精神世界，不论是爱情、嫉恨还是种种恶行、偏执、心理矛盾，都夸张浓烈得令人吃惊。作家毛姆虽然对《呼啸山庄》的结构提出批评，但是却对这部小说强大的个性魅力表示着迷，"我想不出另外还有哪本书，把爱情的痛苦、欢乐、残酷和执著表现得如此强有力。"艾米莉借鉴哥特艺术，制造出一个梦魇般的虚构世界。小说背景具有超自然的气氛，以雨雪、风暴、黑夜作为基调，描绘了阴郁荒凉的原野、长风呼啸的山庄、风雨交加的夜晚、盘旋不去的哀怨幽灵和暴烈孤僻的人物，将纷繁五彩的世界过滤成黑白底色的神秘梦幻之境。艾米莉还不时将人物置于各种悖论关系所产生的危境中，令叙事弥漫着悬念，使一部爱情小说有了侦探及恐怖小说的吸引力，生发出特殊的美感。

《呼啸山庄》气势磅礴，具有女性作家中少有的崇高硬朗风格。英国诗人史文朋曾把《呼啸山庄》的悲剧品质与《李尔王》相提并论，他这样评价小说的艺术效果："笼罩全书的气氛是那么崇高，那么健康，以致那使夏洛蒂·勃朗特感到不安的'活灵活现的可怖景象'，在这里几乎立刻被一种高尚纯洁和激昂率直的总印象所中和了。"此言不谬，在小说中艾米莉貌似在谈爱情小命题，实则以自己的智慧求索人生的大命题，以独特的诗情表现人类在寻求答案之途中的迷惘、抚慰和痛苦，承载这沉重命题的就是有着强烈激情的个体被悖论摧折的人生故事。伍尔夫曾将《呼啸山庄》与《简·爱》进行比较，给予前者更崇高的评价："当夏洛蒂写作时，她以雄辩、光彩和热情说'我爱'，'我恨'，'我受苦'。她的经验，虽然比较强烈，却是和我们自己的经验都在同一水平上。但是在《呼啸山庄》中没有'我'，没有家庭女教师，没有东家。有爱，却不是男女之爱。艾米莉被某些比较普遍的观念所激励，促使她创作的冲动并不是她自己的受苦。她朝着一个四分五裂的世界望去，而感到她本身有力量在一本书中把它拼凑起来。那种雄心壮志可以在全部小说中感觉得到一部分。虽受到挫折，但却具有宏伟信念的挣扎，通过她的人物的口中说出的不仅仅是'我爱'或'我恨'，却是'我们'，'全人类'和'你们'……正是对于这种潜伏于人类本性的幻象之下的力量升华到崇高境界的暗示，使这部书在其他小说中显得出类拔萃，形象宏伟。"

二、人物形象

（一）弗洛伊德的性恶论

在《呼啸山庄》中，艾米莉透露了黑暗的一面——自私的人性。正是因为希刺克厉夫和女主角凯瑟琳的自私，导致了他们悲惨的命运，并引起了他人的悲惨生活。

在《文明与其不满》中，弗洛伊德强调追求幸福的基本原则（"欢乐"指性释放和好斗性的释放）和文明社会的存在有根本的冲突性，他觉得，人们内心的气质驱使人们采取行动，以达到满足或摧毁的满足。在追求这些目标的时候，人们会用羞辱，折磨和杀害他人的方法。弗洛伊德不相信人类的美好与发展，他认为这个人注定要遭受或摧毁，对人类的未来表示悲观，他说，"黑暗、冷酷和丑恶的力量决定着人的命运"。[1]

他在精神分析理论中，弗洛伊德思想源于无意识理论和"邪恶人性"的广义理论，他基于人类在自然界提出"也不比动物优越，在精神气质方面与动物同等，人人心里都有隐伏的恶性，人天生就是自私的，具有无限制的自我主义，经常具有明显的利己主义成分，对他人都怀有恶意和敌意"。[2]对于自私的人性，有些人善于抑郁，表现不明显；有些人不能受环境和文化的影响，显示自私是非常突出的。如果自私只是为了小事情那影响也不大，但是一旦某些特定环境中的某些人因为某些特殊的刺激而激起自私，他们就可能在这种形式中被驱赶，对别人造成一系列非凡的恶行会带来不好的后果。

（二）有私本性的希刺克厉夫

可以这么说，在小说中希刺克厉夫是最为自私的一个人。他之所以采取了一系列的报复行为，是因为他的恶劣的自私的性格。他从山庄中失踪了三年，摧毁了凯瑟琳的爱情生活；他与伊莎贝拉结婚纯粹是为了报复，破坏了她的生活；他迫使小凯西与小林惇结婚，间接的导致了小林惇的死亡……这些是希刺克厉夫自私的主要表现。希刺克厉夫试图撕裂他们虚伪的虚伪的面纱，将他们的标准用到他们自己身上，用他们自己的伎俩回击他们，他们

---

[1] Robert D. Nye. Three Psychologies; Perspectives from Freud, Skinner, and Rogers. New Paltz Brooks; Cole Publishing Company, 1996, p. 11.

[2] Robert D. Nye. Three Psychologies; Perspectives from Freud, Skinner, and Rogers. New Paltz Brooks; Cole Publishing Company, 1996, p. 11.

自己使用过的金钱和设好的婚姻圈套是用来打击恩肖家和林惇家的武器。凯瑟琳同时想拥有希刺克厉夫和埃德加，她这样的自私性格最终毁了他们三个人。假设没有希刺克厉夫与凯瑟琳心中自私性格的驱使，他们俩的所有的错误行为都是可以避免的。所以，两人内心深处自私的人格是他们所有不良行为的根源，艾米莉在描述两人热爱的同时揭示人性的复杂性，也揭示了主角的自私性格，也就是小说的主题。

希刺克厉夫是个弃儿。他的这一卑微出身以及老恩肖去世后亨得利对他的残酷虐待对他扭曲性格的形成产生了很大影响，让他在成年之后因为不能得到凯瑟琳的爱，被自私的本性驱使造成了一系列伤害和破坏的事情。希刺克厉夫出生后被父母抛弃，成了一个孤儿。尽管老恩肖收养了他，并且亲切地对他，但他被亨得利拒绝、排斥和充满敌意。老恩肖去世之后，亨得利继承了山庄成为主人，他的积怨瞬间全部爆发，疯狂地虐待着希刺克厉夫。亨得利除了让他承担繁重的工作外，还剥夺他受到教育的权利，压制了他作为一个人的正常发展，从而剥夺了他和凯瑟琳的平等、爱的权利。希刺克厉夫不断受到不公平的待遇，依靠他的生活经历，形成了内向，顽固，自私的品格，坚持不懈，这件事情只能从狭隘，自私的自身利益出发，导致他在死亡时所产生的一切——根深蒂固的仇恨，报复的周期开始了。

对希刺克厉夫来说，只要能够和凯瑟琳在一起，他便把亨得利的大骂、做又脏又累的农活、背诵《圣经》等这些痛苦全部忘记。可是，自从他与凯瑟琳惹祸夜闯画眉山庄以来，希刺克厉夫就被禁止和凯瑟琳说一句话。不仅如此，凯瑟琳从画眉山庄回来以后有了微妙变化，她不只是希望从外观上改变、抛弃自己以往粗野、彪悍的外表，她的思想也发生了质的转变。画眉山庄的华贵、舒适的生活同时诱惑着凯瑟琳，她开始看不上希刺克厉夫的粗俗、贫穷、以及缺少文化。在她的眼中，他说着粗俗的话、不梳头以及身上脏，而埃德加不仅仅人长得漂亮，并且"他将要会很有钱，我会成为这一带最尊贵的女人，嫁给这样一个丈夫，我会感到得意的"。[1] 不巧，这些话正好被希刺克厉夫听去。这对于把凯瑟琳视为自己的生命的希刺克厉夫来说，就如同五雷轰顶一般。想到自己的尴尬处境，他连夜愤然出走。

希刺克厉夫当时离开直接原因，因为凯瑟琳的爱情背叛了他，对他无耻的罪恶，但是，这也与他的自私的性质有关。因为凯瑟琳所说的全都是事

---

[1]　艾米莉·勃朗特：《呼啸山庄》，方平译，上海：上海译文出版社，1988年，97页.

实，希刺克厉夫与埃德加的差距确实非常的大，凯瑟琳向往那种舒适的、安逸的生活本也是可以理解的。如果当时希刺克厉夫听了凯瑟琳的那些话后，多为凯瑟琳考虑，少想自己的利益的话，他也不至于离开凯瑟琳三年之久，凯瑟琳也不至于受此刺激而大病一场，脾气更加暴躁。他的出走同时又促成了凯瑟琳与埃德加的婚姻。这彻底打乱了凯瑟琳的生活，因为她与埃德加的婚姻使她疏离了自己的本性，也出卖了自己的灵魂和本质。3年后，希刺克厉夫回来，凯瑟琳的内心无法再平静下来。

如果从希思克利夫对凯瑟琳的爱，黑暗的永恒可以看到他有人性，所以既然他没有得到所有的爱。凯瑟琳疯狂地报复，仇恨，别人的行为，可以得出结论：他已经成为一个恶魔，可以在弗洛伊德的精神分析理论基础上找到。弗洛伊德认为，如果社会施加一些强制性和限制性的要求，威胁要爱和尊重这个人，当这些要求的人没有得到满足的时候，他很有可能反抗，愿意做一些社会认同是错误的行为，这些欲望违背常理。因为它们与我们天生就有的基本本能相关，所以弗洛伊德认为，虽然这些愿望被压抑，却不会消失。它们依旧存在着，假设受挫的程度有所加深，它们便会冲破最后防线而产生反社会的行为。希刺克厉夫由于得不到凯瑟琳的爱所以他的内心受挫得十分严重，他的自私本性随即引发了他心生报复的这种邪念。他的因为凯瑟琳一人而萌生出的仇恨他人的这种行为，不得不说是希刺克厉夫的狭隘、自私、记仇性格的淋漓尽致的展现。

希刺克厉夫在埃德加的妹妹伊莎贝拉身上实施了最阴险的报复计划。当希刺克厉夫从凯瑟琳那里了解到伊莎贝拉对他的迷恋时，一个险恶的计划诞生在他的脑海中，他要与伊莎贝通过婚姻来得到山庄财产，他虐待伊莎贝拉增加埃德加的精神痛苦。于是，伴随着伊莎贝拉与希刺克厉夫的离开，她的生活彻彻底底被希刺克厉夫给践踏、毁灭了，当伊莎贝拉与希刺克厉夫重新回到呼啸山庄之后，耐莉管家去看望她时，她感叹道："环境把他们两个的地位改变过来了，他的外表会叫陌生人还道他是个道道地地的乡绅，而他那位妻子倒十足像个小邋遢女人！"[1]他残忍地折磨伊莎贝拉，以至于她无法忍受，离开了他。希刺克厉夫一心只想着自己所承受到的伤害与忍受的痛苦。为了让这种狭隘的自我心理得以平衡，他发疯似的将自己的仇恨宣泄到其他人身上。深受其害的不仅仅只有希刺克厉夫情敌的妹妹伊莎贝拉，包

---

[1]　艾米莉·勃朗特：《呼啸山庄》，方平译，上海：上海译文出版社，1988.

括下一代人——亨得利的儿子哈里顿、凯瑟琳的女儿小凯茜和希刺克厉夫自己的儿子小林惇都不能够逃脱出这种灾难，他们都成为了希刺克厉夫宣泄自私、仇恨心理的牺牲品。

十五年后，哈里顿、小凯茜和小林惇都长大成人，希刺克厉夫又在第二代人身上发泄私恨，原因是凯瑟琳死后，他想通过自己的儿子重温过去的旧梦。按照他的报复计划，小林惇—他的儿子将会成为埃德加；然而哈里顿——亨得利的儿子将会成为希刺克厉夫；凯茜·林顿——凯瑟琳的女儿将成为新的凯瑟琳·恩肖。可是，希刺克厉夫无法调和过去和现在的生活。他使用金钱和婚姻来报复林惇家和恩肖家。可是希刺克厉夫采用着他们的标准，这样并不是因为他具有讽刺感或诗化般的公平感，只是因为他没有洞察到什么其他的意思，他的目标仍然是获得财富和财产，还有伴随着他的堕落。

希刺克厉夫想在下一代身上重现他这一代人的生活，使儿子与凯茜结婚，成为自己的翻版。小凯茜与耐莉在荒原上散步时，不小心撞见了希刺克厉夫，于是希刺克厉夫的邪恶内心马上又冒出了一个险恶的计划，他想让小凯西和他的儿子结婚，以这种方式，埃德加去世后，小凯西应该是山庄的继承人，实际上，这份财产将会写上希刺克厉夫的名字。

在这样阴险自私欲望的驱动下，希刺克厉夫连哄带骗甚至以强迫绑架的手段逼迫小凯茜与他将死的儿子小林惇结了婚。他的阴谋成功了，埃德加死去，小林惇也死去了，林惇家和恩肖家的财产全部归他所有了。希刺克厉夫因生活中的不如意而引发、暴露其内心深处的自私性格，这种内在的自私个性引发了他的一系列罪恶行径，危害了周围的许多人，也殃及自己，使其最终落了个不食而亡的下场。

第二节　凯瑟琳自私本性

小说中有明显的自私的特征，不仅是神经科学，而且凯瑟琳的小说中的自私性格也得到了充分体现。

凯瑟琳和希刺克厉夫彼此相爱，他们一起在荒地上一起玩耍，一起反对安德烈，用凯瑟琳自己的话说，"我在这世上最大的苦恼，就是希刺克厉夫的苦恼，他的每一个苦恼，从刚开头，我就觉察到，切身感受到了"。凯瑟琳非常自私的，虽然它是一种非自愿表现出来的。当她说她和希刺克厉夫的情绪时，读者几乎相信她："如果所有的事物都消失了，而他存在着，我还能活下去；但是如果所有的事物都存在着，而他消失了的话，整个宇宙将变成一个巨大的陌生物。我生命中最大的思念就是他，即使其他一切都毁灭了，独有他留下来，我依然还是我。假使其他一切都留下来，独有他给毁灭了，那整个宇宙就变成了一个巨大的陌生人，我再不像是它的一部分了。"凯瑟琳很清楚，她和希刺克厉夫是整体，是不可分割的，而她对希刺克厉夫的爱"好比是脚下的永恒的岩石，从那里流出很少的看得见的快乐的泉源，可是却是必不可少"。[1]

然而，凯瑟琳还是被温柔、帅气和自然的主人埃德加·林顿吸引住了。我害怕她和希刺克厉夫做了夫妇会去乞讨。她幻想和林顿称为夫妻后，可以帮助希刺克厉夫抬起头。凯瑟琳以此为自己开脱，说她并不是只想到自己，但是她并未探究一下，希刺克厉夫是否有可能与其他所有事物（包括埃德加）同时存在。虽然她的意图并不坏，但她忽视了其中的一位。在圣诞节晚会上，她与林顿兄妹在一起，有一会儿忘记了希刺克厉夫。结婚后只要希刺克厉夫离得远远的，不在眼前，凯瑟琳还可以快活地生活，但是一旦希刺克厉夫回来，埃德加马上又在她眼前消失，她感到一旦她与希刺克厉夫在一起，则"地球上的每个林顿会化作乌有"。她对眼前的埃德加视而不见。

可以说，是凯瑟琳否认或忽视了她自己的另一面。虽然她渴望和睦的生活，但她永远不会让自己与希刺克厉夫和埃德加协调关系。当她活着深深地打扰了两个人的生命和生活，她死后仍然深深伤害了他们。她和希刺克厉夫的性质相似，气质无限，生活无限，向往无拘无束的生活；但她并没有摆脱文明世界的诱惑，也希望在这里过上富裕的人民生活。这充分显示了凯瑟琳是自私的，诡异的。她正在向自己说谎，是想同时拥有两个人，既渴望埃德加丰富的生命富裕的生活，又渴望希刺克厉夫能安慰她的灵魂。她不想在两人之间决择，这是一种非常自私的想法，不仅仅自己痛苦，也使希刺克厉夫和埃德加陷入痛苦的深渊。因此，希刺克厉夫逃跑后她选择了埃德加，她的灵魂永远不会冷静。

---

[1] 艾米莉·勃朗特. 方平译. 呼啸山庄[M].上海：上海译文出版社，1988年，102页.

第三节　艾米莉的人性思考

从以上男女主人公内在自私性的隐含表现可以得出结论：自私是艾米莉描述人物的隐形框架，展示一系列事件的隐形框架。《呼啸山庄》关于希刺克厉夫和凯瑟琳惊天动地、至深至纯而又奇异怪诞的爱情而让读者感动至深，深深地爱上了，它又因描写希刺克厉夫令人难以置信的报复行径而遭许多评论家的报复，同时它是基于男女主人公内心深处的自私，而得以构筑一系列情节。

《呼啸山庄》给人造成震撼人心的冲击力，主要来源于人物性格及其行为，而不是由于它的情节。它的男女主人公形象具有着天使与魔鬼的双重特质。正如有的评论指出的："艾米莉·勃朗特是女性主义者，同时又是非女性主义者，她既是叛逆的又是顺从的，既是挑战的又是坚持的。她的小说表现了她对法律和男权既是藐视的又是尊重的特点。"

凯瑟琳自私的选择导致希刺克厉夫歪曲了思想，而希刺克厉夫更加自私的行为和一系列报复导致了他人的命运悲剧。艾米莉以此形容了这对主角内心深处的自私性，显示出人性的弱点。《呼啸山庄》使人们认识到两个主角的自私特征给人带来的巨大的危害，防止这种悲剧再次发生。

与夏洛蒂相比，艾米莉诗人的气质更加明显，个性更多。夏洛蒂平时很收敛，常以温和的面目出现，但她小说中人物的爆发所产生的碎片令人受伤，切入肌肤。艾米莉骨子里有一种叛逆精神和不怕一切的劲头，她的情绪更加强烈外化。艾米莉逝世后，夏洛蒂很惋惜，在信中写道："受损失的是我们，不是她……再也看不到那个奇特的坚强的精神同脆弱的躯体的冲突—那种酷烈的冲突，一旦看到，就永远难忘。"也许，这一气质造就了《呼啸山庄》的主题旋律。

第八章　《怀尔德菲尔府的房客》：
女性灵魂的释放

第一节　维护女性表达的自由权力

安妮的小说《怀尔德菲尔府的房客》在她去世前一年出版，销售极佳，却给安妮带来巨大的精神压力。安妮以现实主义的手法大胆触及了堕落放纵、酗酒吸毒、婚姻失败等敏感题材。这是一部书信体小说，由一个简单的编辑前言和分为三部分的53章书信、日记构成。叙事由男主人公吉尔伯特写给朋友的信以及女主人公海伦的日记组成。前15章是吉尔伯特写给朋友哈夫德的信件，讲述他们怀尔德菲尔府新来的神秘房客格雷厄姆夫人。她带着一个孩子，身份貌似寡妇，吉尔伯特开始对她深为反感，但是逐渐了解并爱上了她。然而，他看到夫人在深夜与房东劳伦斯进行私密谈话，又对她产生误解，并殴打劳伦斯。夫人约吉尔伯特见面，把自己的日记给了他以澄清真相。小说的第16到44章是格雷厄姆夫人的日记，交代了她的身世和失败的婚姻。原来她叫海伦，曾爱上英俊有才的亚瑟.亨廷顿，并不顾家庭反对与之结合，婚后，海伦才发现丈夫品德不佳，堕落放荡，沉溺酒色。海伦努力拯救丈夫，却均告失败，于是在绝望中带着儿子离家出走，前往怀尔德菲尔府。第44章结尾到第53章又回到吉尔伯特的书信叙事，记叙了他获知事情真相后发生的事件：海伦得到丈夫病危的消息，不计前嫌，返回家中护理照顾他，直到他去世。最终善良的海伦和吉尔伯特缔结良缘。

作品大胆涉及了性别平等问题，有鲜明的妇女解放思想，被认为是最早的女性主义小说之一。女主人公海伦的人生和个性在当时具有反传统的性别革命色彩。在爱情、婚姻等所有问题上，她都积极选择，大胆追求，不伤感脆弱，也不逆来顺受，这种情感和理性兼具的新女性形象，充满着人性的光彩，在保守的维多利亚时代委实罕见。

这是一部有真切体验的成长小说，既有女主人公海伦的女性经历记录，也有男主人公吉尔伯特的心路历程。小说采用的书信和日记形式在叙事上具有直接和私密的特点，能够很好地体现男女主人公的内心世界和人生态度。日记记叙了海伦单纯的理想主义在现实痛苦的磨砺中走向成熟的过程。吉尔伯特对海伦的情感态度也体现着男性对女性认知的逐步修正和深入，从偏见到本能的吸引，从误解到心灵的相通，从最初无意识的自我中心到最后萌生自觉的平等意识，从这个意义上说，安妮预言了两性共同成长的乐观前景。小说中沿用了美德妻子与无良丈夫的经典对立形象构筑情节，不过，比起理查逊的克拉丽莎以及亨利·菲尔丁的爱米莉亚，海伦身上的女性自主意识更为积极鲜明。狂暴的酒鬼丈夫亨廷顿的人物原型一般被认为来源于有天赋但是行为乖张的布兰威尔，是一个误入歧途的天才形象，安妮似乎在他身上寄托了对兄长浪费和误用天赋的痛切惋惜。

小说的叙事结构与《呼啸山庄》有相似之处，也采用两个叙事者，首先制造秘密，设置悬念，然后逐步揭开谜底。然而，小说的书信体形式在结构上存在一些弱点。其一，小说的主体是吉尔伯特给朋友的信件，然而读起来却是过于连贯的叙事，不够真实。其二，吉尔伯特在答应了海伦请他保密的条件下，竟然还在信中贸然向朋友描述一切，而对于这样一位特殊朋友的身份，小说并未作特意说明，显得牵强。其三，小说只有吉尔伯特单方面写的信，没有朋友的回信，也看不到吉尔伯特收到回复的迹象，有悖生活常理。此外，在给朋友的信中夹杂着长篇转引海伦日记的做法也比较离奇。最后，日记里内容与形式上有不和谐之处，比如日记的日期是事件发生之时，文字却采用事件过去很久以后的评论语气。这些生硬之处，多少削弱了作品的整体艺术效果。

在维护女性作家艺术表达的自由权力上，安妮比夏洛蒂态度更坚决。这部小说的畅销和受到的少量称赞给安妮带来了安慰，同时，它也将安妮置于深深的误解和冷酷的苛责、辱骂中。小说挑战了维多利亚社会虚伪的道德准则，其中对酗酒、放荡行为的真实描写，在当时被认为误入了妇女不应涉及的题材领域，是一种低级趣味和病态情感。安妮对此极为愤怒，在再版序言中大胆回击，谴责在艺术上对男女作家采用不平等标准的观点："我实在无法理解……一个女人怎能因为写出了对一个男人来说是正当的得体的东西而受到责难。"她明确宣布："我写本书的目的，不是单纯为取悦于读者，……我希望讲真话……我认为自己有资格匡正社会的过失和谬误。"夏洛蒂虽然也怀有抨击时弊的艺术理想，但是却多次声明不喜欢这部小说。她在为两个妹妹写的"生平纪略"中竭力申明安妮的品质原本单纯无瑕，并为这部小说"选材的巨大的错误"而惋惜惭愧。

随着勃朗特研究的深入，众多批评家逐步对安妮诚实率直的社会批评态度及其质朴真诚的文体特色予以充分肯定。虽然安妮在无人喝彩的孤独中离开人世，但是却在21世纪里拥有了更多的知音。也许一个有特色的作家不必在当时的社会语境里拥有千千万万读者，而是在未来的世世代代都能有知音，在这一点上，安妮·勃朗特做到了。

第二节 海伦的救赎情结

安妮在《怀尔德菲尔府的房客》里触及了当时女作家很少涉及的男性堕落放纵、酗酒吸毒等敏感题材。自我放纵、毁灭婚姻的亨廷顿身上有哥哥勃兰威尔的影子。女房客海伦带着五六岁的儿子住在怀尔德菲尔庄园，以绘画为生。她深居简出，对自己的身世缄口不言，自然引起周围的种种猜测和流言蜚语。小农场主吉尔伯特·马卡姆爱上了她。海伦把自己的身世遭遇以日记的形式告知了吉尔伯特。原来海伦自幼丧母，由富有的姑妈养大，容貌美丽、气质高雅。一年一度的伦敦社交季节里，情窦初开的海伦和英俊富有的花花公子亨廷顿一见钟情，她不顾姑妈的告诫，执意嫁他为妻。结婚之后亨廷顿仍然过着酗酒放荡的生活，海伦多次试图拯救丈夫于堕落之中，但她的百般规劝和努力均告失败。为了避免儿子沾染恶习，她来到怀尔德菲尔庄园生活。亨廷顿病重，海伦为了照顾丈夫又带着儿子回到他身边。亨廷顿去世后，海伦与吉尔伯特结合。

安妮在《怀尔德菲尔府的房客》再版序言中写道："事实的真相总是向能够接受的人们传达它本身在道德方面的教训的……一不过请别想象我自以为有能力去革除社会上的种种罪过和弊端，我只是愿意为如此良好的目标贡献微力而已。"[1]说明了自己描写真实生活的原因。

19世纪的维多利亚时代，男性作家仍以塑造温柔顺从的"家庭天使"为己任，女性作家也普遍认同这一女性理想模式。已婚女性如果遇人不幸，

---

[1] ②安妮·勃朗特：《怀尔德菲尔府的房客》再版本序, 莲可, 西海译, 上海译文出版社, 2013年, 第1页.

也只能屈从于命运,听任丈夫摆布。作为女性作家,安妮大胆地写了海伦带着儿子离开她那堕落酗酒的丈夫,勇敢地走出家庭,以绘画独立谋生,堪称女性独立的表率。小说发表后顿时引起了很多评论家的反对,他们认为,这种题材不应由女性来处理,讥评她"对粗俗的一种不健康的爱好"[1],所以在《怀尔德菲尔府的房客》再版的时候,安妮一反"柔弱"的被评判的姿态,加入了一篇有些强硬态度的前言,她强调猜测作者的性别并不是重要的事情,关键的是对真实的生活的反应,读者自然能分辨正确和谬误,"当我们不得不写罪恶和不道德的人的时候,我坚决认为最好要按他们的真实面貌,而不是按他们希望让读者看到的面貌来加以描述"[2]。她对质疑的人反问道:"应该向那些年轻而没头脑的旅客揭露人生道路上的陷阱和罗网,还是用树枝和花朵把这些陷阱和罗网掩盖起来?究竟哪一种方法更好呢?"[3]她还说:"所有的小说都是,也应当是既供男性又供女性阅读而写作的,而且我百思不得其解,为什么一个男人可以容许自己写出确实使女性丢脸的内容,或者为什么一个女人写出了对男人说来是恰当而相称的任何内容就应当受到苛评。"[4]

亨廷顿是一个自私自利的享乐主义者,"他们主要的乐趣是沉迷于罪恶之中,竞相争取在险峻的道路上跑得最快最远,最终到达为魔鬼和他的使者所准备好的地方"[5]。亨廷顿以给海伦讲他过去如何勾引有夫之妇为乐,"他特别喜欢在沙发上坐在我身旁,或者懒洋洋地靠着,把有关自己过去的情人的事告诉我,老是谈到某个轻信的少女如何堕落或者某个没有猜疑心的丈夫如何受哄骗"[6]。他要求海伦必须只爱他一个人并且对他温温顺顺

---

[1] 安妮·勃朗特:《怀尔德菲尔府的房客》再版本序,莲可,西海译,上海译文出版社,2013年,第1页.

[2] 安妮·勃朗特:《怀尔德菲尔府的房客》再版本序,莲可,西海译,上海译文出版社,2013年,第2页.

[3] 安妮·勃朗特:《怀尔德菲尔府的房客》再版本序,莲可,西海译,上海译文出版社,2013年,第2页.

[4] 安妮·勃朗特:《怀尔德菲尔府的房客》再版本序,莲可,西海译,上海译文出版社,2013年,第3页.

[5] 安妮·勃朗特:《怀尔德菲尔府的房客》再版本序,莲可,西海译,上海译文出版社,2013年,第154页.

[6] 安妮·勃朗特:《怀尔德菲尔府的房客》再版本序,莲可,西海译,上海译文出版社,2013年,第216页.

的，而自己则可以朝秦暮楚，甚至宣称："女性的天性是坚贞"[1]；海伦义正词严地予以反击："你设身处地想一想，要是我这样干了，你会不会相信我爱你呢？在这种情况下，你会相信我的抗辩，尊敬并信任我吗？"[2] 亨廷顿后来甚至与海伦的好友安娜贝拉私通。在亲自证实了丈夫不再爱自己后，她不卑不亢地要求独自生活的权利，坚强地抗争并成功出逃，靠一技之长自谋生计，这样就避免了陷入"娜拉出走后将会怎样"的疑问与窘境。

安妮从小受到姨妈布兰威尔的宗教观念影响，威尔弗雷德·热兰认为："布兰威尔小姐完全以冷漠而武断的神气来阐述关于爱的宗教的信条，似乎这首先是一种有关恐惧的宗教。"安妮在《怀尔德菲尔府的房客》中通过海伦的形象不断宣扬宗教道德。海伦一直坚守自己的宗教信仰，在周遭糜烂的生活中保护自己忠实的灵魂，同时她总念念不忘地试图拯救那些正在沦陷的灵魂，如"为了保障他的幸福，我甘愿拿我自己的幸福去冒险。……如果说他曾经干过坏事，而我却能使他免受他早年所犯罪过的后果，并且努力把他召回到正道上来，我就认为自己没有白活这一辈子了……"[3]、"假如他不是不可救药的一也就是说，我更渴望把他从他的过错中解救出来一要给他机会摆脱他因与比他更坏的人接触而偶然染上的恶习，并且使他焕发出自身的毫不阴影的真正德性之光"[4]。为了自己的尊严，她果断离开丈夫，可是听说丈夫病危，她毫不犹豫地回家照顾丈夫，担负起自己对家庭的责任，服侍他直至最后。海伦回来并不是重新依附于丈夫，也并不是屈从于任何外来压力，而是出于道德和宗教意识的双重选择。

海伦身上表现出来的宽恕和善念，对拯救堕落灵魂的执着，有评论者称之为"海伦情结"。婚前海伦的姑妈不同意她嫁给亨廷顿，认为亨廷顿"若不听从摩西和先知的话，就是有一个从死里复活的，他们也是不听劝"。海伦从《圣经》中细细寻得差不多三十段语录，来说明上帝不会放弃每一个人。结婚后，尽管丈夫花天酒地，过着荒淫的生活，海伦还是不断地规劝丈

---

[1]　安妮·勃朗特：《怀尔德菲尔府的房客》再版本序, 莲可, 西海译, 上海译文出版社, 2013年, 第246页.

[2]　④安妮·勃朗特：《怀尔德菲尔府的房客》再版本序, 莲可, 西海译, 上海译文出版社, 2013年, 第246页.

[3]　安妮·勃朗特：《怀尔德菲尔府的房客》再版本序, 莲可, 西海译, 上海译文出版社, 2013年, 第2页。

[4]　安妮·勃朗特：《怀尔德菲尔府的房客》再版本序, 莲可, 西海译, 上海译文出版社, 2013年, 第154页。

夫，甚至在丈夫背叛她、侮辱她之后，她仍然不放弃挽救丈夫。她带着儿子离家来到怀尔德菲尔庄园，还是念念不忘拯救丈夫，最后在丈夫病重的时候回到他身边，不管亨廷顿的抗拒，一再坚持要亨廷顿忏悔以拯救他的灵魂。海伦同丈夫分居决裂，拒绝哈格雷夫的诱惑，包括离家独立生活，都不是单纯只追求自由平等，而是以严格遵守女性道德规范和宗教信条为标准的。安妮将自己所信奉的宗教教义融入到人物形象中，使得整部作品弥漫着对宗教近乎病态的虔诚。

第三节　双重的叙述视角

双重的限制视角是《怀尔德菲尔府的房客》所采取的方式，作者想要与读者疏离，作者想要与熟悉的人物相分离，使得两位主人公成为两个故事的重要讲述者。

《呼啸山庄》的讲述视角和《怀尔德菲尔府的房客》有几分相像，这是一种分层次的叙述方式。马卡姆是外叙述者，第1章到15章他用书信形式向好友讲述他所看到的神秘的房客格雷厄姆夫人。海伦是内叙述者，后面的29章她以日记的形式讲述她的过去，她的不幸的婚姻。在这两个层次中，外叙述者第45章到第53章，再回到先前的叙述者马卡姆的讲述，他与海伦真心相爱，在她丧夫后与她缔结良缘。作为全部故事结构中唯一的男性讲述者马卡姆，马卡姆将海伦作为自己的叙述中心和观察中心。为了方便叙述海伦的形象，我们可以从虚拟的女性自身角度和男性角度来进行考虑。

因为小说进行描绘的主题和重心是海伦，小说要描绘和叙述的核心内容是怎样看待宗教道德问题和爱情婚姻中女性的地位，怎样才能塑造出更加丰满的海伦的形象，如何使得小说的内容更加丰富和可信，如何创造更加深入人心的主题，作者在创作时这些都是不可以被遗忘的问题，而解决问题的第一选择应该是多角度的叙述手法。第一，在小说中作者创造一个主人公，对第一任务马卡姆进行叙述和讲解："我"在1827年的秋天得知有一个单身女人住进了怀尔德菲尔府，这个单身女人戴着孝，称自己为格雷厄姆太太，她的日常行为方式，这种深居简出的作风使得"我"产生了强烈的好奇，"我"为了与她相识，主动登门拜访，在交往的过程中由于心灵上的契合，他们相识、相知、相爱。通过马卡姆我们能够看到一个海伦：美丽大方、谈吐文雅、举止端庄、含蓄节制，但是人们都是双重性格，海伦偶尔性格尖锐、过于倔强、不无偏见，对自己的儿子无比的疼爱。这是读者能够通过阅读在怀尔德菲尔府的生活的和马卡姆作为恋人的海伦的形象可知的。但因为马卡姆也受到自己的视角的限制，在生活中马卡姆不能够对海伦的全部细节都了解得清清楚楚。最主要的是，马卡姆不是海伦本人，不能够清晰地明白海伦的内心世界，所以马卡姆的描述或许不可以客观或者全面，同时因为海伦在过去的生活中并不完美，因此海伦的性格在某种程度上是不完美的、有缺失的。这对小说提出了全新的要求，通过小说将海伦的生活补充完整。但是只有雷切尔一个人对海伦的过去有所了解，可是因为她在渐渐疏离马卡姆，假设她对海伦的故事的讲述与马卡姆的叙述基本一致，那么会显得有些别扭。如此，为大家进行解密的主人公就是海伦本人，这是一种必然的选择。因此，从海伦的角度出发成为小说的新角度，在海伦叙述自己的过去时，因为采取的是她自己的日记，这些日记记录了她过去真实的生活，所以这是忠实于她自己的叙述，不管是对内心世界进行丰富描写，还是对故事情节进行细致的描述，读者总是能够从中体会到真实可靠的感觉。因此，这样的海伦的形象我们可以得出：年轻妩媚、有点自以为是同时对宗教有虔诚的信仰，嫁给一个恶棍是想要让他"浪子回头"，哪怕是经历了失败的婚姻，但是她没有放弃，反倒是努力去拯救孩子和自己，虔诚地信仰宗教道德、遵守规范。当小说通过海伦的视角对海伦的过去进行表达，通过阅读海伦的日记马卡姆似乎真正了解到一个海伦的形象，如此一来马卡姆脑海中的海伦的形象就需要与日记里海伦的形象相磨合，而这一进程也只能由马卡姆自己经历和感受。所以，在海伦讲述完经历以后，马卡姆成为了小说的叙事角度。马卡姆对海伦有了全新的了解，如何看待爱情婚姻中宗教道德问题和女性的地位问题，从男性的视角出发马卡姆发表了自己的看法，同时从女性的视角出发海伦发表了自己类似的观点，将其他人的观点和海伦的经历相结合，为了使主题更加具有说服力，小说综合地从多个角度表达了观点和看法。

　　正是因为这种双重的叙事角度被小说所采取，一个多元的、开放的文本领域被提供出来，这增加了文本的容量。一个活灵活现的女主人公的形象被提供出来，这个形象是一点一滴地累积起来的，是相对复杂的形象，并不是我们被动地接受作者所传递给我们的标签；并且要求男女关系在爱情婚姻中是彼此平等的，对宗教道德进行遵守和维护不单单是女性的呼声，同时有道德的男性也会表达自己的观点和看法。安妮·勃朗特作为小说家的深厚写作功底和优秀的艺术才华通过她独有的写作方式和技巧表达出来，同时小说的美丽被发挥出来。

夏洛蒂很不喜欢这部小说，她认为"题材的选择整个是个错误，简直想象不出与作者性格更不合拍的题材了"，"我想，写淳朴而自然的事物，安详的描述和朴素的感触，才是阿克顿·贝尔之长"。重新出版小说的要求被夏洛蒂拒绝，但是在夏洛蒂去世之后，小说的单行本得到了再次的出版。乔治·穆尔对这篇小说大加赞赏，他认为通过阅读这篇小说，能让人想起简·奥斯丁，但是对于通过男主人公在给友人的通信中引出女主人公的日记的双重叙事结构形式并不能够让大部分人接受。双重叙事结构、激进的主题等原因都对小说的流传产生了重大的影响。

第九章　结　论

第一节　勃朗特姐妹的个性艺术魅力

一、夏洛蒂·勃朗特的激情世界

夏洛蒂·勃朗特在三姐妹中不仅是长姐，在文学创作上也可谓是领军人物。她的小说在19世纪英国文学中显示出鲜明的个性特点和艺术张力。她的成名作《简·爱》在世界文学史上是令人瞩目的。最初，人们以为《呼啸山庄》《阿格尼斯·格雷》都是夏洛蒂一人所写，后来才得到了澄清。19世纪70年代末之前，夏洛蒂的声誉一直高于艾米莉和安妮。她的作品比两个妹妹得到的评价高而且多，一度成为人们关注和评论的焦点。

马克思曾经对狄更斯、萨克雷、夏洛蒂·勃朗特和盖斯凯尔夫人等作过一个经典的评价，称他们是"现代英国的一批出色的小说家"。[1]关于夏洛蒂的创作倾向，有各种各样的界定，有人认为她是一个现实主义作家，也有人认为她具有浪漫主义的激情，还有人认为《简·爱》具有哥特小说或通俗小说的特点。一个作家的创作风格中可能有一个主要的美学原则和价值取向起主导作用，但不可能是绝对的单一取向。比如，19世纪法国著名的现实主义大师巴尔扎克的《人间喜剧》，在显示出现实主义的风格之外，还具有神秘浪漫的色彩。他的"哲学研究"中的一部分小说就不是纯现实主义的作品，如《驴皮记》等。这部小说围绕具有东方神秘魔力的驴皮给人带来命运变化这样的浪漫主义情节，来说明人的欲望与生命之间的辩证关系，给人所带来的艺术震撼也是前所未有的。这说明一个作家的创作倾向往往具有多元性。夏洛蒂的创作，19世纪以来就成为人们阅读和研究的一个热点，她的艺术魅力何在？人们往往认为夏洛蒂的艺术技巧略逊于艾米莉·勃朗特，似乎《简·爱》出版后的盛况，是由作品所描写的有关妇女争取独立和社会地位这一具有女权主义特色的

---

[1]　马克思恩格斯论艺术[M].（第2卷），北京：人民文学出版社1983年版，第296页

思想的力量所致。人们常常认为自传性是夏洛蒂小说的一大特征，但她的作品绝不是简单的个人生活的重复，其中加入了作者的激情想象、浪漫主义理想的抒发。19世纪的法国人爱弥尔·蒙泰居说过："《简·爱》的副标题应是'夏洛蒂的诗意的生平'，《维莱特》的副标题应是'夏洛蒂的真实生平'。"实际上，无论是《简·爱》《维莱特》还是《谢利》《教师》中，"诗意"与"真实"都是并存的。夏洛蒂的激情世界向人们展示了与众不同的充满激情与诗意的爱情；在书写私人感受的同时，也表现了作家对公众事务的关注。夏洛蒂作品塑造的惊世骇俗的女主人公形象、运用的独特的叙事艺术以及对哥特小说的重构都给人们留下了深刻印象。

（一）与众不同的爱情：激情与诗意的结合

夏洛蒂·勃朗特的《简·爱》和《维莱特》《谢利》的艺术魅力，来源于激情与诗意的结合。浪漫的激情和诗意的存在是夏洛蒂小说之所以具有魅力的重要原因之一。一个作家的作品无论有多大的自传性，都是他的一种激情的艺术创造活动，作者往往在其中注入了他的美学理想和艺术原则。夏洛蒂小说的故事情节与作者之间的联系，就是其激情或诗意。如果一个作家的作品只有真实性，而缺少浪漫的激情，是不可能打动读者的。中国人推崇的是"真性情"，这与西欧浪漫主义者推崇的"真实感情的自然流露"是异曲同工的。通过审视夏洛蒂的小说可以发现，作者的理想写作境界是她的激情的宣泄和她在叙事的过程中为读者所建构的具有张力的浪漫想象空间，作者的激情、理想、郁闷、缺憾都得到了充分的张扬和宣泄。夏洛蒂所描写的爱情是与众不同的，男女主人公一反浪漫爱情小说中的郎才女貌的结合，简·爱与罗切斯特的爱情模式具有灰姑娘式的特质，但又有明显的不同。简·爱是一个其貌不扬、贫穷、无依无靠的孤女，并不是传统意义上的美女，但是她有着人格上的自尊和独立平等意识。罗切斯特也不是传统意义上的白马王子式的人物，他人到中年，粗糙丑陋，他选择简·爱是出于精神层面的考虑。他说："对于只是以容貌来取悦于我的女人，但我发现她们既没有灵魂也没有良心……可是对于明亮的眼睛、雄辩的舌头，火做的灵魂和既柔和又稳定、既驯服又坚定的能屈不能断的性格，我却永远是温柔和忠实的。"这就是简·爱的"水晶鞋"，也是夏洛蒂·勃朗特笔下女性人物的制胜法宝，她们具有精神上的美丽，她们脱离了世俗的限制，超越物质主义的羁绊，成为令人敬佩的人物。这不同于"灰姑娘"情节的构成方式，显示了作家夏洛蒂技巧和精神上的超尘脱俗。[1]

夏洛蒂描写的爱情充满激情和浪漫的诗意。《简·爱》中简·爱与罗切斯特的爱情回肠荡气、令人向往。简·爱在经过了寄宿学校的刻板、封闭的生活之后，来到桑菲尔德庄园做家庭教师，邂逅了罗切斯特，这期间经历了诸多的曲折和精神情感的压抑。简·爱要面对富有、美丽、高贵的英格拉姆小姐，她只好采取掩饰的方式隐瞒自己的强烈情感和高傲。但是，当罗切斯特向她求爱时，她没有谦卑地接受，而是把压抑很久的绝望而狂热的情绪倾泻、爆发出来，她对罗切斯特说：

你以为，因为我穷、低微、不美、接小，我就没有灵魂没有心吗？你想错了！——我的灵魂跟你的一样，我的心也跟你的完全一样！要是上帝赐予我一点点美和财富，我就要让你感到难以离开我，就像我现在难以离开你一样。我现在跟你说话，并不是通过习俗、惯例，甚至不是通过凡人的肉体——而是我的精神在同你的精神说话！就像两个经过了坟墓，我们站在上帝脚跟前，是平等的——因为我们是平等的。[2]

这一段激情告白，是人类自尊、平等、高傲情感的大胆表露，既无自卑之感，又毫不掩饰自己的真情实感，显示了简·爱是一个敢爱敢恨的女性。这段告白，也是振聋发聩的，是人类自由平等的宣言书，宣告了贫富悬殊的无力和苍白，财富不是衡量人的唯一标准。这是从来没有人在作品中表现的，这是第一次。也是让罗切斯特感动和读者感动之处。简·爱的人格魅力由此而顽强地表现出来。

当她与罗切斯特真诚相爱以后，她的那种柔情和忘我的全身心投入，使读者心动：

我的未婚夫正在变成我的整个世界；还不止是整个世界；几乎成了我进天堂的希望了。他站在我和各种宗教思想之间，犹如日食把人和太阳隔开一般。在那些日子里，因为上帝创造的人，我看不到上帝；我把他作为我的偶像了。[3]

作者的激情来自于她的生活中的不满足，她没有自己的爱情，与埃热（Constantin Heger，1809—1896）先生柏拉图式的精神恋爱使她痛苦。因

---

[1] 夏洛蒂·勃朗特.简·爱[M].祝庆英译，上海译文出版社1980年版，第339页.
[2] 夏洛蒂·勃朗特.简·爱[M].祝庆英译，上海译文出版社1980年版，第330页.
[3] 夏洛蒂·勃朗特.简·爱[M].祝庆英译，上海译文出版社1980年版，第359页.

此，在小说中作者以十足的女性之心，让简·爱体味爱情的快乐和幸福，实现自己在现实生活中不能实现的爱情，表现了自己的全部激情和对爱情的向往。《简·爱》的主人公这种真情告白，激情澎湃、亲切直接，又富有盎然的诗意。这种告白也使主人公能够与读者进行"面对面"的交流。

夏洛蒂的人物在真实的爱情面前是忘我的、义无反顾的。但人物的这种真实、直白、勇敢的情绪是有原则和有节制的。如简·爱在婚礼上得知罗切斯特的妻子还在的时候，她面临着情感与理智的抉择，最终她离开了罗切斯特。这一行为让人肃然起敬，说明她不是一个贪图钱财的女性。夏洛蒂抒情和直白的叙述是收放有度的，始终保持着一种既激情澎湃又昂扬向上的情绪。特别是简·爱在流浪途中一无所有的时候，夏洛蒂描写简·爱的想法是：

到处都是阳光。我但愿能够生活在阳光里，并且靠着阳光为生。我看见一条蜥蜴跑过那块岩石；我看见一只蜜蜂在甜的越橘中忙碌。这会儿我真愿意变成蜜蜂或者蜥蜴，让我可以在这儿找到合适的食物和永久的藏身之所。但我是一个人，有人的需要；……我得挣扎着前进；努力像别人一样生活和劳动。[1]

这段文字的描写，把简·爱当时的窘迫处境和内心感受再现了出来，把她的自强不息、自尊自爱的人格魅力彰显无遗。夏洛蒂在她的小说中展示的是人情的真、人性的善、人类的美，她赞美美好的爱情和幸福美满的生活。她的激情叙述，向读者展示了人在面对困难、挫折和磨难时，应该具有的勇气和力量。在她的大篇幅的抒情和直白叙述中，又给读者展示了作品主人公美好的心灵和圆满的结局，这满足了读者的阅读期待，特别符合中国人的审美习惯。因此，夏洛蒂的小说比较受中国读者的喜爱。

有人认为夏洛蒂小说的致命缺陷是感情的泛滥而没有艺术技巧，落于"情景剧"的案臼，但正是由于她的作品中爱情描写的高雅脱俗，才高于一般浪漫情节剧。正是夏洛蒂小说情感的汪洋恣肆和大胆抒情使读者感动，同时也使一些崇尚理性的人承受不住，因此有人把夏洛蒂的这种描写称为"革命性的开端"。在夏洛蒂的文学世界里，以激情和令人心中摇曳的爱情为轴心，以人性的真、善、美和为自由、平等、幸福而不懈努力的行动为内容。她的作品张扬的是人类社会的进步精神。

---

[1]　夏洛蒂·勃朗特.简·爱[M].祝庆英译,上海译文出版社1980年版,第426页.

夏洛蒂的激情世界使两个世纪的读者为之感动、折服。夏洛蒂作品中所描写的情感世界是健全、纯洁的，特别在女主人公的身上彰显了人类本质上的真、善、美。她在小说中演绎的世界与狄更斯所展示的工业化、机械化、功利化、物质化的世界是不同的。夏洛蒂的人物没有生活在狄更斯描述的极端物质世界里，也没有生活在奥斯汀小说所描绘的婚姻市场里。夏洛蒂作品中的女性主人公，即使人在城市，也是生活在自己的自然世界中，并没有加入城市的喧嚣，人的情感往往至真至纯地自然流露—即中国人推崇的"真性情"。

（二）公众事务与私人感受的交叠写作

众多的评论常常认为夏洛蒂的写作融入她做女家庭教师的体验和感受，是典型的自传体的作品，视角狭窄，具有女性作家自我发泄的文本特点。虽然夏洛蒂的小说来自于个人生活经历，具有很大的亲历性，但是其作品折射出19世纪维多利亚社会公众事务中的诸多问题，从侧面展现了19世纪英国的社会现实生活。虽然她的作品具有浪漫的传奇性，但她生活的时代不是真空状态，而是充满了各种矛盾和社会问题的维多利亚时期。在夏洛蒂的作品中，社会主题常常被湮没在私人化的、敏感的、抒情叙述中，那些源自公众生活的、残酷的、写实的现实信息，聚集到其女主人公的心灵窗口折射出来，实现了从个人小天地向广阔社会公共领域的推进。

首先，英国海外殖民在夏洛蒂的作品中被折射出来。《简·爱》虽然被称作是"女孩子的谈话"，但是，在其中，有来自西印度群岛的伯莎·梅森，她是西印度群岛种植园主的女儿，这说明了夏洛蒂对英国殖民活动的熟悉。《维莱特》中，男主人公埃马纽埃尔的三年海外经历，也是去加勒比海的法属巴斯特尔岛的。这些信息，都折射出夏洛蒂虽然生活在闭塞的霍握斯牧师住宅，但她的思维与维多利亚社会脉搏的跳动是一致的。

其次，夏洛蒂也不乏关注英国社会问题的作品。如她的《谢利》被称为是描写"英格兰状况的小说"，作品描写了英国工业革命进程中的劳资矛盾和纺织工人的生活状况，虽然只是侧面描写，但描写了1811—1812年间约克郡和诺丁汉等地发生的工人破坏机器的运动，再现了19世纪早期英国的工商业情况、劳资问题、约克郡的风俗人情等。作品中的工厂主罗伯特·穆尔，正是新型工厂主的典型。他与工人之间的冲突，是工厂主保护新机器和工人要保住自己饭碗的斗争，描写真实可信。

随着新兴资产阶级经济上的发展，他们要使自己的子女受到良好的教育，大批的家庭教师就应运而生。教师是夏洛蒂作品主人公的主要职业，她们的生活和经历也成为其作品重点描写的部分。《简·爱》用很多篇幅描写了家庭教师的生活。《教师》《维莱特》包括《简·爱》较多描写了当时学校教育的状况，特别是《简·爱》，通过对雷沃德慈善学校的描写，揭示出英国慈善教育的弊端，教育状况的鄙陋和落后等，学校环境的恶劣和艰苦给读者留下了深刻印象。

最后，财产与婚姻的关系，可以折射出诸多的社会问题。在夏洛蒂的作品中，人们对她的《简·爱》的结尾争论颇多，小说以简·爱继承遗产作结，夏洛蒂为什么要加入这样的结尾？这一结尾是画蛇添足还是锦上添花，令后世的读者和研究者颇为费神。其实，这一方面说明了夏洛蒂作为女性作家对自身身份的焦虑。

可见，夏洛蒂的小说，虽然有着女性自我叙事的特质，但是，广阔的社会背景和公众空间也为其写作提供了有效的信息素材，其中反映出潜隐的各种社会问题，较好地呈现了维多利亚时代的社会风貌。

二、艾米莉·勃朗特的神秘而狂暴的世界

1847年，艾米莉·勃朗特的《呼啸山庄》在英国出版，引起学者和读者的极大兴趣，不久后即成为世界文学史上的一个"斯芬克斯之谜"。也引起100多年以来中外学者的关注和兴趣。凯尔特族的倔强刚恒、忧郁伤感与热情洋溢、桀骜不驯在艾米莉的身上具体体现出来，使她的作品上升到哲理的高度，震撼着人们、警示着人们，使人们从中获得了具有永恒意义的启迪。《呼啸山庄》的主题是狂热的爱情与残忍、疯狂的复仇的结合；它的人物是天使与魔鬼、疯狂与理智结合的双重人物；同时，作品独特的叙事艺术以及它所具有的悲剧精神，都给读者造成了巨大的冲击力。这些也许正是艾米莉小说的艺术魅力所在。

（一）艾米莉的"斯芬克斯之谜"

人们曾把艾米莉称为"我们文学中的人首狮身怪"。在英国，针对艾米莉生平和创作中的各种猜想层出不穷。艾米莉·勃朗特创作的奇特之处在于，据传记家们研究，作者几乎没有任何可以称之为丰富或深刻的生活体验。她没有过结婚，甚至没有恋爱过，至多有可能暗恋过某位副牧师，在30岁时过早去世。并且，使人疑团叠生的是，她在染上肺结核后拒绝治疗，固执地等待死亡。封闭的霍握斯牧师住宅，与世隔绝的状态，没有爱情的生活环绕着艾米莉，但她却写出了惊世骇俗的爱情故事，着实令人惊奇。《呼啸山庄》出版后，最初遭到了冷遇，并不似夏洛蒂·勃朗特的《简·爱》那么受欢迎。但是，经过20年的时间检验，19世纪70年代后，艾米莉·勃朗特的声誉在英国日益高过其姐姐夏洛蒂，有人把它称作《李尔王》的再版。

艾米莉及其家人生活在19世纪英国北部约克郡的霍握斯地区。那里交通不便、人迹稀少，常年刮着北风，丘陵山峦上石楠丛生，牧师住宅的周围是墓地，凄凉而恐怖。艾米莉过的是缺少母亲的牧师家庭生活，孤独的父亲又有着暴烈的性格，她和姐妹们没有遗产可以继承。缺乏母爱的、清贫而封闭的生活，使她的生活环境比较阴郁。哥哥勃兰威尔的沉沦，使一家人都为之担心。令人不愉快的女家庭教师的经历，又使她特别喜欢待在家里，她宁愿在家里做饭、削土豆，而不愿意像姐姐夏洛蒂一样去到别人家做家庭教师。她在家里做许多家务，做面包、熨烫衣服，并利用零碎时间读书。艾米莉必须住在霍握斯的家里，否则她会生病。她比较喜欢荒原，在她看来，即使石楠丛生的荒地里最黑的部分，花开得都比玫瑰鲜艳。她的心能把灰白的山坡上最阴沉的洼地想象成伊甸园。她能够在那孤寂的荒凉中找到许多心爱的乐趣，尤其是自由。没有了自由，艾米莉就不能生活。在她一生中只有两次离开过霍握斯，一次是到哈利法克斯去当了6个月的教师，另一次是和夏洛蒂一起在布鲁塞尔生活了10个月。

这就可以看出，艾米莉的性格比较孤僻、腼腆、内敛。阅读哥特小说以及德国浪漫主义诗人的作品成为她生活的一部分。她性格上的冷癖与情感上的狂暴、热烈形成反差，一旦倾泻、爆发在小说中，便转化为最强烈的情感和景物的描写。

艾米莉的"斯芬克斯之谜"在于，人们惊诧的是生活如此封闭、单调的她却写出了能惊天地、泣鬼神的爱情故事，因此，《呼啸山庄》引发了读者和研究者的无限想象。因为人们一直诧异，没有经过爱情的痛苦和仇恨，作家如何能写出这样的作品？在夏洛蒂的书信和盖斯凯尔夫人的传记中，都没有任何关于艾米莉爱情方面的信息披露，甚至是只言片语。但是，进入20世纪，萨拉·佛米（Sarah Fenni）的《艾米莉·勃朗特：一种见解》一文揭示了一个鲜为人知的情况，该文作者认为，在夏洛蒂出去做家庭教师期间，居家的艾米莉认识了一个织工的二儿子罗伯特·克莱顿，并且与之相爱。据说，他们的社会地位、门第身份都极不相配。据史料记载，罗伯特·克莱顿在1836年去世。文章认为，艾米莉与罗伯特·克莱顿的这种关系类似《呼啸山庄》中的凯瑟琳与希刺克厉夫的爱情。无论这一说法是否属实，但说明过去的100多年人们仍然试图揭开艾米莉的《呼啸山庄》之谜。

艾米莉的"斯芬克斯之谜"还在于，在勃兰威尔死后，艾米莉也快速衰弱下去，她得了肺结核。她在生病以后，拒绝看医生，拒绝吃药，一副弃绝红尘的架势。难道死亡是她的最后选择？夏洛蒂描述到从没见过与此相类似的痛苦和勇气。她比男人还要坚强，比孩子还要单纯，顽强地活着。糟糕的是，她对别人充满了怜爱，对自己却是非常苛刻。艾米莉最终沉默地、坚定地离开了这个世界。她为什么如此决绝和冷静？这都给后世留下了无尽的想象。

（二）《呼啸山庄》的悲剧精神

《呼啸山庄》这部小说，可以说从景物到人物性格都是狂暴、残酷、神秘的，充满了悲剧气氛，贯穿了艾米莉的悲剧精神。在艾米莉的小说世界里，有石楠丛生、与世隔绝的山庄，粗鲁的仆人，野蛮神秘的主人，粗野疯狂的群狗，这些都一一透露出浓厚的悲剧气氛。《呼啸山庄》的悲剧精神具体体现在人物之间的矛盾冲突上，这种冲突是强烈的、狂暴而不可调和的、不可逆转的，结局只能是希刺克厉夫、凯瑟琳等人的死亡。矛盾的扭转只能在下一代人的身上出现，而上一代人的恩怨却成为一个永恒，具有不可重复性。亚里士多德《诗学》认为："性格则是人物品质的决定因素。"[1]希刺克厉夫的悲剧，很大程度上是性格悲剧。由于希刺克厉夫性格的扭曲和魔鬼化的蜕变，造成了呼啸山庄和画眉山庄的巨大悲剧。悲剧是将人生可怕的方面展示给人们，而且悲剧是使正直的人失败，邪恶的人胜利，从此，人类看到自己的悲哀和痛苦，从而抛弃生存意志。通过艾米莉在小说中对希刺克厉夫的刻画，读者可以看到，希刺克厉夫的悲剧在于他的性格"同他的愿望或理想的冲突"。希刺克厉夫的性格具有狂暴的特质，他的理想是与凯瑟琳能够永远相爱，但这一爱情理想没有实现，从而导致他对人生和世界看法的根本改变，他心中充满了仇恨和报复的念头。希刺克厉夫的魔鬼化过程，也是他身上有价值的东西泯灭的过程。他从一个淳朴的、向往美好爱情的青年变成了一味复仇的魔鬼般的人物，并渐渐步入死亡之路。这一揭示，昭示了

---

[1]　亚里士多德.诗学[M].陈忠梅译注，北京：商务印书馆1996年版，第64页.

作者艾米莉对爱情和人生的理性思考。作品通过希刺克厉夫的转变的描写，向读者展示了有价值的东西的毁灭的过程。因为悲剧是以否定的形式肯定人生，无价值的东西的毁灭不会引起人们的痛苦。希刺克厉夫具有着凯尔特人的倔强、桀骜不驯与忧郁感伤的特质，这铸就了他对爱的热烈和对复仇的执着。但生活的理想和愿望被粉碎了，仇恨成为他生活的主要内容，复仇使他变成了恶魔式的人物，也使他身上的良好人性被泯灭。

在环境的重压之下，她屈从于社会的习见和父权制，失去了自己纯真的爱情，使自己陷于不能自拔的境地。她天真地想通过婚姻拯救希刺克厉夫，但结果却完全不同，她不仅没有救赎希刺克厉夫，反而是将他推入了万劫不复的深渊。凯瑟琳最后经受不住这种精神上的折磨，离开了令她留恋而痛苦的世界。她的悲剧性更强，令人同情、惋惜。

艾米莉的悲剧精神如果与夏洛蒂比较，就可以看出两人的差异。夏洛蒂小说人物之间的矛盾，是在各种冲突中寻求平衡，平衡的结果是其小说的激情仍在，但悲剧成分也因此被逐渐消解。因此，有人称夏洛蒂的小说具有情景剧的成分；而艾米莉的《呼啸山庄》的悲剧精神符合西方自亚里士多德以来的悲剧观念，她的悲剧冲突是不可解释和逆转的，因此受到了20世纪以来人们越来越多的推崇。

由此可以看出，艾米莉的诗情化入了小说的创作。我们并不需要一一去对位、甄别哪是希刺克厉夫的、哪是凯瑟琳的情绪。我们明确知道的是艾米莉的诗意情怀和人生感悟已经化入《呼啸山庄》的点点滴滴之中了，因此就有了今天我们看到的诗一般的《呼啸山庄》。

艾米莉的创作和艺术才华，得到世人的一致认可。她的《呼啸山庄》的人物形象是惊世骇俗的，无论是希刺克厉夫还是作品中的其他人物，都可以说是天使与魔鬼的结合体。她的高超的叙事技巧令人颇费周章，似迷宫般的多视角的第一人称叙述和间离手法的运用，使《呼啸山庄》具有了戏剧化的特点，难怪有人称艾米莉的《呼啸山庄》可以与《李尔王》相媲美。同时，她的狂暴、冷酷而又理性的叙述风格给读者留下了深刻印象。艾米莉小说的悲剧精神令人震撼，这一切与她的诗人气质有着密不可分的联系。

三、安妮·勃朗特的温情世界

安妮·勃朗特的作品同样有其自身的艺术魅力所在。与两个姐姐相比较，她的情感世界是宁静而婉约的。她以自己的温馨和纯洁，时刻在寻求着爱和安静，因而被称为 "Gentle Anne" 这种个性气质在其作品中有所体现，具体表现为对温馨、幸福、平静的家庭生活的憧憬。她的风格是属于平实、静谧的一种，与夏洛蒂和艾米莉的情绪化世界完全不同。夏洛蒂的情感世界充满了向往、欲望和激情，因为她有着一份没有得到实现和满足的爱情；艾米莉的情感世界呈现的是冷漠、狂暴的情绪所产生的巨大冲击力。勃朗特三姐妹的现实生活和情感世界都通过文学创作得到了展示，而其作品所产生的效应则有着天壤之别。夏洛蒂·勃朗特发表的第一部小说《简·爱》，因其人物形象和主观情绪不太符合当时保守势力和传统欣赏习惯的要求，既引起了激烈的批评，也引起了较大的轰动效应。艾米莉·勃朗特的《呼啸山庄》的狂暴情绪和神秘风格也不适合英国绅士气派十足的人们的口味，当然引起人们的批评和怀疑以致误解。人们甚至认为这样的作品只有男性作家才能写出来，所以一度把《简·爱》《呼啸山庄》和《阿格尼斯·格雷》的作者称作是克勒·贝尔兄弟。

在勃朗特三姐妹中，安妮的创作风格最具19世纪英国的维多利亚文学风格。安妮虽然温和安静，但其创作体现出强烈的平等意识以及对现实的关注。同时，她的小说从艺术上看，故事情节平实、又充满悬念；细节描写生动、准确、细腻；她的叙述风格是温暖、平实、充满关爱又具讽刺意味的，具有较强的教诲性和论辩性。她笔下的人物既温和又坚强。

（一）强烈的平等意识和现实主义视点

勃朗特三姐妹的一个共同特点，就是在各自的作品中都顽强地表现了男女平等、人类平等的意识。在夏洛蒂的《简·爱》中，简·爱的自尊独立给读者留下了深刻的印象。在安妮的小说中，这种平等意识、独立意识更加强烈和执着，不仅在年轻女性身上有所体现，而且在老年妇女的性格中也顽强地彰显出来。在《阿格尼斯·格雷》中，母亲在丈夫死后，一个人孤苦伶仃，大女儿要接她到自己家里住，她拒绝了，并表示要自食其力，不依靠任何人生活。她说："阿格尼斯和我必须去为自己采蜜。"[1]在母亲与失去联系多年的外祖父（母亲的父亲）有了联系后，外祖父让她（母亲）忏悔与丈夫结合的后果，母亲拒绝了。这一拒绝意味着放弃了家族遗产的继承权，同时也意味着母亲对当年自己选择丈夫的行为不弃不悔。

阿格尼斯在第二次做家庭教师的霍顿，认识了崇尚博爱思想的牧师韦斯

[1] 安妮·勃朗特:《阿格尼斯·格雷》，薛鸿时译，南京:译林出版社1994年版，第124页.

顿。他们都同样不对权贵们奴颜婢膝，因此当地有钱的富人们不喜欢他们，他们被人们看作是傲慢的人，常常受到无理指责。共同的理想和信念使阿格尼斯和韦斯顿结成幸福的终身伴侣，最终得到周围的人对他们的理解和尊敬。与两个姐姐在构思人物命运和小说结局时最大的不同是，安妮的阿格尼斯最终还是一名普通的女教师，她没有像简·爱那样继承遗产，嫁给贵族；也没有艾米莉的《呼啸山庄》中的希刺克厉夫那样出去闯荡三年发大财而归，并寻机报复。安妮的人物阿格尼斯的人生道路更平凡、更平实。

《怀尔德菲尔府的房客》也体现了强烈的平等、自尊的女性意识。"我"吉尔伯特看到母亲关心的是儿女，就及时提醒母亲要多关注自我，要母亲更多地考虑自己的舒适和便利。这其实是作者自我意识的凸显。

> 这种风习多么令人讨厌——它是这种极端文明的生活中产生的人为烦恼的许多根源之一。知果必须由先生们把太太小姐们领进餐厅的话，为什么不能由他们去领他们喜欢的人呢？[1]

关于平等意识的显现，在小说"我"吉尔伯特的选择中也充分体现出来。在海伦的丈夫去世后，不顾世俗偏见的吉尔伯特去寻找海伦。在海伦的家乡斯坦宁利，他听到人们议论说，海伦的姑父把每一片土地、加上邸宅和一切都遗赠给了海伦，于是海伦拥有了巨大的财产。在这个突然的消息面前，"我"退却了，"我的希望永远落空了；我一定得立即忍痛离去"[2]。吉尔伯特犹豫的是怕被人看成自己是觊觎海伦的财产。吉尔伯特的自尊和孤傲清高、不贪图金钱的品质呈现在读者面前。虽然在勃朗特三姐妹的作品中都有关于财产的描写，但她们又都蔑视财富。富裕的生活虽然是每个人正常的向往，在她们看来，财产也很重要，但真诚的爱情更加重要。

（二）安妮小说的维多利亚之风

如果要举出勃朗特三姐妹中最传统和具有典型维多利亚风格的人，那就是安妮了。她的小说具有英国传统作家的风格，类似于简·奥斯汀的小说风格。情节平实又具有悬念，注重细节的描写，具有很强的论辩性；安妮作品

[1] 安妮·勃朗特：《怀尔德菲尔府的房客》，莲可、西海译，上海译文出版社1992年版，第127页。
[2] 安妮·勃朗特：《怀尔德菲尔府的房客》，莲可、西海译，上海译文出版社1992年版，第433页.

所设置的情节环境和人物，都具有维多利亚时代的典型特征；同时安妮的作品还具有温和、婉约、道德感强的个性特点。

1. 安妮的作品故事情节平实、又充满悬念

安妮小说的节奏一般较平缓，给人以娓娓道来之感，但又具有一定的悬念。《阿格尼斯·格雷》以第一人称的叙述，讲述少女阿格尼斯·格雷两次做家庭教师的经历。第一次是在布鲁姆菲尔德家。布鲁姆菲尔德夫人是一个冷漠、自私的主妇，布鲁姆菲尔德先生则是一个挑剔、偏袒孩子的父亲。布鲁姆菲尔德家的男孩、女孩都难以管教、调皮无赖，使阿格尼斯的第一次家庭教师工作以失败而告终。第二次家庭教师工作是在霍顿府默里家。在此期间，阿格尼斯去拜访穷苦的南希太太，认识了牧师韦斯顿。结束第二次工作后，阿格尼斯与母亲办起了学校，自食其力。后来，她与韦斯顿再次相逢，两人相爱、终成眷属。这部小说，主要是描写作者的教师经历，按照故事的发生顺序来描述，是平铺直叙的一种叙述。"《阿格尼斯·格雷》属于毫无修饰的故事类型，在语言词汇上是写实的，正如生活一样，没有丝毫的夸张和装饰"[1]。

安妮在第二部小说《怀尔德菲尔府的房客》中，用了一些具有悬念的手法，使作品的可读性增强，小说更加吸引人。这部小说的结构也比较复杂。小说开始，是吉尔伯特写给朋友的一封信。第1~15章，讲述当地人们对海伦身份的猜测，如寡妇的传说等，以引起读者的兴趣。第16~45章是海伦通过日记叙述自己的故事，也是第一人称叙事，讲述她的不幸婚姻。她由于爱慕虚荣，与外表潇洒倜傥的酒鬼亨廷顿结婚。小说描述了她婚后的痛苦生活，以及为躲避荒唐的丈夫而隐居等事件。从第46章开始，又是吉尔伯特自己叙述故事，其中有他对海伦的追求、海伦丈夫的去世以及与海伦排除阻力最终结合的故事。小说中，女主人公海伦的神秘身份成为一个很大的悬念，这个来自外乡的单身女性，带着一个小男孩，过着隐居般的生活，她是一个什么人？为什么对自己的身份和家庭避而不谈？关于海伦的身份和来历一直是当地人议论、猜测的中心。在吉尔伯特的追求和再三追问下，海伦把自己的日记拿给他看，这才使吉尔伯特等人明白，她有一个酗酒放荡的丈夫，为了躲避他的迫害而带儿子离家出走，在当地过隐姓埋名的生活。这段日记的插

---

[1] Will T.Hale, Anne Bronte: Her Life and 1Vritings.Indiana University Studies Vol XVI. No.83.March1929.Ebsco.

入，使小说的可读性增强了。整部作品由书信和日记构成，虽然是两个人的日记和书信，但在情节上衔接得很紧密，使作品的情节连贯、流畅，也节省了很多赘述的笔墨。

2. 安妮的小说细节描写生动、准确、细腻

安妮在她的小说中，很注重细节描写。《阿格尼斯·格雷》中，阿格尼斯第一次家庭教师的生涯是在布鲁姆菲尔德家开始的。小说描写了布鲁姆菲尔德夫人的外貌，她给阿格尼斯的第一印象是冷淡、"神情严肃的瘦高个子，肤色灰黄，有一头浓密的黑发和两只表情阴冷的灰眼珠子"[1]。可想而知，在今后的教师生涯中，与这样的女主人相处，阿格尼斯是很难忍受的。在对学生汤姆的顽皮、恶作剧的一些做法，小说描写得很形象、生动。汤姆对小鸟的做法是：

> 有时我拿它们喂猫，有时我用削笔刀把它们切成一块一块的。不过再要抓到的话，我要用活烤的办法了。……第一，看它究竟能活多久——还有，看它能烤成什么味儿。②[2]

汤姆的爸爸知道他这一残忍的做法时并没有阻止他。在这一细节描写的基础上，作品对汤姆作了一个准确生动的评价："制止他干他该干的事固然难，但强使他干他应该干的事更是难上加难。"[3]这种描写，"引起人们对十九世纪反活体解剖运动和妇女权利运动的联想"[4]。

作品在描写阿格尼斯教授布鲁姆菲尔德家6岁的小女孩时，详细生动地描写了小女孩为了逃避学习而进行的"抵抗"：

> 身子死沉死沉的，我的一条胳臂夹不住了，就换用另一条，要是胳臂都已筋疲力尽，我就把她拖到房间的角落，对她说："要是她能学会用脚自己站起来，她就可以出去玩。"但是，一般说来，她宁愿像一截木头似的躺着，直到吃饭或用茶点的时

---

[1] 安妮·勃朗特:《阿格尼斯·格雷》,薛鸿时译,南京:译林出版社1994年版,第10页.

[2] 安妮·勃朗特:《阿格尼斯·格雷》,薛鸿时译,南京:译林出版社1994年版,第14页.

[3] 安妮·勃朗特:《阿格尼斯·格雷》,薛鸿时译,南京:译林出版社1994年版,第19页.

[4] Maggie Berg, "Hapless Dependents": Women and Animals in Anne Bronte's Agnes Grey.Studies in the Novel, Vol.34, No.2（Summer 2002, p.183.Ebsco.

候。由于我无权罚她不吃东西，就不得不放她出去，她就会爬出房间，并且轻蔑地露出一笑，那圆圆的红脸蛋上挂着胜利的神色。[1]

通过对这个家庭的孩子们行为惟妙惟肖的描写刻画，这个家庭是没有家教的，家长教育的失败和家长的无理、爱之心。

《怀尔德菲尔府的房客》中，海伦带儿子小亚瑟礼节性地拜访马卡姆太太（吉尔伯特家）时，有一个具有伏笔作用的细节描写：

> 尽管女主人频频相劝，一定要他们喝。阿瑟更是拼命避开那坟瑰红的美酒，似乎又害怕又厌恶，而当主人极力劝他喝下时，他几乎要哭了。[2]

这一细节，读者阅读到小说的后半部分时就会明白其原因，由于酒鬼父亲亨廷顿的放荡和酗酒，海伦和小亚瑟对酒是极度厌恶的。这个细节为后面描写海伦和亨廷顿的故事埋下了伏笔。

《怀尔德菲尔府的房客》里还有一个细节是吉尔伯特送书给海伦，遭到海伦的拒绝：

> 一刹那间，她的脸色通红了……一边皱着眉头慎重地考虑着，……"可是非让我付书款，我是不能接受的。"并说"因为我不喜欢接受我绝对无法报答的恩惠……"[3]

这一细节把她的身份（还没与丈夫离婚）和自尊的性格以及做人的准则真实、细腻地再现出来。因为从当时的处境来说，她是为躲避丈夫的迫害在当地秘密隐居。如果这期间再与吉尔伯特发生男女情感的纠葛，就不是她的初衷了，也违背她做人的道德准则。因此，她的反映如此强烈。

[1] 安妮·勃朗特：《阿格尼斯·格雷》，薛鸿时译，南京：译林出版社1994年版，第20页.

[2] 安妮·勃朗特：《怀尔德菲尔府的房客》，莲可、西海译，上海译文出版社1992年版，第27页.

[3] 安妮·勃朗特：《怀尔德菲尔府的房客》，莲可、西海译，上海译文出版社1992年版，第75页.

细致的细节描写成为安妮小说的重要特点之一。安妮的小说，通过细节描写，较好地刻画出人物性格，真实地再现了人物的生存环境。

（三）安妮的小说具有较强的教诲性和论辩性

安妮的小说，虽然具有平缓的节奏和宁静的氛围，但其作品的教诲性、论辩性是很强的，其中议论比较多。她喜欢随时对一人一事做道德和伦理的评价，而且追求旗帜鲜明的效果。伊格尔顿认为：

> 安妮把道德放在高于社会存在的第一位。道德原则在其严厉有效的社会方式中，最终是得到了自我确认和自我满足。[1]

这在其两个姐姐的作品中是不常见的。夏洛蒂的小说《维莱特》，描写到贝克夫人对露西的监视，作品用的是揶揄的语气和很宽容的态度来写，没有提升到道德的高度来批评其行为。艾米莉的《呼啸山庄》，由几个人物轮流叙述故事，作者自身是隐没的，或用"隐含的作者"的语气在说话。安妮则不同，这也可以看出她的勇气和她的写作宗旨。如《阿格尼斯·格雷》的第1章开头写道：

> 一切真实的故事里都隐含着教益，只是某些故事里的宝藏也许很不容易找，一些找到了，又会觉得它分量太少，好比不嫌麻烦地敲开硬壳果只找到一枚干瘪的果仁，实在得不偿失。[2]

这段描写颇有简·奥斯汀的风格。作品中的"我"似乎是一个小道德家和战士—愤愤不平、充满对未来的渴望和自信："我知道，有待我去克服的困难很大，但是我同样知道，依靠恒久的耐心和坚忍不拔的毅力，我能够取得胜利。"[3]

《怀尔德菲尔府的房客》的论辩性也很强，这表现在关于酗酒的讨论上。如第二章海伦与儿子小亚瑟去拜访马卡姆太太、吉尔伯特时的长篇对话，似乎不像是家庭主妇、朋友之间在对话，而是道德家之间的辩论。在第29章中还有一段海伦的叙述，她是在日记中一个人在讲述丈夫亨廷顿，但像

---

[1] Terry Eagleton, A7yths of Power; A A9arxist Study of the Bronte.Hampshire Basingstoke: The Macmillan Press LTD, 1988, p.124.

[2] 安妮·勃朗特：《阿格尼斯, 格雷》, 薛鸿时译, 南京: 译林出版社1994年版, 第1页.

[3] 安妮·勃朗特：《阿格尼斯·格雷》, 薛鸿时译, 南京: 译林出版社1994年版, 第19页.

两个人物间在对话、辩论：

> 阿瑟并非通常所说的坏人。他有很多好的品质，但是他缺乏自我克制和崇高的抱负—是个浪荡子，沉溺于肉体享受；他并不是坏丈夫，但是他对婚后的义务和舒适的见解与我不同。他对妻子的见解如下：妻子应该忠诚地热爱丈夫，并且待在家里—侍候丈夫，在他喜欢与她待在一起的时候，尽一切可能逗他乐、使他过得舒服；而且当他不在家的时候，不管他在这期间可能在干什么，她得照管他在家庭里和其他方面的利益，耐心等待他回来。[1]

这段关于丈夫和妻子关系的描述，揭示了19世纪社会中男女不平等现象的存在，也对男权中心主义进行了讽刺与批判。有人认为，"安妮的小说中，家庭被用来当作检验社会价值是否腐化的标志，物质主义和道德价值的腐败往往通过家庭观念和爱的扭曲中显现出来"[2]。

第二节　勃朗特姐妹的女性书写艺术

虽然三姐妹的艺术特色各有千秋，人们却惯于把她们相提并论。哈罗德·布卢姆甚至提出，勃朗特姐妹共同创造出了"北方传奇文学"（northern romance）这一新体裁。究其原因，一方面是因为其密切的家庭纽带，另一方面也因为她们的写作的确有可以并置的共同之处，并且有别于其他维多利亚作家。在维多利亚文学中，三姐妹的小说在很多方面都有一定程度的突破。

首先，勃朗特姐妹的小说都浸润着浓厚的约克郡地方风情，不论是自然环境、社会环境，还是人物形象和语言表达，都富有她们故乡的本土色彩。在夏洛蒂1850年为艾米莉和安妮小说写的《序言》中，表明了她们立足于约克郡的地方特色，有意识创作出不同于狄更斯和萨克雷城市小说的作品。在

---

[1]　安妮·勃朗特：《怀尔德菲尔府的房客》，莲可、西海译，上海译文出版社1992年版，第220–221页.

[2]　Priscilla H.Costello, A New Reading of Anne Brontes Agnes Grey.Bronze Society Transaction, Vol.19, No.3, 1987.Ehsco.

《简·爱》中，夏洛蒂大量使用英格兰北方方言，生动鲜活，而艾米莉的《呼啸山庄》，更是为英国的北方荒原涂染上具有悲情之美的理想主义色彩，吸引了很多读者前往哈沃斯的荒原朝圣。

其次，在创作意识上，三姐妹都具有追求自由平等的民主主义思想。她们将充满同情的眼睛转向凡俗的人生，关注卑微、孤独的个体在充满痛苦和挫折的世界里的生存境遇。正如夏洛蒂声明她的主人公是她在生活中看到的那样，靠劳动度过一生，"从生活中饮一杯苦乐参半的淡酒"。她们的主人公都不是来自特权阶级，而是地位卑微的普通市民，在无数的苦涩中追寻自己的世界，尤其是心灵的世界。用瑞克·瑞伦斯（Rick Rylance）的结论来说，就是执著地表现"个人生存"（get on）的主题，在社会阶层领域，反映了小资产阶级和中产阶级下层人的情感诉求和人生境遇。

再次，她们的作品中都显示出鲜明而强烈的自我意识，富有激情的个人主义特征，都可以看到拜伦的影子或隐或显地存在着。因而，现代文学评论家通常把勃朗特姐妹当作浪漫主义传统的作家予以研究。布卢姆认为，勃朗特姐妹深受拜伦的诗歌、他的个性及传奇的熏陶；此外，她们的文学传统还可以追溯至哥特小说和伊丽莎白时代的戏剧。她们的主人公或者贫穷卑微，无依无靠，或者孤独避世，激扬狂傲，但是都对庸俗的社会和道德传统持批判和蔑视的态度，执著于叛逆的个性追求。正如艾米莉在一首诗中写道："我们并没有别的要求，我们只要自己的心和自由。"她们用丰富的想象和富有情感的文字表达出对自由的热爱，体现了以拜伦为代表的浪漫主义传统的深刻影响。关于勃朗特姐妹刻画的浓烈情感世界，历来有批评意见，认为她们在情感的适度性上存有缺陷。詹姆斯认为勃朗特姐妹在处理人物的感情时没有保持"智性的优越"，也就是不能从理智上与自己的人物保持距离，他认为是"理智的一团混乱"使她们沉醉在自己令人怜悯的故事中，从而令读者面对勃朗特姐妹的信口开河时会忽视她们的问题、精神、风格、才华和兴趣。詹姆斯在艺术理论上强调保持作品的客观性，对勃朗特姐妹的评价自然不高。此外，勃朗特姐妹以强烈叛逆性的主体意识，对维多利亚传统价值表示质疑、蔑视甚至挑战，因此她们被同时代人冠以"粗鄙"的标签，甚至被指责为"亵渎神明"。但是，正因为勃朗特姐妹的浪漫主义气质，才赋予《简·爱》和《呼啸山庄》这些小说杰作以感人至深的个性魅力。

此外，勃朗特姐妹的创作倾向于从个人身世获得小说题材，具有很强的自传性和现实主义色彩。她们强烈的自我意识使其情感思想在现实局限中被压紧踏实，从而产生出来的作品都打上了她们个性的烙印，携带着强大的情感冲击力。所以，伍尔夫指出，夏洛蒂并非因为读了大量的书才写得好的。而伍尔夫的父亲莱斯利·斯蒂芬干脆声称："研究她（夏洛蒂）的生平就是研究她的小说，两者似乎是同一个命题。"更有无数读者认为，夏洛特就是简·爱，就是露西·斯诺。作家与作品固然不能混为一谈，但人们的确在勃朗特姐妹和她们的作品之间感受到极大的契合。夏洛蒂和安妮富有现实的批判意识，对各种生活经历直接借用较多；而艾米莉深具冥思内省风格，其自我指涉几乎完全内倾于精神世界。她们经常采用第一人称叙事，比如《教师》《简·爱》和《阿格尼斯·格雷》。在后两部作品中，夏洛蒂和安妮都描写了家庭教师的命运，这与她们做教师的经历不无关系。勃朗特姐妹早年在家中相伴相娱，沉浸在想象的创作王国，但是由于经济的压力，又不得不离家工作，担任家庭教师。在人性得不到尊重的庸俗现实里为生活奔波，身处屈辱的地位，面对傲慢而冷漠的环境，承受繁重琐碎的工作，这在她们敏感的心灵上笼罩了一层阴影，尤其是琐屑的工作剥夺了她们自由支配的时间，无法进行心爱的创作，内心的痛苦何其强烈。连三姐妹中最为忍耐克制的安妮也在日记中诉说深深的绝望："我在鲁宾森家做家庭教师。我不喜欢这种状况，真希望能改变一下。……大家都为了生活在工作……我们不知道自己是谁，我们更不知道将来会怎样！"应该说，勃朗特姐妹创作的自传色彩主要源于她们强烈的个人意识和在现实中所承受的沉重压力。

最后，勃朗特姐妹成功塑造了一系列震撼人心灵的艺术形象，比如，夏洛蒂的简·爱、谢利和露西，艾米莉的凯瑟琳和希斯克厉夫，安妮的阿格尼斯·格雷和海伦等，构成了英国小说世界一道炫目的人物风景。尤其令人难忘的是众多女性形象，她们大都具有强烈的女性自我意识，是追求独立、自由和个性解放的人物。在夏洛蒂早年撰写的安格利亚王国中，女人并不像在维多利亚社会中那样只能选择作贤妻良母式的"房中的天使"，而是心智方面充满活力，能够担任重要社会工作的新女性，这无疑是超前的进步思想。

从时间维度来看，勃朗特姐妹的创作属于肖尔瓦特概括的英国女性文学创作的第一个阶段，即1840—1880年间女性阶段（feminine phase）。肖尔瓦特认为此阶段的女作家多采用男性化的笔名，模仿并采用男性文化的标准。然而，从勃朗特姐妹的抗议、叛逆主题和对女性主体意识以及女性经验的发掘上，三姐妹已经超越了肖尔瓦特的界定，走得更远。总之，勃朗特在奥斯丁奠定的伟大基础上，继续发展了女性现实主义和家庭现实主义，从更广泛的角度探讨女性在家庭和社会中的角色与命运，为英国女性小说艺术做出了重要的贡献。

第三节　勃朗特三姐妹作品中的女性独立意识

19世纪上半叶，英国仍然处在男性居于绝对的霸主地位，女性的天空低矮狭小，社会留给她们的机会少得可怜。但是随着勃朗特三姐妹小说的同时问世以及她们三姐妹的相继闻名，女权运动的帷幕拉开了，女性迈开了争取话语权的步伐。

一、勃朗特姐妹的女性独立意识产生的社会基础

勃朗特所生活的那个时代，正是男尊女卑、等级制度森严的年代，也是英国社会动荡的时代。资本主义正在发展并越来越暴露它内在的缺陷；劳资之间矛盾尖锐化；失业工人的贫困；大量的童工被残酷地折磨至死。在这样的时代背景下，一个普通的牧师家庭竟然一下出现了三位女作家，这真的是近乎奇迹。

对于勃朗特姐妹而言，在短暂的一生中，她们饱尝了痛苦的折磨，又有着一些幸运。痛苦的是幼年丧母、手足相继痛失、人生不得志，乃至自己终于撒手人间的无奈。所幸的是，她们的父亲帕特里克的智商很高，学识渊博。她们的母亲玛丽亚是一位天分很高，想象力极其丰富的女人。这一切给了她们优秀的遗传基因。在他们幼年时牧师教会了她们识字、读书的本领。这些都给了她们很大的影响。

勃朗特一家住在英国约克郡的小镇霍沃斯，这是英国一个偏僻的小乡村。一方面勃朗特三姐妹看到了城镇中正在发展的资本主义社会，另一方面也受到了旷野气氛的感染。她们一家在社会上有着与众不同的地位。帕特里克牧师的年收入大约两百英镑，比家仆的平均年收入多二十倍，但是与那些收入超过一万英镑、两万英镑的地主或富有的贵族相比，勃朗特一家却是贫穷的。在1870年初等教育法案颁布之前，勃朗特姐妹就已经接受了教育，当时不识字的人口占很大比例，她们在霍沃斯比大部分人的社会地位高。然而，勃朗特姐妹不能像约克郡上流社会和富有的商人那样乘坐马车、游山玩

水、穿漂亮衣服和置办好家具。勃朗特姐妹在生活上的自力更生、担任女家庭教师的经历、既非家庭成员也非仆人的特殊社会地位等，是造就她们与她们作品的关键。

二、勃朗特姐妹女性独立意识产生的自觉行动

刻苦勤奋不断学习。牧师住房坐落在山顶上，四周十分荒凉，加上家境清贫，三姐妹童年时从未得到过任何物质享受，连玩具也没有一件。物质条件虽然艰苦，然而这些孩子个个天资聪颖，从小博览群书。

1824年9月，8岁的夏洛蒂被送进了考恩桥学校；11月份6岁的艾米莉也送进这所学校。一年后由于肺病的蔓延父亲把夏洛蒂和艾米莉接回了家。从此以后，他们再没有去过学校。在家中自学、读书、写诗。15岁的夏洛蒂得到了进罗海德的伍勒小姐学校学习的机会。她的求知欲得到满足，能力也得到了发挥。在那里两年的学习，她结识了两个与她一直保持联系的密友，并约定为了提高法语学习水平，以后用法语通信。1835年，为了使正在学习绘画的弟弟布兰威尔有足够的钱进皇家学院，她重返伍勒小姐的学校当了一名教师。工作三年，在清规戒律下一直郁郁寡欢。在此期间，她试着写了几首诗歌，寄给当时的桂冠诗人骚塞，遭到讥讽。逆境造就了她自尊的性格。两年后，夏洛蒂自己教妹妹们学习。她也曾打算自己开设一所学校。1842年，姐姐夏洛蒂和二十四岁的艾米莉前往比利时布鲁塞尔埃热语言学校学习法文和德文。两个英国学生非凡的文学才华很快得到埃热先生的赏识和鼓励。他曾经这样说：艾米莉具有逻辑思维的头脑和论辩的才能。这在男人身上已经是不同寻常，而在女人身上更属罕见。她本该做个男人——做个了不起的航海家。

当佣人苔比年老体弱时，全家人的面包由艾米莉来做，衣服由她熨烫，大部分烹饪工作由她主动承担。而在厨房里总能看到她一边揉面，一边看书学德语。而此时的安妮还是留在老家附近当家教（她是家中第一个出去工作的人）。

父亲教孩子们读书、绘画、弹琴、唱歌。她们的多才多艺，为文学创作打下了坚实的基础。父亲非常支持、鼓励她们的读书兴趣，在家里到处都可看到成套的优秀作品：莎士比亚、弥尔顿、华兹华斯，骚塞、拜伦、伍尔夫等等。允许并鼓励她们到离家4英里外的基利图书馆借书看。她们如饥似渴般阅读所能得到的一切书籍和杂志。她们最喜欢的还是写作。当初勃朗特三姐妹在她们寂寞的童年时代，为了满足精神生活的需要，不让人知道，办起"地下刊物"来，在两英寸的小本子上拥挤着密密麻麻的小字。他们很小时就抱有成为作家的理想，并不断编织着他们美丽的梦，感到乐在其中。夏洛蒂和弟弟布兰威尔创办一份手抄本小杂志，上面刊载他俩合写的《安格里亚传奇》。后来，艾米莉和安妮也合写了《贡达尔传奇》。一些保存至今的童年时期手稿，已充分展现出她们天才的萌芽。1846年1月，勃朗特三姐妹用姨母留给她们的钱自费出版了一部诗歌合集，她们为自己起了既像女人又像男人的笔名：柯勒、埃利斯和阿克顿·贝尔，其中保留着各自真实姓名的第一个字母（C、E、A和姓氏B）。这部诗集没有引起文学界的任何注意，当年只售出两本。同年，夏洛蒂写完了长篇小说《教师》，又开始创作《简·爱》。1847年，艾米莉的《呼啸山庄》和安妮的《阿格尼斯·格雷》同时出版。这三本小说的相继发表，后来成为她们短暂人生的不朽之作，也是她们生命体验的"身体写作"和抒发己怀的"理想写作"。

肩负责任从事家教职业丰富创作资源。这个家庭收入很少，经济相当拮据。为了生活，勃朗特姐妹先后离家出外当家庭教师。在她们生活的时代，教书是有教养而无财产的女子唯一可以从事的职业。阔人家的女教师，社会地位低，比仆人好不了多少。她们工资菲薄，而工作繁重，还得不到应有的尊重。女主人往往要指定她们兼做大量的针线活，尽量榨取她们的廉价劳动。

更使她们头疼的是：阔人家的少爷、小姐，常常已被溺爱、纵容坏了，因此非常任性，其中不少孩子已显露出人性中邪恶的影子来。有一次，安妮劝阻学生不要进马厩玩耍，不料，较大的那个男孩唆使弟弟向教师扔石块，打伤了她的鬓角。事后，女主人问她头上的伤是怎么回事，安妮只是淡淡地回答："一次偶然事故。"犯错误的淘气孩子被她感动了，从此逐渐对她产生了敬爱，有一天他对母亲说："我爱安妮·勃朗特小姐！"这本来是孩子的非常可贵的进步，是真正合乎人性的表现，但是，那位母亲竟会大惊小怪地喊叫起来："天呐！爱家庭教师！这算什么事儿呀！"足见家庭教师在维多利亚时代的身份和地位。家庭女教师往往都是一些优秀的女性，她们出身低微，但又受过很好的家庭教育，有自尊，有学识修养和独立人格。面对屈辱，阿格尼斯·格雷只能默默吟诵：你们可以把我碾碎，但不能使我屈服。

对这些家庭女教师来说，现实尤其残酷，因为她们高于流俗，不同于一般的女性。面对等级森严的市侩社会，除了高贵的人格和不屈的尊严，她们一无所有。心智与现实的相差，高贵和低下的错位，使她们注定比一般贫家姑娘要忍受更多的痛苦——智慧的痛苦，精神的痛苦。她们可以说是最早的职业女性，具有现代女性独立意识，至少在小说中她们要冲破社会的桎梏，她们当中有人甚至因为不愿屈尊而终生未嫁。家庭女教师，这些展现着女性生命魅力，闪烁着个体尊严之光的非凡的女性，构成了女性生命史上一个美丽而奇异的族类。她们要的是女性精神上的平等、自由、独立，也就是要在精神上获得解放。对女性自身而言，政治、经济、社会地位的独立并不等于人格上的独立，女性必须在精神上做到自爱、自立、自强、自尊，才能获得真正意义上的解放。女性首先要摆脱的，是自己为自己加上的观念枷锁。屈辱的生活激起了她们强烈的愤怒之情。夏洛蒂倍感歧视和孤独，她憎恨家庭教师这个行当，两次都只工作了几个月就离开了，但这段经历却为《简·爱》提供了极其重要的素材。在艰苦、闭塞的生活中，勃朗特姐妹经常利用晚上的一点余暇积极地写作，作为对一天枯燥乏味的辛劳工作的一种解脱。教师生涯使她积累了丰富的生活素材，成为她日后文学创作的基础。

简·爱作为一个觉醒了的女性，她的形象的意义就在于此。简·爱可以被视为女性解放的前驱者之一。

摆正位置自强不息。书海的遨游与领略，生活的磨打与反思，她们最终认识到这个社会的根本症结在于，一个男权至上的社会，男人统治一切的天下，女人是男人的依附品。要改变这种社会状况，女人应该有自己的尊严、有自己独立的身份和地位、有自己生存的位置，能够把握生活的真谛所在，她们至少在精神上应是独立自强的。这就是勃朗特姐妹女性意识的最初觉醒，这就是女性最初为争取自己的权利、地位所付出的努力。

与她们形成讽刺性反差的是，在家备受娇宠的男孩布兰韦尔长成后好色、嗜赌、贪杯、吸毒，堕入深渊难以自拔。在这个父亲薪俸微薄而又人口众多的家庭中，他曾独享姐妹们省吃节用所余，接受了正规教育，但对学业和事业都是浅尝辄止。为支持他习画，成就艺术家的梦想，三姐妹蜗居在狭小的空间中，为他腾出创作室。在艰苦、闭塞的生活中，勃朗特姐妹经常利用晚上的一点余暇积极地写作，作为对一天枯燥乏味的辛劳工作的一种解脱。

一八四八年，她们唯一的兄弟布兰威尔由于长期酗酒、吸毒，感染了肺病，于九月死去，这位家庭中的宠儿之死对于这三姊妹是一种解脱，安妮的

第二部长篇小说《怀尔德菲尔府的房客》的道德主题与她对哥哥的生活道路的思索直接有关。

当《简·爱》在伦敦引起轰动并获得肯定之后，夏洛蒂把作品放到她父亲的面前，承认她是本书的作者。在她笃定了从事文学创作的志向——要靠写作挣钱、挣脱命运的桎梏时，父亲却说：写作这条路太难走了，你还是安心教书吧。从当时的桂冠诗人罗伯特·骚赛给她的回信种可以看出当时对女性写作的态度："文学不能也不应成为妇女的终生职业。"

然而三姐妹不相信文学只是男人的事，正如夏洛蒂所说："女人跟男人有着同样的感情，她们像自己的兄弟一样，也需要运用她们的才华，需要有一个发挥自己才智的场所。"她们情系纸砚，梦绕笔端，开始了更加勤奋的文学创作。她们的生活遭遇、人格力量、女性书写更成为一部真实存在、不许渲染的传奇。

而在《简·爱》里渗透最多的也就是这种思想——女性的独立意识。这种独立意识在简·爱的身上表现得淋漓尽致。让我们试想一下，如果简·爱的独立，早已被扼杀在寄人篱下的童年生活里；如果她没有那份独立，她早已和有妻女的罗切斯特生活在一起，开始有金钱，有地位的新生活；如果她没有那份纯洁，我们现在于中的《简·爱》也不再是令人感动的流泪的经典。所以为什么《简·爱》让我们感动，爱不释手——就是她独立的性格，令人心动的人格魅力。这种女性的独立意识正是现代女性所需要的重要品质。因此，这部《简·爱》才被越来越多的现代女性所喜爱，因为她们能从这里找到成功的秘诀。如今女性的地位越来越高，他们不能再依赖男性。以为自己只要找到"金龟婿"便可高枕无忧。事实说明，要想自己得到真正的幸福，不能依赖任何人，必须要独立。作为女性作家，勃朗特三姐妹赋予她们笔下人物初步的女性独立意识，以其来唤醒广大女性的觉醒，女人应该有自己独立的思想和行为，应该有自己独立的人格和尊严。

第四节 勃朗特姐妹与中国才女张爱玲

勃朗特三姐妹女性意识的顽强在场和清新风格的自由展现，对中国作家，尤其是中国女作家的影响是不可小觑的。由于勃朗特姐妹对文学界产生了深刻的影响，20世纪以来的中国女作家对其大加赞赏和学习。即使中国女作家和勃朗特姐妹生活在不同的世纪,但在作家们在创作上对女性的立场和女性命运的关注是相同的。在中国现代文学发展过程中,张爱玲始终有独特的、重要的位置,因此张爱玲被人们称作"才女"。张爱玲的声望在国外,甚至被国外评论家将其与鲁迅放在同一水平线上,当然这需要进一步的研究和商榷。但是,张爱玲所描述的人性的准确、深刻"残忍"的描写和丰富的女性世界的叙述,令读者印象深刻。即使张爱玲并没有将五四时代精神的新型女性形象表现出来,但是,张爱玲对中国新旧交替时代20世纪前半期的女性简单的、模式化的进行描绘,旧时代的结束和新时代的到来从她的作品中都有所体现。她与丁玲和冰心等现代文学史上的女作家开展的是不同的工作,她的作品表现出了压迫时代女性对爱情和婚姻的追求,从中更加能够感受生活百态和人生经历。通过将张爱玲和勃朗特两姐妹在创作中的不同,能够得出不同文化背景下中英女作家在人生思考和创作方面的感悟。

一、夏洛蒂·勃朗特与张爱玲

张爱玲是一个有着中西合璧的教育背景的女作家,家境显赫,是李鸿章、张佩纶的后代。张爱玲童年和少年时期所受的教育和家庭影响是深刻和优越的。母亲黄素琼因为不满丈夫的吸毒沉沦,只身出国留洋,留给张爱玲的是中西文化、文学的综合影响。她父亲的书房有许多书籍,她经常去浏览阅读。她的视野是开阔的,对人生的感悟是精到而细致的。她的创作也吸取了外国作家的写作经验和营养。由于勃朗特姐妹在英国乃至世界文坛上的地位不像托尔斯泰、巴尔扎克等那样伟大而煊赫,人们在阅读勃朗特姐妹的作品时的感受往往是潜隐在心里的,不是那样的明显强烈,张爱玲也不例外。

张爱玲和夏洛蒂在很多地方都有一致的地方,显然由于不同文化背景和生存环境的差异二者也有很大差异。从女性作家的视角对张爱玲和夏洛蒂进行比较,能够看出关注女性的命运是她们的共同点,自强、自立的意识通过其作品有所体现,同时自传性与纪实性通过她们的小说得到了表达。当然,她们之间存在一定的差距。在精神层面上夏洛蒂对女性人物的描写高于张爱玲;夏洛蒂的作品和哥特式小说的写作手法相类似,在艺术上夏洛蒂善于使用悬念,小说情节起伏大;与此相反,张爱玲的小说情节较为平稳,更加倾向于讲述故事。

(一)夏洛蒂与张爱玲的共同之处

张爱玲与夏洛蒂是两个相隔近100年的女作家,但她们的精神追求和心灵世界是相通的，她们之间有着潜在的精神联系。首先，夏洛蒂·勃朗特与张爱玲对女性命运的探索和关注是她们写作的。夏洛蒂的《谢莉》和《简·爱》和张爱玲《倾城之恋》都关注这两个女作家对女性坎坷命运的探求和关注。她们的作品都有一个共同的结局：女子走向婚姻和家庭。张爱玲笔下的女性生活在中国几千年以来形成的男权世界中，精神、身心都受到极大的压抑和摧残。张爱玲对这一切看得很透彻，懂得只有男女平等了，才能取得两性关系的和谐。张爱玲母亲对她的精心培养和教育，原因就是看透了女性地位的低下和先天不足，希望通过后天的文化教育来补足。其次，女性独立自强的意识在张爱玲与夏洛蒂的作品中都有所体现。简·爱的积极向上、独立自尊的人生态度在夏洛蒂的《简·爱》中给人留下了深刻的印象，所以，西方女性主义者将夏洛蒂当作女权主义的先驱。即使张爱玲的小说中出现更多的是一些封建家庭的达官太太、交际花和闺中小姐等，但是，她们同样意识到自立的重要性。小说《花凋》的一个情景，母亲对女儿说道："一个女人，要能自立，遇着了不讲理的男人，还可以一走。"[1]这里隐藏了多少中国旧式家庭女性的感悟和悲哀！张爱玲笔下的人物虽然没有喊出丁玲等具有五四精神的女作家笔下人物的抗争呼声，但也表达了中国久被压抑的女性的一种觉悟和对掌控自身命运的渴望。

（二）不同时空、国度中的张爱玲与夏洛蒂的差异

很容易的我们能够发现张爱玲和夏洛蒂笔下女性人物在精神上的不同和距离。即使这两位作家的作品都能够将女性对爱情的热烈向往、女性的社会地位和经济的低下表现出来，张爱玲创造出来的女主人公比夏洛蒂创作的女主人公晚了将近100年的时间，从精神层面上看张爱玲创造的是中国20世纪初期的人物，这些人物多是封建社会家庭中的小姐、太太，即使是受到了很多新思潮的作用和影响，但是她们依旧没有脱离旧思想观念，她们身上依旧保留着贵族生活留下的烙印。她们不能够对自己进行救赎，她们渴望新生活。她们大多去衡量夫婿的经济财富和家世，这是她们追求的爱情和婚姻。她们并没有自立自强的性格，也不向往独立，因为对金钱、地位过多的关注，往往使得真挚的感情被改变或者扭曲，似乎真情女子都成为了庸俗的化身，最终就只能通过婚姻的形式来突破生活的窘境，例如《沉香屑——第一炉香》中的薇龙和《倾城之恋》中的白流苏。张爱玲能够明确的意识到，显

[1] 《张爱玲作品集》，太原：北岳文艺出版社2001年版，第291页.

然那些为了金钱和地位而走入婚姻殿堂的女性，等待她们的往往是悲剧，但可悲的是，过去生活在封建家庭的旧式女子，也仅仅能够通过婚姻来摆脱现状。在一定程度上暗示了中国旧式女性的悲惨命运。

在夏洛蒂的《维莱特》和《简·爱》等作品中的女主人公，即使这些女主人公们并不富有，很贫穷，但她们都自立自强、自食其力，将西方女性自尊自强、与命运想斗争的思想表达出来。她们追求社会地位的平等，而不单单是想要一纸婚姻的保证。所以，一般而言，夏洛蒂的所描绘的都是一些感情真挚单纯的美好女性形象，她们身上并没有庸俗气。简·爱是这其中最为生动和明确的形象，这种形象更加的受中国人的推崇。张爱玲与夏洛蒂有很大的差别，张爱玲所描绘的中国女性是正面的、努力追求幸福的归宿。

通常张爱玲以消极的爱情来消解爱情的神圣和美好，一般情况下，张爱玲描绘的爱情并不是十分理想、高洁和令人满意，哪怕是在《倾城之恋》之中那么美好的爱情也被描述成是战争造成的婚姻。相反，夏洛蒂描绘的人生观是积极向上的，爱情是神圣和纯洁的。因为两位作家有不同的着力点，因此读者能够接触到的女性面貌和女性们的人生态度也具有差异性。但无论怎样，都反映出了女性的不同形象。

张爱玲与夏洛蒂的作品在艺术手法上也具有明显的差异。张爱玲所描绘的小说情节大都是普通人的日常生活，结构简单稳定不复杂，注重娓娓道来叙述故事的感觉，没有大的起伏和矛盾的故事情节。夏洛蒂的作品情感冲突强烈，主人公经历的浪漫爱情和生活情节波动大，作者擅长运用悬念和貌似哥特式小说的手法。

二、艾米莉·勃朗特与张爱玲

在文学史上，艾米莉与张爱玲两人的命运有着某种近似之处。两位作家都经过了由"冷"到"热"的变化过程，人们对她们的评价起伏较大。她们笔下的人物性格具有着疯狂和冷酷的特质；作品大都以苍凉为背景；往往表现了人性的残忍一面。她们之间的差异是：首先，两者的境界有所不同，如果说艾米莉的小说是悲剧，但却具有"大我"的情怀和乐观的色彩，张爱玲的小说情怀则是悲观的、个人的、"小我"的；在技巧上，艾米莉的作品以结构的独特见长，张爱玲是以文字的精巧见长；在人物形象的塑造上，艾米莉笔下的男性是强悍的，张爱玲笔下的男性是精致的。

虽然张爱玲的剧本《魂归离恨天》和艾米莉的小说《呼啸山庄》是两个

不同的文学体裁，但是，作者叙事手法上的相似和互文能够被读者感觉到。《呼啸山庄》的前三章，是描述1801年洛克乌德作为画眉山庄的房客来拜访呼啸山庄，遇到暴风雪被迫在呼啸山庄留宿。在山庄里，他在一夜间经历了一系列奇怪的事件，这种经历使她惊奇，他对人们的奇怪冷漠的言行举止和态度而惊奇。从小说的第四章开始，洛克乌德听山庄女管家耐莉对画眉山庄和呼啸山庄发生的故事进行讲述。情节回到20年多前，讲述呼啸山庄主人老恩萧的女儿凯瑟琳与希刺克厉夫刻骨铭心的爱情和希刺克厉夫这个孤儿的来历、凯瑟琳与画眉山庄的公子林惇的相识、结婚以及希刺克厉夫与画眉山庄之间的爱恨情仇等。小说采用倒叙和夹叙的方式。第31章，中间洛克乌德离开，至第34章，1802年的9月，小说的叙述时间又接到小说开始叙述的时间和情节里，希刺克厉夫之死是管家耐莉一直在叙述的情节。

采用倒叙的叙事手法，张爱玲的剧本《魂归离恨天》一共讲述了26场戏。剧本对20世纪40年代北京的两大家族高家和叶家的儿女们与叶家领养的孤儿端祥之间的爱恨情仇。剧本的第一场讲述的是一个风雪交加的夜晚，叶家附近的邻居被风雪阻碍不能行进而留宿在叶家。因为叶家人的言行举止使得行人感到好奇和疑惑，行人因为好奇与叶太太聊天，因此发生在多年前的事情由叶太太向行人娓娓道来。剧本的第2场到第24场，叶太太讲述了叶家之女叶湘容和叶家收养的孤儿端祥相知相爱的故事，但是故事的最终叶湘容的结婚对象却是高家之子高绪荪，这诱发了叶湘容、端详和高绪荪之间的冲突和矛盾，最终致使叶湘容去世。第25和26场接第1场的情节对结果进行了描述，端祥死在高高的悬崖上，伴随叶湘容的灵魂而去。先倒叙是这两部作品的叙事方式，然后结合考虑故事的情节和时间，有很多明显的相同的地方。

艾米莉的《呼啸山庄》与张爱玲的《魂归离恨天》能够说成是复仇和爱情为主题，这两部作品有很多相同的地方，都可以说成是两个家族的孩子与其收养的孤儿之间爱恨情仇：《呼啸山庄》叙述了呼啸山庄孤儿希刺克厉夫和恩萧家的女儿凯瑟琳两个人的爱情故事，由于年轻的凯瑟琳的虚荣心，当画眉山庄主人的儿子林惇的出现，凯瑟琳无比坚定地选择了风度翩翩和富有的林惇，并与他走入婚姻的殿堂，将从小一同长大的、心灵相同的希刺克厉夫抛弃了。最后希刺克厉夫感到绝望，在外闯荡了多年，最后回到呼啸山庄报仇雪恨……

张爱玲的剧本《魂归离恨天》主要讲述了：叶家19岁的女儿叶湘容和叶

家领养的男孩子端祥青梅竹马地相爱。高家的儿子高绪荪由于一个非常巧合的机会与叶湘容相识，并且高家和叶家门当户对，最后由于种种原因叶湘容选择高绪荪结婚。随后端详失踪了。但是端祥在5年后变得富有以后又重新的回来。高家18岁的女儿高绪兰又爱上了端祥，哪怕是高家极力的反对这件事。发迹归来的端祥展开了他的复仇计划，为了打击高绪兰，打击叶湘容，他开始筹划买断叶家房产，叶湘容受不了这些不能实现的和扭曲的爱最终离开了人世。第26场是剧本的结局，端祥与叶湘容的鬼魂在一个风雪夜相会了，默默死去。

故事的原型基本能够总结为两兄妹和外人之间的有关爱情的悲剧。端祥与希刺克厉夫都是两个大家族的闯入者，因为他们的存在和闯入，完美的将这个复仇爱情悲剧传递出来。

在这两部作品中，《魂归离恨天》里的是高绪荪的妹妹高绪兰和《呼啸山庄》里是林惇的妹妹伊莎贝拉都成为了端祥和希刺克厉夫的复仇工具，她们是不幸爱情的牺牲品。

同时，故事缘起的情节也十分相似。通过偶然的探访这两个名门望族的后代就此相识了。《呼啸山庄》是因为凯瑟琳和希刺克厉夫出于好奇，去画眉山庄探访。很不幸的凯瑟琳被狗咬伤，从此认识画眉山庄的公子林惇，相识、相爱和相伴。《魂归离恨天》的叶湘容和端祥是到高家参加舞会，因为叶湘容被狗咬伤，所以暂时留在高家养伤，二人最终相识、相爱和相伴。因此，作品的情节以及人物关系的设置都基本相同。

（一）张爱玲与艾米莉·勃朗特的相似之处

冷酷和疯狂的特质都存在于艾米莉和张爱玲所描绘的人物性格中，都具有独特的、鲜明的个性特质。根据艾米莉在《呼啸山庄》中的描述，在复仇过程中希刺克厉夫表达出来的狂躁和残酷在世界文学史也是非常令人惊奇和感叹的。他在渐渐的实施和完成复仇计划，将他人的财产占为己有，对身边的人们进行毒化。在他生活的地方，没有幸福、没有温情、没有欢乐，存在于这中间的仅仅是隔阂和仇视。痛彻心扉的恩怨情仇促使希刺克厉夫渐渐地成为了一个魔鬼。

如果说，张爱玲与夏洛蒂·勃朗特在对女性的关注和提倡自尊自立方面有着相同的追求，那么，她与艾米莉的契合则是其人物具有强烈冲击力的这一特质。通常情况下张爱玲描绘的人物总是自私、狭隘、阴暗和残忍的。通过对这些形象的描绘，她的作品再次体现了当时人们的生活和心情，同时将旧中国封建社会中存在于人们灵魂深处的缺点展现出来。由于受到西方文艺思想与中国古典文学的双重影响，张爱玲非常热爱对西方文学作品中的心理分析。在小说中张爱玲对人物进行分析采取心理分析的方法，通常深刻生动。

张爱玲和艾米莉所创造的缺乏母爱的、扭曲的残酷世界。虽然在张爱玲记叙的小说中母亲仍旧存在，但是小说中的母亲都是冷漠无情的，对子女的幸福强加管理，并没有母亲的慈爱和温柔。夏洛蒂也好，艾米莉也好，她们的小说中母亲的缺场，与其母亲过早去世或离开有关。因为勃朗特姐妹的母亲较早的离开人世，因此是姨妈代替父亲将她们抚养长大，所以她们的生活中没有母亲，在内心上缺乏母爱。这样的小说内容，与张爱玲母亲和父亲离异后，她和后母生活在一起的不愉快经历造成的。即使张爱玲的生母还活着，但是却与她身隔万里，因此张爱玲基本不能感受到母爱。她最终因为母亲的苛责离开了父亲的家。

苍凉的色调是张爱玲和艾米莉的小说都具备的一种特点。英国北部约克荒原是艾米莉的小说的背景，在很大程度上，虽然都市是张爱玲的小说背景，但是苍凉之状也显现出来。张爱玲和艾米莉小说，在苍凉色调之下，环境背景是封闭的、模糊的。庄园是艾米莉的《呼啸山庄》的写作背景，《呼啸山庄》将人与人之间的爱恨情仇表现得淋漓尽致。当主人公希刺克厉夫的爱人凯瑟琳去世之后，希刺克厉夫在凄凉的荒原上漫步来追忆美好时光。阴暗的色调是小说所渲染的整个色调。与外界隔绝是张爱玲的小说世界中所展现的，一般情况下，小说讲述的是封建家庭的宅院、楼馆里的故事。"都市里的苍凉"在这个封建社会中展现出来。张爱玲的小说虽然不具备具体的社会背景，但是情节和人物性格的发展都在有条不紊地进行。张爱玲所表达出来的苍凉，是她受到时代生活影响的结果。

（二）艾米莉·勃朗特与张爱玲的差异

张爱玲与艾米莉。勃朗特有很多相似之处，但是因为国度与时代等不一致，她们有不同的人生感悟与美学追求。她们的差异体现为：

首先，"小我"与"大我"、悲观与乐观的不同。虽然艾米莉记叙的《呼啸山庄》中的第一代人已经是悲剧结局，但最终还是爱将仇恨战胜了。希刺克厉夫离开了人间，小哈里顿与小凯瑟琳相爱并幸福的生活在了一起，使得人们获得了希望。张爱玲作品中的婚姻爱情充满了缺失和苦难，这也许与她的生活相关联，在多数情况下在她的小说中读者是不能感受到甜蜜爱情和美好的婚姻。大多数情况下爱是不稳定的、短暂的。这再一次的展现出张爱玲对爱和命运的敬畏。《呼啸山庄》的故事很是凄凉，但是结局却有一丝光明存在。小凯瑟琳在小林惇死后与小哈里顿相爱，很奇怪的是哈里顿变成了一个有文明举动的、喜爱读书的人，似乎是爱战胜了一切。我们从作品中能够感受到张爱玲是"世俗"的，她的情感走不出个人偏狭的心结，这是"小我"的爱恨情仇；与此相反的艾米莉所表达的爱恨情仇，则具有"大我"的气魄。在这里，爱变成了永恒的，成为了人们内心的支柱。小说告诉我们，人类世界不应该是仅仅充满着怨恨，人类追求的是永恒的爱。

其次，张爱玲的作品文字的精巧独特，艾米莉作品结构巧妙精细。艾米莉的小说有自己独特的写作结构，她关注故事的叙述层次和结构。张爱玲的小说文字精细，小说的标题凝练，好比"茉莉香片"、"沉香屑"、"花凋"，具有独特的中国古典意味。作品由于文字的精致和独特的构思而增色不少。张爱玲小说的开头，通常比较精细雅致、具有吸引力，哪怕是平淡的文字和内容，读者视乎也能感受到沉香或者茉莉香片的韵味。即使说张爱玲的小说大多采用平铺直叙的手法进行写作，但是张爱玲坚持自己独有的写作范式和写作风格。

学界一致认可的是《呼啸山庄》那独特绝妙结构。采用第一人称进行叙述是她采用的叙事方式，展示一个故事情节一般采取多个人物叙事视角之间的不断转换来实现，叙事的层次感强、系统复杂，房客洛克乌德先生是《呼啸山庄》中第一个叙述人，他是小说的主叙述。通过对洛克乌德在呼啸山庄的经历的描写，将小说的主人公希剌克厉夫还有生活在呼啸山庄的人物女仆耐莉、小凯瑟琳、小哈里顿等引出。第二叙述人是女仆耐莉，耐莉不仅仅是凯瑟琳和希剌克厉夫爱情的见证者，同时也推动着故事发展进程。耐莉则采用内视角的视点向洛克乌德讲述故事，但是洛克乌德是以外视角的视点叙述故事，通过内外视角之间的结合，为读者展现出了凯瑟琳与希剌克厉夫之间的美好爱情故事。这种结构具有中国套盒式的特点，层层递进，将事实真相揭露出来。

参考文献

[1]张翠萍.女性主义文学批评[M].成都:电子科技大学出版社,2008.

[2]王琼.19世纪英国女性小说研究[M].合肥:安徽文艺出版社,2014.

[3]张静波.女性主义视角下的宗教人格与创作:勃朗特姐妹研究[M].桂林:广西师范大学出版社,2015.

[4]西惠玲.西方女性主义与中国女作家批评[M].上海:上海社会科学院出版社,2003.

[5]安妮·勃朗特.阿格尼丝·格雷[M].薛鸿时译,上海:译林出版社,1994.

[6]夏洛蒂·勃朗特.勃朗特两姐妹全集:谢莉[M].徐望藩、年顺林译,河北:河北教育出版社,1996.

[7]盖斯凯尔夫人.夏洛蒂·勃朗特传[M].张淑荣译,北京:团结出版社,2000.

[8]夏洛蒂·勃朗特、艾米莉·勃朗特.勃朗特两姐妹全集:勃朗特两姐妹书信集[M].杨静远选,孔小炯译,河北:河北教育出版社,1996.

[9]吴童.美在女性视界:西方女性文学形象及作家作品研究[M].成都:巴蜀书社,2010.

[10]李维屏、宋建福.英国女性小说史[M].上海:上海外语教育出版社,2011.

[11]夏洛蒂·勃朗特.勃朗特两姐妹全集:简·爱[M].宋兆霖译,河北:河北教育出版社,1996.

[12][英]简·奥尼尔.勃朗特姐妹的世界[M].叶婉华译,海口:海南出版社,三环出版社,2004.

[13]于冬云.多元视野中的欧美文学[M].北京:中国华侨出版社,2003.

[14]艾米莉·勃明特.勃朗特两姐妹全集:艾米莉·勃朗特诗全编[M].刘新民译,河北:河北教育出版社,1996.

［15］艾米莉·勃朗特.呼啸山庄［M］.方平译,上海:上海译文出版社,1988.

［16］玛丽·伊格尔顿.女权主义文学理论［M］.长沙:湖南文艺出版社,1989.

［17］安妮·勃朗特.女房客［M］.莲可、西海译,上海:上海译文出版社,1992.

［18］［英］夏洛蒂·勃朗特.简爱［M］.北京:人民文学出版社,1990.

［19］［英］特罗洛普.特罗洛普自传［M］.长沙:湖南人民出版社,1987.

［20］弗吉尼亚·伍尔夫.论小说与小说家［M］.瞿世镜,译,上海:上海译文出版社,2000.